존재의 순간들

존재의 순간들

버지니아 울프 산문선 4

버지니아 울프 지음

최애리 옮김

VIRGINIA WOOLF

SELECTED ESSAYS
by VIRGINIA WOOLF

일러두기

1. 본서에 수록된 울프 에세이들의 번역 저본은 대체로 아래 판본들을 토대로 했으며, 본문 중엔 *Essays I~Essays VI*라고만 표기했다. 아래 저본의 글이 아닐 경우엔 따로 판본을 밝혀 두었다.

   The Essays of Virginia Woolf, Vol. 1: 1904-1912, edited by Andrew McNeillie(New York: Harcourt Brace Jovanovich, 1989)

   The Essays of Virginia Woolf, Vol. 2: 1912-1918, edited by Andrew McNeillie(New York: Harcourt Brace Jovanovich, 1989)

   The Essays of Virginia Woolf, Vol. 3: 1919-1924, edited by Andrew McNeillie(New York: Harcourt Brace Jovanovich, 1989)

   The Essays of Virginia Woolf, Vol. 4: 1925-1928, edited by Andrew McNeillie(New York: Harcourt, 2008)

   The Essays of Virginia Woolf, Vol. 5: 1929-1932, edited by Stuart N. Clarke(New York: Houghton Mifflin Harcourt, 2010)

   The Essays of Virginia Woolf, Vol. 6: 1933-1941, edited by Stuart N. Clarke(London: Hogarth Press, 2011)

2. 외래어 표기는 기본적으로 국립국어원의 외래어 표기 원칙을 따르되, 경우에 따라 따르지 않은 것들도 있다.

버지니아 울프 산문선을 엮어 내며

　버지니아 울프는 그녀를 유명하게 한 9편의 소설과 『자기만의 방Room of One's Own』(1929), 『3기니Three Guineas』(1938) 같은 긴 에세이 외에도 단편소설, 전기, 회고, 서평, 기타 에세이들을 많이 썼고, 다년간의 일기와 편지를 남겼다. 그녀의 사후에 남편 레너드 울프는 그녀가 평소 원했던 대로 일기 가운데 창작과 관련된 부분을 발췌하여 『어느 작가의 일기A Writer's Diary』(1953)로 엮었고, 그 후 수차에 걸쳐 에세이 선집을 펴냈다. 이런 노력은 레너드의 사후 본격화되어, 자전적인 글들을 모은 『존재의 순간들Moments of Being』(1976), 『서한집The Letters of Virginia Woolf』(전6권, 1975~1984), 『일기The Diary of Virginia Woolf』(전5권, 1977~1984), 초년 일기인 『열정적인 도제Passionate Apprentice』(1990) 등이 간행되었고, 1986년부터는 『에세이 전집The Essays of Virginia Woolf』이 발간되기 시작해 2011년 전6권으로 완성되었다. 이『에세이 전집』에는 ― 『자기만의 방』과『3기니』, 그리고『존재의 순간들』을 제외하고 ― 여러 지면에 발표했던 글들이 연대순으로 정리되어 있다.

울프는 잡지에 서평을 기고하면서 작가로서 출발했으며, 소설가로 성공한 후에도 〈일로서의 글쓰기와 예술로서의 글쓰기〉를 병행하여 전자의 글쓰기에 〈백만 단어 이상〉을 쏟아부었다. 레너드에 따르면, 울프의 생전에는 소설보다도 에세이가 더 폭넓게 읽혔다고 한다. 하지만 그녀의 사후에는 소설이 부각되고 에세이는 비교적 뒷전으로 밀려나 있었으니,『에세이 전집』이 완간되는 데 사반세기나 걸린 것도 그런 사정과 무관하지 않을 것이다. 그런데 통틀어 〈에세이〉라고는 해도 사실상 다양한 종류의 글이 포함된다.『에세이 전집』에 실린 5백 편가량의 에세이 중에는 울프 생전에『보통 독자The Common Reader』1, 2권(1925, 1932)으로 펴냈던 글들을 위시하여, 이제는 잊힌 신간 도서들에 대한 서평도 있고, 개별 도서에 대한 서평으로 쓰였지만 작가론이나 문학원론에 좀 더 가까운 글, 문학 외의 예술에 대한 글, 강연이나 대담 원고, 스케치나 리포트, 시사 및 정치 문제에 대한 발언, 여행기나 개인적 에세이, 전기문도 있다. 울프가 문학과 인생과 세계에 대한 시각을 표출하는 언로가 되었던 이런 글늘은 그 방대함으로 인해 〈선집〉으로 발간되는 것이 보통이다.

울프의 사후에 레너드는 그 방대한 문건들 가운데서 『보통 독자』에 필적할 만한 글 1백여 편을 골라 『나방의 죽음 외 *The Death of the Moth and Other Essays*』(1942), 『순간 외 *The Moment and Other Essays*』(1947), 『대령의 임종자리 외 *The Captain's Death Bed and Other Essays*』(1950), 『화강암과 무지개 *Granite and Rainbow: Essays*』(1958)라는 4권의 에세이 선집을 펴냈는데, 모두 『보통 독자』의 형식을 그대로 이어받아 울프의 다양한 면모를 보여 줄 수 있도록 여러 갈래의 글을 구색 맞춰 엮은 책들이다. 그 후 『보통 독자』 1, 2권의 글을 보태어 다시 엮은 4권짜리 『에세이 선집 *Collected Essays*』(1966~1967)에서는 어느 정도 분류를 시도한 듯하나, 아주 말끔히 정리하지는 못한 듯 뒤로 가면서 여러 갈래의 글이 섞여 있는 것을 볼 수 있다.

울프의 에세이들은 좀 더 작은 선집들로 거듭 간행되었는데, 영미권은 물론 기타 언어권에서 발간된 에세이 선집들 역시 다양한 글을 한데 엮는 방식을 택하고 있다. 여러 방면의 글을 한자리에서 읽을 수 있다는 것은 장점이지만, 이런 선집들로는 울프 에세이를 전체적으로 파악하는 데 한계가 있다. 간혹 주제를 정해 엮은 선집들이 있기는 하나 여성, 글쓰기, 여행, 런던 산책 등 특정 주제에 국한한 것들이라 역시 전체적인 시각을 얻기 어렵다.

열린책들에서 내는 이 『버지니아 울프 산문선』에는 『에세이 전집』(1986~2011)으로부터 해외의 여러 선집에 자주 실리는 글을 위주로 총 60편을 골라 싣되, 크게 몇 갈래로 분류해 보았다. 즉, 전4권으로 편성하여, 여성 문학론 내지 페미니즘 관련 글을 제1권, 개인적 수필 내지 자서전적인 글을 제4권으로 하고, 그 중간에 문학에 관한 글을 싣기로 한 것이다. 제2권에는 좀 더 원론에 가까운 글, 제3권에는 개별 작가론 및 작품론으로 나누어 보았는데, 실제로 항상 그렇게 명쾌한 구별이 가능하지는 않아서 제2권에 실은 글에도 개별 작가들에 언급한 대목이 적지 않고 제3권에 실은 글에서도 원론적인 생각들을 찾아볼 수 있다. 그 밖에 문학 외의 예술에 관한 글, 시사적인 글을 한 편씩 제3권과 제4권에 포함시켜 울프 에세이의 대강을 파악할 수 있도록 재구성해 보았다. 각 분류 안에서 울프의 생각이 발전해 가는 것을 보여 줄 수 있는 최소한의 글들을 엮었는데도 적지 않은 분량이 되었다. 이런 여러 면모를 통해 버지니아 울프를 여성으로서, 작가로서, 인간으로서 이해하는 새로운 시야가 열리게 되면 좋겠다.

2022년 5월

최애리

차례

레슬리 스티븐, 집 안에서의 철학자[1]

자식들이 한창 성장할 무렵에 내 아버지[2]의 전성기는 이미 끝나 있었다. 강과 산에서의 업적은 그들이 태어나기 전에 달성한 것이었다. 그 업적의 유물들 ─ 서재 벽난로 선반 위의 은제 컵, 책장 한구석에 기대어 놓은 녹슨 등산용 지팡

---

1   1932년 11월 레슬리 스티븐 탄생 1백 주년을 기념하여 『더 타임스*The Times*』에 실린 글("Leslie Stephen, the Philosopher at Home: A Daughter's Memories", *Essays V*, pp. 585~593). 울프는 아버지에 대한 회고의 글을 세 차례 썼다. 프레더릭 메이틀런드의 『레슬리 스티븐의 생애 및 업적*The Life and Letters of Leslie Stephen*』(1906)의 마지막 장에 소개된 「레슬리 스티븐의 인상들Impressions of Sir Leslie Stephen」과 이 글, 그리고 본서에 〈나의 아버지〉라는 제목으로 실은 「과거의 스케치A Sketch of the Past」 중 아버지에 대한 회고 부분이다.

2   울프의 아버지 레슬리 스티븐Leslie Stephen(1932~1904). 영국 문필가. 케임브리지 대학을 졸업한 후 그곳에서 교직을 시작했으나 신앙 문제로 사임했으며, 런던에서 『콘힐 매거진*Cornhill Magazine*』의 주간을 맡는 한편 『국가 인명 전기 사전*Dictionary of National Biography*』의 초대 주간으로 활약했고 여러 권의 저서로 높이 평가받았다. 젊은 날에는 산악가로도 유명했다. 소설가 새커리William Thackeray(1811~1863)의 딸과 결혼했으나 상처하고, 46세에 줄리아 덕워스Julia Duckworth(1846~1895)와 재혼했다. 버지니아가 태어난 것은 그가 50세 때였다.

이 — 이 집 안 곳곳에 놓여 있었다. 그는 세상을 떠나는 날까지 위대한 등산가와 탐험가들에 대해 감탄과 부러움이 독특하게 뒤섞인 말투로 이야기하곤 했다. 하지만 그 자신이 활약하던 시절은 지났고, 내 아버지는 스위스의 계곡들을 거닐거나 콘월의 황야를 쏘다니는 것으로 만족해야 했다.

거닐거나 쏘다닌다는 것이 다른 사람들보다 그에게 더 큰 의미가 있었다는 것은 그의 친구 몇몇이 각기 나름으로 그 원정들에 대한 회고담을 내놓으면서 더욱 분명해지고 있다. 그는 아침 식사 후에 혼자서 또는 친구 한 사람과 함께 출발하여 저녁 식사 직전에 돌아오곤 했다. 그런 도보 여행이 성공적이었을 때는 커다란 지도를 꺼내 새로운 지름길을 붉은 잉크로 표시해 두었다. 그는 온종일 동행과 한두 마디 이상 하지 않은 채 얼마든지 황야를 돌아다닐 수 있었던 모양이다. 그 무렵에는 또한, 그의 걸작으로 일컬어지는 『18세기 영국 사상사The History of English Thought in the Eighteenth Century』와 그가 가장 관심을 쏟았던 『윤리학The Science of Ethics』, 그리고 그가 자신의 최고작으로 평가했던 글인 「몽블랑의 석양The Sunset of Mont Blanc」이 실려 있는 『유럽의 놀이터The Playground of Europe』가 모두 출간되어 있었다.

그는 여전히 규칙적으로 글을 썼지만, 한꺼번에 오래 쓰지는 않았다. 런던에서 그는 꼭대기 층에 기다란 창문 세 개가 있는 널찍한 방에서 글을 썼다. 그는 낮은 흔들의자에 거의 눕다시피 한 자세로, 의자를 마치 요람처럼 앞뒤로 흔들면서 글을 썼다. 그러면서 짤막한 도기 파이프로 담배를 피웠고, 주위에는 책들을 빙 둘러 어질러 놓았다. 책이 마룻바닥에 쿵 하고 떨어지는 소리가 바로 밑 방에 들려오기도 했다. 그는 서재로 가는 계단을 확고하고 규칙적인 발걸음으로 올라가면서, 노래는 아니지만 ― 그는 완전한 음치였다 ― 이상한 운율이 담긴 곡조를 읊어 대곤 했다. 온갖 종류의 시가 ― 그 자신의 표현을 빌리자면 〈완전한 쓰레기〉이든 밀턴과 워즈워스의 가장 숭고한 시이든 간에 ― 그의 기억 속에 쟁여져 있다가,[3] 걷거나 올라가는 동작에 촉발되어 그때그때 떠오르거나 기분에 가장 잘 맞는 구절들이 그렇게 읊어지는 것이었다.

하지만 자식들이 그의 산책길에 따라나서거나 그의 책을 읽을 수 있게 되기 전엔, 그들을 가장 기쁘게 한 것은 그의 손재주였다. 그가 종이 한 장을 꾸불꾸불 가위질하면 코끼리, 사슴, 원숭이가 섬세하고 정확한 모양의 코와 뿔과 꼬리를 달고서 떨어져 내리곤 했다. 아니면 연필을 쥐고 끝없이 동물들을 그려 냈는데, 그는 책을 읽으면서도 거의 무의식적으로 이런 재주를 발휘했으므로, 그의 책 앞뒤의 백지에는

---

3 「레슬리 스티븐의 인상들」에 의하면, 그는 시를 한 번 읽기만 하면 암송할 수 있었다고 한다.

부엉이와 당나귀들이 잔뜩 그려져 있는 것이 마치 그가 페이지 여백에 참지 못하고 써 갈긴 〈오, 이런 멍청이!〉라든가 〈저 잘난 바보〉라든가 하는 말의 삽화처럼 보인다. 페이지 여백에 남아 있는 이런 짤막한 논평들은 — 그의 에세이에는 좀 더 온건한 말투로 표현되곤 했지만 — 그의 독특한 말투를 생각나게 한다. 그는 친구들이 증언하듯 아주 과묵할 수도 있었지만, 그가 파이프를 뻐끔거리며 나직한 음성으로 불쑥 뱉어 내는 말들은 대단히 효과적이었다. 때로는 단 한 마디로 — 하지만 그의 한마디에는 대개 손짓이 수반되었는데 — 과장된 말을 물리쳐 버리곤 했다. 그런 과장은 그 자신의 고지식함이 유발했음 직한 것으로, 한 번은 레이디 리치[4]가 〈런던에만 결혼 안 한 여자가 4천만 명이나 있다우!〉라고 하자, 내 아버지는 〈오, 애니, 애니!〉 하고 질렸다는 듯, 하지만 다정한 질책의 어조로 외쳤다. 하지만 레이디 리치는 그렇게 질책당하는 것이 즐거운 듯, 다음에 왔을 때는 그 통계 수치를 한층 더 부풀려 말하곤 했다.

그가 자식들을 즐겁게 하기 위해 들려주던 알프스에서의 모험 이야기나 — 〈하지만 사고는 안내자의 말을 따르지 않

---

4 Anne Isabella, Lady Ritchie, née Thackeray(1837~1919). 레슬리의 첫 번째 아내 해리엇 새커리Harriet Thackeray(1840~1870)의 언니. 부친인 새커리의 문학적 유산을 관리했을 뿐 아니라 자신도 여러 권의 소설을 써서 높은 평가를 받았다. 울프의 『밤과 낮Night and Day』에 등장하는 힐버리 부인의 모델로 여겨지기도 한다.

을 만큼 어리석을 때나 일어나는 거란다〉하고 그는 설명하
곤 했다 ─ 긴 도보 여행에 대한 이야기는 ─ 한 번은 몹시
더운 날 케임브리지에서 런던까지 걸어간 후 〈부끄러운 말
이지만, 정도 이상으로 마셨단다〉─ 아주 간략하면서도 그
장면의 인상을 심어 주는 묘한 힘이 있었다. 그가 말하지 않
은 것들이 항상 그 배경에 있었다. 또한, 그는 사람들과의 일
화는 거의 이야기하지 않았고 일어난 일들을 잘 기억하지도
못했지만, 어떤 사람을 묘사할 때면 ─ 그는 유명 무명의 많
은 사람들과 알고 지냈다 ─ 자신이 그에 대해 생각하는 바
를 불과 두세 마디로 정확하게 표현하곤 했다. 그런데 그의
생각은 다른 사람들의 생각과 정반대일 때도 있었다. 자신에
게 진실하게 비치는 느낌은 누구보다도 존중했지만, 기존의
평판이나 전통적인 가치들은 예사로 뒤엎고 무시하는 특유
의 버릇이 있어, 당혹스럽고 때로 사람의 마음을 상하게 할
수도 있었다. 하지만 그가 완전히 추상적인 상념에 빠져 있
는 듯하다가 문득 깨어나 그 선명한 푸른 눈을 뜨고서 자기
의견을 말할 때면, 도저히 무시하기 어려웠다. 그런 버릇은
─ 특히 그가 점점 귀가 어두워져서 그렇게 중얼대는 의견
이 남에게도 들린다는 사실을 알아차리지 못하게 되었을 때
는 ─ 불편한 것이 되었다.

〈나처럼 쉽게 싫증을 내는 사람은 없을 것〉이라고 그는 쓴
적이 있는데, 늘 그렇듯 진실한 고백이었다. 대가족에서는

어쩔 수 없는 일이지만, 어떤 방문객이 티타임뿐 아니라 저녁 식사에까지 남을 것처럼 보이면, 내 아버지는 그 편치 않은 심정을 일단은 머리칼 한 줌을 꼬았다 풀었다 하는 것으로 드러냈다. 그러다 도저히 못 참으면 반은 혼잣말처럼, 반은 위에 계신 권능들을 향해, 하지만 꽤 들릴 만한 소리로 〈왜 안 가지? 왜 안 가는 거야?〉 하고 폭발하곤 했다. 그런데도 그 단순함이 매력이었던지 — 〈지겨운 자들은 세상의 소금〉이라고 그는 역시 진실성을 담아 말하지 않았던가? — 지겨운 사람들은 좀처럼 가지 않았고, 설령 간다 해도 그를 용서하고 다시 찾아왔다.

　그의 침묵에 대해서는 너무 많이들 얘기해 왔고, 그의 과묵한 태도도 지나칠 만큼 강조되어 왔다. 그는 명료한 사고를 사랑했고, 감상성이나 과다한 분출을 싫어했다. 하지만 그렇다고 해서 그가 차갑고 감정이 없으며 일상생활에서도 끊임없이 비판적이고 비난을 일삼았다는 뜻은 절대로 아니다. 반대로, 그가 함께 지내기 힘든 사람인 이유는 그가 누구보다 강하게 느끼고 자기 느낌을 강하게 표출한다는 데 있었다. 가령, 한 부인이 자신의 콘월 여행을 힘들게 하는 습한 여름 날씨에 대해 불평한 적이 있었다. 하지만 내 아버지에게는 — 비록 그 자신은 결코 민주주의자라고 자처하지 않았지만 — 비라는 것은 곡식단이 쓰러지고 누군가 가난한 사람이 망하고 있다는 것을 의미했다. 그가 그 부인에 대해서가 아니라 누군가 가난한 이에 대한 그런 동정심을 표명할 때 보이는 열의는 그녀의 심기를 불편하게 만들었다. 그는 농부나 어부에 대해, 마치 등산가나 모험가들에 대한 존경심과도 같은 감정을 갖고 있었다. 마찬가지로, 그는 애국심에 대해 말한 적은 별로 없지만, 남아프리카 전쟁 동안에는 ─ 그는 모든 전쟁을 혐오했다   전쟁터의 포성이 들리는 것만 같아서 잠을 이루지 못했다. 또한, 그의 이성과 냉철한 상식에도 불구하고 어린아이가 사고로 다치거나 죽지 않고도 저녁 식사에 늦을 수 있다는 점을 도무지 납득하지 못했으며, 그의 모든 수학적 지식과 항상 두둑해야만 한다고 주장하는 은행 잔고에도 불구하고 수표 한 장에 서명을 해야 할 때면 온 가족이 그의 표현대로 〈나이아가라를 타고 내려가 파산으로 직행〉하는 것이 아님을 인정하지 못했다. 그가 노년과 파산 법정, 윔블던의 조그만 집(그는 윔블던에 아주 조그만 집을 가지고 있었다)에서 대가족을 부양해야 하는 파산한 문인 등에 대해 그려 보이곤 하던 그림은, 그의 절제된 표현에 대해 불평하는 사람들에게 그도 마음만 먹으면 얼마든지 과장할 수 있음을 보여 주었을 터이다.

하지만 그런 불합리한 기분은 ─ 그것이 급격히 사라지는 속도가 입증하듯이 ─ 피상적인 것이었다. 수표책을 덮고 나면 윔블던도 빈민 수용소도 잊혀졌다. 뭔가 유머러스한 생각이 그를 웃게 만들었다. 모자와 지팡이를 들고서, 자기 개와 딸을 불러, 그는 썩썩하게 켄징턴 공원으로 걸어 들어갔다. 어린 시절에 걷던 그 공원 — 거기서 그는 형 피츠제임스와 함께 젊은 날의 빅토리아 여왕에게 우아하게 몸을 굽혀 절했고, 여왕도 살짝 무릎 굽혀 절하며 답례했다고 한다 — 을 지나, 서펜타인 연못을 지나, 하이드 파크 코너 — 여기서는 웰링턴 공작[5]에게 직접 경례를 한 적이 있었다고 한다 — 를 지나, 집으로 돌아오는 것이었다. 그럴 때 그는 전혀 〈겁나는〉 사람이 아니었다. 그는 아주 단순하고 다정했으며, 그의 침묵 — 라운드 연못에서 마블 아치까지 계속 이어질 수도 있었지만 — 조차도 묘하게 의미심장했다. 마치 자신이 일찍이 알았던 시와 철학과 사람들에 대해 반쯤 소리 내어 생각하고 있는 것만 같았다.

그 자신은 더없이 절제하는 사람이었다. 그는 끊임없이 파이프를 피웠지만, 시가는 절대로 피우지 않았다. 옷은 너무 낡아서 봐주기 힘들 때까지 입었다. 그는 사치라는 악덕, 게으름이라는 죄에 대해 아주 구식의, 거의 청교도적인 견해를 갖고 있었다. 오늘날의 부모 자식 관계에서 보이는 것 같은 자유로움은 내 아버지와의 관계에서는 불가능했을 것이다. 그는 가정생활에서도 일정한 행동의 표준, 예의의 표준을 기대했다. 하지만 자유라는 것이 자기만의 생각을 하고

---

5 Arthur Wellesley, 1st Duke of Wellington(1769~1852). 영국 군인, 정치가. 나폴레옹 전쟁 때의 활약으로 명성을 얻어, 영국 총리를 지냈다.

자신이 하고 싶은 일을 하는 것을 의미한다면, 그보다 더 철저히 자유를 존중하고 실로 강조한 이가 없었다. 그의 아들들은 육해군만 제외하고는 자신이 선택한 어떤 직업이든 가질 수 있었다. 그의 딸들도 — 비록 그는 여성의 고등 교육에는 크게 관심이 없었지만 — 똑같은 자유를 누리는 것이 마땅했다. 한때 딸 하나가 담배 피우는 것은 무섭게 꾸짖었시만 — 그의 견해로는 여성이 담배 피우는 것은 좋은 버릇이 못 되었다 — 그녀가 화가가 되어도 좋은지는 그저 묻기만 하면 되었다. 그는 딸이 자기 일을 진지하게 여기기만 한다면 가능한 모든 지원을 해주겠노라고 확답해 주었다. 그는 딱히 그림을 좋아하지는 않았지만 약속을 지켰다. 그런 종류의 자유가 천 개비 담배보다 낫다.

문학이라는 아마도 좀 더 어려운 문제에 대해서도 마찬가지였다. 심지어 오늘날도, 열다섯 난 딸이 따로 검열하지 않은 서재를 마음대로 드나들도록 허락하는 것이 현명한 일인가에 대해 의심하는 부모가 있을 것이다. 하지만 내 아버지는 허락했다. 몇몇 사실에 대해, 그는 아주 간략하게, 아주 수줍게 언급하는 데 그쳤다. 하지만 〈읽고 싶은 것을 읽으라〉고 말해 주었고, 그 자신의 표현을 빌리자면 〈초라하고 무가치한〉, 하지만 분명 다양했던 그의 많은 책들을 허락받지 않고도 다 읽을 수 있었다. 좋아하는 책들을 좋아하니까 읽는다는 것, 실제로 좋아하지 않는 책들을 좋아하는 척하지 말아야 한다는 것 — 그것이 독서에 관한 그의 유일한 지침이었다. 자신이 말하고자 하는 바를 가능한 한 적은 말로, 가능한 한 명료하게 써야 한다는 것이 글쓰기에 관한 그의 유일한 지침이었듯이 말이다. 그 밖의 다른 것은 스스로 배워야 할 터였다. 하지만 비록 그가 자신의 견해를 강요하거나 지식을 과시한 적은 결코 없었다 해도, 그것이 뛰어난 학식과 폭넓은 경험을 지닌 사람의 가르침이라는 것을 모르는 아이는 정말이지 철없는 아이일 것이다. 언젠가 본드가의 양복점 주인이 자기 가게 앞을 지나는 아버지를 가리켜 〈좋은 옷을 좋은 줄도 모르고 입고 가는 신사분〉이라고 말했듯이 말이다.

그는 말년에 귀가 어두워지고 고립된 채 이따금 자신이 작가로서 실패했다고, 자신은 〈뭐든 잘했지만 하나도 제대로는 못 했다〉고 말하곤 했다. 하지만 그가 작가로서 성공했든 실패했든 간에, 벗들의 마음속에 자신의 뚜렷한 인상을 남겼다고는 믿어도 좋을 것이다. 메러디스[6]는 그를 〈금식하는 수도사가 된 아폴론〉이라 보았으며, 토머스 하디[7]는 슈렉혼의 〈깎아 낸 듯 황량한 모습〉을 보며 그를 생각했다고 한다.

---

6 George Meredith(1828~1909). 영국 소설가, 시인.
7 Thomas Hardy(1840~1928). 영국 소설가.

그 예스러운 음울함과 예리한 빛, 거친 풍모에서

그의 성품과도 비슷한 깎아지른 봉우리를

막연한 상상에 끌려

목숨 걸고 기어오르던 그를.

하지만 그가 가장 기뻐했을 찬사는 —— 비록 그는 불가지론자였지만 인간관계의 소중함은 누구보다도 믿고 있었으니 —— 그가 세상을 떠난 후 메러디스가 그의 딸에게 해준 말일 것이다. 〈그는 내가 알기로는 네 어머니와 결혼 생활을 누릴 만한 자격이 있는 유일한 남자였다.〉로웰[8]이 그를 〈L. S. 가장 사랑스러웠던 인간〉이라고 일컬은 것은, 이렇게 오랜 세월이 지난 후에도 그를 잊을 수 없게 하는 면모를 가장 잘 묘사한 말일 것이다.

---

8 James Russell Lowell(1819~1891). 미국 시인, 비평가, 외교관.

세인트아이브스[1]

아버지는 어느 도보 여행길에 세인트아이브스를 발견했다. 분명 1881년의 일이었으리라고 생각한다. 그는 그곳에 묵었을 테고, 탤런드 하우스를 세놓는다는 것을 보았을 것이다. 그리고 마을이 거의 16세기나 다름없고, 호텔도 별장도 없으며, 만(灣)은 태고의 상태 그대로인 것을 보았을 것이다. 세인트어스에서 세인트아이브스까지 철로가 놓인 첫해였을 것이다. 그 전에 세인트아이브스는 철도에서 8마일이나 떨어져 있었다. 아버지는 아마도 트리제나쯤에서 샌드위치를 우적우적 먹어 치우며, 특유의 묵묵한 태도로 만의 아름다움에 깊은 감명을 받고 생각했을 것이다. 〈우리 여름휴가에 딱

---

1 울프 사후에 『존재의 순간들』이라는 책으로 편집, 출간된 자전적인 글 중 「과거의 스케치」(1939~1940)에서 발췌한 글. Virginia Woolf, *Moments of Being*, edited by Jeanne Schulkind (New York: Harcourt Brace Jovanovitch, 1985), pp. 127~136. 1985년 재판본의 내용은 1976년 초판과 가끔 차이가 난다.

좋겠는데.〉그래서 평소의 그답게 신중한 수단과 방법을 강구했을 것이다. 이듬해 1월에는 내가 태어났다. 내 부모님은 가족 수를 늘리기를 원치 않았고 그래서 내가 생기는 것을 막으려 했지만, 아버지는 자신들이 취한 조치가 성공적이지 못했음을 분명 알았을 것이다. 나보다 1년 뒤(1883)에는 ─ 역시 예방 조치에도 불구하고 ─ 에이드리언이 태어났다. 돈에 대한 강박이 있던 사람이 그 자신의 표현을 빌리자면 〈잉글랜드의 발톱〉쯤에 있는 집을 세 내어 매년 여름 아이들과 유모들과 하인들을 잉글랜드의 한끝에서 다른 끝까지 옮기는 비용을 감수하는 일을 할 만하다고 생각했다는 것은, 그 시절의 여유와 넉넉함을 보여 준다. 하여간 그는 그렇게 했다. 그들은 그레이트 웨스턴 철도 회사로부터 그 집을 빌렸다.

실제로 거리가 단점이기는 했다. 우리는 여름에만 그곳에 갈 수 있었으니 말이다. 그래서 우리의 시골 생활은 1년에 두 달, 길어야 석 달로 제한되었다. 다른 달들은 내내 런던에서 지냈다. 하지만 돌이켜 보면 우리가 어린 시절에 누렸던 어떤 것도 콘월에서 보낸 여름만큼 대단하고 중요하지는 않았다. 런던에서 몇 달씩 지내고 난 뒤에 콘월로 떠나게 되니 시골 생활이 한층 더 강렬하게 다가왔다. 우리 집과 우리 정원이 있고, 만과 바다와 황야가 있고, 클로지, 헤일스타운 늪지, 카비스 베이, 릴런트, 트리베일, 제너, 거나즈 헤드 같은 곳늘이 있고, 도착한 첫날 밤 노란 차양 뒤에서 파도가 부서지는 소리를 듣고, 모래를 파고, 어선을 타고 바다로 나가고, 바위틈을 뒤져 빨갛고 노란 말미잘이 촉수를 하늘거리는 것을, 아니면 젤리처럼 바위에 들러붙은 것을 보고, 물웅덩이에서 파닥거리는 작은 물고기를 발견하기도 하고, 별보배고둥을 줍기도 하고, 식당에서 문법책을 대충 훑으며 만의 불빛들이 바뀌는 것이나 에스칼로니아 잎이 회색이나 밝은 녹색인 것을 바라보고, 마을로 내려가 1페니짜리 압정 한 통이나 주머니칼을 사고, 라넘 씨 — 하인들의 말에 따르면, 찰랑이는 곱슬머리 가발을 쓴 부인과 〈광고를 통해〉 결혼했다는 — 집 주위를 어슬렁거리고, 가파르고 좁은 골목에서 나는 온갖 생선 냄새를 맡고, 생선 뼈를 물고 다니는 무수한 고양이들과 집 바깥에 돋운 계단 위에서 구정물을 수채로 쏟아 버리는 여자들을 보고, 날마다 노란 막이 덮인 콘월 크림을 먹고, 블랙베리에 흑설탕을 듬뿍 뿌려 먹고…… 이런 기억들로 몇 페이지라도 채울 수 있을 것만 같다. 이 모든 것이 어우러져 세인트아이브스에서 보내는 여름이야말로 생각할 수 있는 최상의 인생 서막이 되게 했다. 아버지와 어머니는 탤런드 하우스를 빌림으로써 우리에게 — 적어도 나에게는 — 이루 헤아릴 수 없을 만큼 값진, 평생의 선물을 주었다. 만일 어린 시절을 생각할 때 서리나 서식스, 아니면 와이트섬밖에 떠올릴 게 없었다면 어땠겠는가.

당시 그 마을은 16세기에 필시 그러했을 모습 그대로였다. 잘 알려지지 않았고 찾아오는 이도 없는 곳, 섬 아래쪽 우묵 들어간 만의 언덕에 화강암 집들이 게딱지처럼 옹기종기 기어오른 곳이었다. 잉글랜드에서 콘월이 요즘의 스페인이나 아프리카보다 더 멀던 시절에 몇몇 어부들을 위한 피난처로 생겨난 마을일 터였다. 가파르고 작은 마을이었다. 많은 집들이 밖에 계단이 딸려 있었고, 난간이 있는 계단을 올라가야 현관이 있었다. 벽들은 해풍에도 견딜 수 있도록 두터운 화강암으로 지어져 있었는데, 비바람에 씻겨 콘월 크림 색깔이 되었으며, 거칠기는 엉긴 크림 덩어리 같았다. 그런 집들에는 온화한 구석이라고는 없었다. 붉은 벽돌도, 부드러운 초가지붕도 없었다. 18세기는 남부의 모든 마을에 그토록 뚜렷한 흔적을 남겼건만, 세인트아이브스에는 아무런 흔적도 남기지 않았다. 세인트아이브스는 바로 어제 지어진 것 같기도 하고 정복자 윌리엄[2]의 시대에 지어진 것 같기도 했다. 건축도 계획도 없었다. 장터는 들쭉날쭉한 자갈이 깔린 공터였고, 그 한쪽에 교회가 있었다. 교회 역시 다른 집들처럼 화강암으로 지은, 역사를 알 수 없는 건물로, 한옆에 어시장이 있었다. 건물 앞에 풀밭이라고는 없는 그 교회는 장터

2 William the Conqueror(1028?~1087?). 노르망디 공작으로, 1066년 도버 해협을 건너 잉글랜드를 침공, 헤이스팅스 전투에서 승리하여 잉글랜드 왕 윌리엄 1세가 되었다.

와 지대가 같았다. 조각한 문도, 큰 장문도, 상인방도 없고, 이끼도 끼지 않고 번듯한 건물도 멋진 집도 없었다. 바람 세고, 시끄럽고, 비린내 나고, 고함 소리 요란한, 골목 좁은 마을이었다. 홍합이나 삿갓조개 빛깔이 나는 것이, 잿빛 벽에 거친 조개 한 무더기가 달라붙어 있는 것 같은 모양새였다.

우리 집 텔런드 하우스는 마을에서 벗어난 언덕 위에 있었다. 그레이트 웨스턴 철도 회사에서 누구를 위해 그 집을 지었는지는 모르겠다. 그 집은 1840년대 아니면 1850년대에 지어진 것으로, 어린아이가 그리는 집처럼 네모반듯한 모양이었다. 특징이라면 평평한 지붕과 지붕 가장자리를 두르는 빗살 모양 격자 난간이었는데, 이 또한 어린아이가 그릴 법한 것이었다. 그 집은 비탈진 뜰 안에 서 있어서 앞뒤 옆으로 여러 개의 정원이 생겨났다. 뜰 전체가 두터운 에스칼로니아 산울타리에 둘러싸여 있었고, 그 잎사귀는 짓이기면 아주 달콤한 냄새가 났다. 그 집에는 모퉁이가 많고 잔디밭도 많아서 커피 정원, 분수, 크리켓 잔디밭, 러브 코너 등 제각기 이름이 있었다. 분수라는 것은 물이 똑똑 떨어지는 깔때기가 달린 수반으로 축축한 상록수에 둘러싸여 있었고, 러브 코너는 온실 아래 청보랏빛 으아리꽃이 피는 곳이었는데 레오 맥스가 키티 러싱턴에게 청혼을 한 것도 거기서였다(청혼하는 걸 패디가 들었다고 자기 아들한테 말하던데, 하고 토비가 말했다). 그리고 부엌 정원, 딸기밭, 연못, 큰 나무 같은 이름도 있었다. 연못에서는 윌리 피셔가 고무줄로 작동하는 노를 단 증기선을 만들어 띄웠다. 이런 갖가지 것들이 기껏해야 2~3에이커[3] 정도의 뜰 안에 들어 있었다. 널따란 나무문을 통해 들어서면 돌쩌귀가 삐걱거리는 귀에 익은 소리가 나고, 마차 진입로를 따라 올라가면 가파른 암벽 아래 솔잎채송화의 도톰한 잎들이 널려 있었다. 망루라고 부르던 곳은 풀이 무성한 둔덕으로, 높직한 정원 담장 너머로 튀어나와 있었다. 어른들은 종종 우리를 그리로 보내 기차역의 신호기가 떨어지기를 기다리게 하곤 했다. 신호가 떨어지면 기차로 오는 손님을 맞으러 역으로 출발할 시간이었다. 로웰 씨, 깁스 씨, 스틸먼 내외, 러싱턴 내외, 시먼즈 내외 등이 타고 오는 기차였다. 하지만 손님을 맞이하는 것은 어른들의 일이었다. 우리 또래 친구들이 와서 묵은 적은 없었고, 우리도 그런 친구를 원하지 않았다. 〈우리 넷〉[4]이면 완전하고 충분했다. 한 번은 엘시라는 아이가 웨스트레이크 부인을 따라와서 우리와 놀았는데, 나는 〈빗자루로 그녀를 몰아대며 온 뜰을 돌아다녔다〉고 한다. 마치 내 앞의 낙엽이라도 쓸 듯이 그녀를 휙

---

3 1에이커는 약 1천2백 평.
4 레슬리 스티븐와 줄리아 덕워스의 결혼에서 태어난 사남매, 즉 버네사 Vanessa(1879~1961), 토비 Thoby(1880~1906), 버지니아 Virginia (1882~1941), 에이드리언 Adrian(1883~1948)을 말한다. 이들의 동기간으로는, 레슬리가 초혼에서 얻은 딸로 지적 장애가 있던 로라 Laura(1870~1945), 그리고 줄리아가 초혼에서 낳은 덕워스 삼남매, 즉 조지 George(1868~1934), 스텔라 Stella(1869~1897), 제럴드 Gerald(1870~1937)가 있다.

휙 놓아대던 것이 생각난다.

망대에서는 만 전체의 탁 트인 풍경이 한눈에 들어왔다(시 먼즈 씨는 그 만이 나폴리만을 생각나게 한다고 했다). 그것은 드넓은 만으로, 굴곡이 많고, 백사장이 있고, 뒤편에는 녹색 모래 언덕이 있었다. 굴곡진 만이 넘나드는 두 개의 검은 바위 중 한쪽 끝에는 흰색과 검은색으로 칠한 등대가 서 있었고, 다른 한쪽 끝에는 헤일강의 푸른 물줄기가 모래밭을 가로질렀으며, 언제나 갈매기가 한 마리쯤 앉아 있는 말뚝들이 헤일 포구로 들어가는 수로를 표시하고 있었다. 이 강 하구의 널따란 유역은 항상 빛깔이 변했다. 암청색이었다가 밝은 청록색이었다가 자줏빛이 되는가 하면, 캄캄한 회색에 흰 물살이 일기도 했다. 만을 가로지르며 오가는 선박들도 아주 많았다. 대개는 굴뚝에 빨간 띠 아니면 하얀 띠를 두른 헤인즈 증기선이 석탄을 실으러 카디프로 가는 것이었다. 날씨가 궂은 날은 아침에 일어나 보면 밤새 피난처를 찾아 들어온 배들로 만 전체가 가득 차 있곤 했다. 대개는 가운데가 움푹 파인 부정기 화물선들이었다. 하지만 때로는 대형 선박도 정박했고, 한 번은 전함이, 또 한 번은 대형 범선이 들어왔으며, 유명한 하얀 요트가 들어온 적도 있었다. 매일 아침 투박하고 작은 어선들이 돛을 달고 깊은 바다로 고기잡이를 나갔고, 저녁이면 고등어잡이 선단이 나타나 작업하며 위아래로 춤추는 듯한 불빛을 보이다가 곶을 빙 둘러 돌아오며 갑자기 돛을 툭 떨구었다. 우리는 어머니와 함께 망대에 서서 그 배들을 지켜보곤 했다.

해마다 9월 첫째 주쯤이면, 우리는 〈정어리 배들이 나왔다!〉 하고 외치곤 했다. 그 배들은 해안을 따라 끌려와 그해가 끝나기까지 거기 줄지어 있었다. 말들이 그 배들을 물가로 끌어오려 무진 애를 썼다. 물가에 닻을 내린 배들은 마치 기다란 검정 구두들처럼 보였다. 배 한쪽 끝에는 망보는 사람을 위한 덮개가 있고 다른 쪽 끝에는 예망(曳網)이라 부르는 커다란 그물을 사려 두었기 때문이다. 정어리 배에 타르를 칠하는 것도 정기적인 작업이라 바닷가에는 항상 타르 냄새가 어렴풋이 감돌았다. 그 배들은 몇 주씩이나 거기서 대기하고 있었고, 10월이 되어 우리가 떠날 때도 마찬가지로, 카비스 베이 끝에 있는 높직한 하얀 대피소에서 망원경을 보며 앉아 있던 어로 감시인이 정어리 떼를 찾아내기를 마냥 기다리고 있었다. 감시인은 거기 앉아서 보랏빛 정어리 떼가 만에 들어오는지 지켜보았고, 그의 곁에는 큼직한 뿔 나팔이 놓여 있었다. 정어리 배들은 해마다 그렇게 만에서 기다렸지만, 예망은 결코 던져지지 않았다. 어부들은 뉼린의 증기 저인망 어선들이 정어리 떼를 쫓아 버렸다고 투덜거렸다. 딱한 번, 우리는 공부하다가 어로 감시인의 외침을 들었다. 높고 맑은 나팔 소리가 길게 이어졌다. 그러더니 어부들이 배를 저어 나갔다. 우리는 공부를 그만두었다. 예망들이 던져졌다. 물 밑의 검은 그물 위쪽으로 여기저기 점점이 코르크들이 떠돌며 원을 그렸다. 하지만 정어리 떼는 그때도 만을 비켜 가버렸고, 예망들은 다시 걷어 올려졌다(정어리 떼가 온 것은 1905년 우리 넷이서 카비스 베이에 잠시 묵을 때였다.[5] 우리는 아침 일찍 배를 저어 나갔다. 바다는 용솟음치며 온빛 거품을 내뿜었다. 우리 옆 배에 있던 모르는 사람이 그 거품 나는 덩어리를 몇 아름인가 퍼서 우리 배 안으로 던졌다. 〈아침 식사로 싱싱한 생선이 어때?〉 그는 말했고, 다들 신나서 환호했다. 배들이 차츰 생선 때문에 무거워져서 흘수선까지 가라앉았다. 우리는 항구로 내려가서 생선 포장하는 것을 지켜보았다. 나는 그 광경을 묘사한 글을 써서 어느 신문에 보냈는데 거절당했다. 하지만 토비는 네사에게 내가 좀 천재인 것 같다고 말했다고, 네사가 말해 주었다.) 우리가 세인트아이브스에 살았던 그 모든 여름 동안 정어리 떼는 만 안으로 들어오지 않았고, 정어리 배들은 닻을 내린 채 기다리고만 있었다. 우리는 헤엄쳐 나가서 그 뱃전에 매달려, 갈색 방수포 텐트 안에 누운 노인이 망을 보는 것도 보았다. 아버지는 식탁에서 종종 대기 상태의 정어리 배들 때문에 한숨을 짓곤 했다. 그는 어민들의 가난에 대해 묘한 동정심을 갖고 있었고, 어부들에 대해 마치 산악 등반 안내인에 대해서

---

5 아버지를 여읜 이듬해인 1905년 8~9월에 스티븐가의 사남매는 세인트아이브스 근처 카비스 베이에 집을 빌려 여름을 보냈다. 1895년 5월에 어머니를 여읜 후로는 가본 적이 없었으므로, 11년 만의 방문이었다.

와 같은 존경심을 품고 있었다. 어머니도 물론 그들과 알고 지냈고, 집으로 찾아다니며 — 스텔라가 어머니 묘비에 새기고 싶어 했듯이 — 〈선행〉을 베풀었다. 집집마다 다니며 도와주고 병구완 모임을 시작하여, 어머니가 돌아가신 후에는 그것이 줄리아 프린셉 스티븐 간호 협회가 되었다. 메러디스와 시먼즈 내외, 스틸먼 내외도 그 협회에 기여했고, 얼마 전 카 아널드포스터에게서 들은 바로는 협회가 아직도 활동하고 있다고 한다.

매년 8월이면 만에서 레가타, 즉 보트 대회가 열렸다. 우리는 심판들의 배가 돛대와 돛대 사이에 작은 깃발들이 달린 줄을 내건 채 자리 잡는 것을 지켜보았다. 세인트아이브스의 유지들이 그 배에 올랐다. 악대가 연주를 시작했고, 음악 소리가 물결 위로 실려 왔다. 작은 배들이 모두 항구 밖으로 나갔다. 그러고는 총성이 울리고, 경주가 시작되었다. 어선, 유람선, 노 젓는 배 할 것 없이 일제히 출발하여, 만을 따라 깃발로 표시해 놓은 각기 다른 코스를 따라 질주했다. 배들이 가는 동안 수영 선수들은 레가타 본부석 역할을 하는 배 위에 일렬로 서서 준비를 했다. 총성이 울리고 선수들이 뛰어들면, 물살을 넘나드는 조그만 머리들과 휘젓는 팔들이 눈에 들어왔다. 사람들은 어느 한 선수가 다른 선수를 앞지르면 응원의 함성을 질러 댔다. 어느 해인가는 우리 집에 오는 곱슬머리 젊은 우체부(나는 그가 편지를 담아 가지고 다니던

살색 마식 가방이 기억난다)가 우승할 듯했는데, 나중에 그는 에이미한테 말했다고 한다. 〈다른 녀석이 이기게 놔뒀어. 그 친구한텐 마지막 기회였거든.〉

깃발들이 펄럭이고, 총성이 울리고, 배들이 질주하고, 수영 선수들이 물에 뛰어들거나 갑판 위로 끌어 올려지는 등 아주 신나는 광경이었다. 세인트아이브스 사람들이 모여서 구경하는 곳은 테라스 끝의 말라코프라는 이름의 팔각형 뜰이었는데, 그것은 아마도 크리미아 전쟁 때 만들어졌을, 마을에서 유일하게 장식적인 장소였다.[6] 세인트아이브스에는 오락 시설이 딸린 부두나 산책로가 없고 오로지 이 자갈 깔린 팔각형 뜰뿐이었고, 거기 있는 몇 개의 돌 벤치에는 특유의 푸른 세타를 입은 은퇴한 어부들이 앉아 담배를 피우며 잡담을 하곤 했다. 레가타 날은 내 기억 속에 그 머나먼 음악 소리와 작은 깃발들이 달린 줄과 돛을 올린 배들, 그리고 모래 위에 점점이 흩어진 사람들과 함께, 마치 한 폭의 프랑스 그림처럼 남아 있다.

그 시절 세인트아이브스에는 우리 가족과 어쩌다 찾아오는 화가들 말고는 여름 휴양객이 없었다. 그래서 마을 관습이 곧 우리 관습이 되었고, 마을 축제가 우리 축제가 되었다. 8월에는 레가타가 있었고, 12년에 한 번씩인가는 닐의 기념

6 카비스 베이 서쪽의 높은 언덕 〈테라스〉에 만들어진 전망대는 크리미아 전쟁의 중요한 전투를 기념하여 〈말라코프〉라 불린다.

비[7] — 빈터에 있는 화강암 첨탑 — 를 에워싸고 70세 이상의 남녀 노인들이 춤을 추었다. 가장 오래 춤추는 커플은 1실링인가 반 크라운인가를 시장이던 닥터 니콜스로부터 상으로 받았는데, 그럴 때면 그는 가장자리에 모피가 달린 망토를 걸쳤다. 세인트아이브스에도 과거의 유물이 있었지만, 그것은 실제로 사용되는 유물이었으니, 마을의 전령인 찰리 피어스였다. 때때로 그는 바닷가 길을 누비며 〈오예, 오예, 오예〉[8]라고 외치면서 머핀 장수 종을 흔들어 댔는데, 그 다음에 전하는 말이 뭐였는지 알 수 있었던 것은 딱 한 번, 탤런드 하우스의 한 손님이 브로치를 잃어버려서 찰리 피어스에게 알리게 했던 때뿐이었다. 그는 장님이었거나 거의 그랬고, 길고 수척한 얼굴에 잿빛 눈은 익힌 생선의 눈알 같았으며, 찌그러진 실크해트를 쓰고, 뼈만 남은 몸뚱이에 프록코트를 단단히 여며 입고 있었다. 그는 묘하게 휘청거리는 걸음걸이로 종을 흔들면서 〈오예, 오예, 오예〉라고 외쳐 대는 것이었다. 우리는 마을 사람들 대부분에 대해 그랬듯이 그에 대해서도 하인들을 통해, 특히 마을 사람들과 친하게 지내는 소피를 통해 들어 알고 있었다. 우리는 부엌문 앞까

---

7 세인트아이브스 시장을 지낸 존 닐John Knill(1733~1811)이 생전에 지은 묘이자 기념비. 그는 실제로 그곳에 묻히지는 않았으나, 유산을 남겨 기념비를 유지·보수하고 5년마다 그 주위에서 축제를 열도록 했다.

8 Oyez는 중세 프랑스어 oyer(듣다)의 명령형인데, 노르만 정복(1066) 이후 잉글랜드 상류 계급에서 앵글로 노르만어가 사용됨에 따라 법정을 열 때라든가 마을의 전령이 사람들의 주목을 요구할 때 쓰는 말이 되었다.

지 보따리를 들고 오는 각종 장사치들에 대해서도 알고 있었다. 큰 광주리에 세탁물을 가지고 오는 앨리스 커노, 또 다른 바구니에 생선을 가지고 오는 애덤스 부인 등이었다. 그 바구니 속에 든 바닷가재는 여전히 시퍼렇게 살아서 어기적거렸다. 바닷가재는 부엌 테이블 위에 놔두곤 했는데, 그러면 큰 집게발이 열렸다 닫혔다 하면서 사람을 물었다. 또 길고 두툼한 생선이 찬방 갈고리에 걸려서 버둥거리던 것, 제럴드가 빗자루 손잡이로 그걸 때려죽인 것이 기억난다고 하면, 내 기억이 맞는 걸까?

부엌, 즉 소피의 부엌 — 왜냐하면 그녀는 우리가 〈하이드 파크 게이트 뉴스〉[9]에서 〈부엌 주민들〉이라 부르던 이들의 대장이었으니까 — 은 밤에 아이들이 지내는 방 바로 밑에 있었다. 만찬 때면 우리는 바구니를 줄에 달아 내려서 부엌 창문 앞에 대롱거리게 했다. 그녀는 기분이 좋을 때면 바구니를 부엌 안으로 끌어당겨 어른들의 만찬에 내는 음식 중 뭔가를 담아서 다시 올려 주곤 했다. 하지만 그녀 특유의 〈성질이 나 있을〉 때면 바구니를 홱 낚아채 줄을 끊어 버렸기 때문에, 우리 손에는 빈 줄만 남곤 했다. 나는 아직도 묵직한 바구니의 느낌, 허전한 줄의 느낌을 기억하고 있다.

매일 오후 우리는 〈산책을 나갔다〉. 나중에는 이 산책이

---

9 스티븐가의 아이들이 발행하던 가족 신문. 버네사와 버지니아가 주축이었고 토비가 도왔으며, 다른 가족도 가끔 기고했다.

괴로운 일이 되었다. 어머니는 아버지가 우리 중 누군가를 데리고 가야 한다고 주장했다. 어머니는 그의 건강, 그의 기분에 너무나 신경을 썼기 때문에, 지금 생각하면 그를 위해 우리를 희생시키는 것쯤은 아무것도 아니었던 것 같다. 그렇게 해서 그녀가 우리에게 물려준 그의 의존성은 그녀가 죽은 후 우리에게 너무나 버거운 부담이 되었다. 만일 그가 혼자서 헤쳐 나가도록 내버려 두었더라면 아버지와 우리의 관계에 훨씬 더 좋았을 것이다. 하지만 여러 해 동안 그녀는 그의 건강을 맹목적으로 위했고, 그래서 ─ 뜻하지 않게 그 여파를 우리에게 남긴 채 ─ 자신을 소진시킨 나머지 마흔아홉에 세상을 떠났다. 아버지는 계속 살아서, 너무나 건강했기 때문에, 일흔두 살 나이에도 암으로 죽는 것을 너무 힘들어했다. 하지만, 나는 여전히 묵은 울화를 터뜨리며 이렇게 곁가지로 새기는 하지만, 그래도 세인트아이브스는 우리에게 지금 이 순간도 눈에 선한 〈순수한 환희〉를 안겨 주었다. 느릅나무의 노란 잎사귀들, 과수원의 사과들, 나뭇잎들이 살랑이며 스치던 소리 같은 것은 지금도 글 쓰던 손을 멈추고, 인간적인 힘들 이외에도 얼마나 많은 것들이 우리에게 노상 작용하고 있는지 생각하게 한다. [중략]

매주 일요일의 산책은 트릭 로빈, 또는 아버지식으로는 트렌 크롬이라는 곳으로 갔다. 그 꼭대기에서는 양쪽 바다가 ─ 한쪽으로는 세인트마이클스산, 다른 쪽으로는 등대가 ─

다 보였다. 콘월의 모든 언덕이 그렇듯이 곳곳에 화강암 덩어리가 드러나 있었는데, 그중 어떤 것은 옛날 무덤이고 제단이라고 했다. 어떤 바위들은 마치 대문 기둥처럼 구멍들이 뚫려 있었다. 어떤 것은 돌들을 쌓아 올린 것이었다. 흔들바위[10]는 트렌 크롬 꼭대기에 있었는데, 우리는 그것을 자주 흔들어 보곤 했다. 거친 돌이끼가 낀 그 표면의 구멍은 아마도 희생 제물의 피를 받는 곳이었으리라는 말도 있었다. 하지만 아버지는 워낙 진리를 엄격히 숭상하는 분이라 그런 말을 믿지 않았다. 아버지 생각에 그것은 진짜 흔들바위가 아니라 보통 바위들이 저절로 그렇게 놓인 것이라고 했다. 좁다란 오솔길들이 히스 들판을 지나 언덕 위로 이어졌고, 우리는 가시금작화 덤불 ― 달콤하고 고소한 냄새가 나는, 샛노란 금작화 덤불이었다 ― 때문에 무릎에 생채기가 나곤 했다. 또 다른 산책, 아이들끼리의 짧은 산책은 우리가 요정 나라라고 부르던 외딴 숲으로 가는 것이었는데, 숲 둘레에는 널따란 담장이 둘러 있었다. 우리는 담장 위를 걸으며 참나무와 우리 키보다 더 높이 자란 커다란 양치식물들이 우거진 숲속을 내려다보았다. 오크 애플[11] 냄새가 났고, 어둡고 축축하고 고요하고 신비로웠다. 더 멀리는 헤일스타운 늪지까지

---

10 〈흔들바위〉로 옮긴 Logan Rock이란 콘월 말로 Men Omborth, 즉 〈균형 잡힌 돌〉이라는 뜻이다.

11 oak apple. 참나무에 생기는 벌레혹[蟲癭]으로, 붉나무에 생기는 벌레혹인 오배자와는 달리 작은 사과처럼 동그란 모양이다.

도 원정을 갔었다. 이번에도 우리는 헬스턴 늪지라고 부르는 것을 아버지가 진짜 이름은 헤일스타운이라고 고쳐 주었다. 그 늪지에서 우리는 단단한 땅을 골라 디디며 폴짝폴짝 웅덩이를 건너다녔다. 웅덩이는 꿀쩍거렸고 잘못 빠지면 갈색 물이 무릎까지 왔다. 거기서는 고비와 보기 드문 공작고사리도 자랐다. 그런 산책들보다 더 좋은 것은 2주에 한 번쯤 예고되는 오후의 뱃놀이였다. 우리는 어선을 빌렸고, 어부가 우리와 함께 갔다. 한 번은 돌아오는 배에서 토비가 키를 잡아도 좋다는 허락을 받았다. 〈네가 배를 항구에 들일 수 있다는 걸 보여 주렴.〉 아버지는 늘 그렇듯 토비에 대한 신뢰와 자랑이 담긴 목소리로 말했다. 그래서 토비가 어부의 자리에 앉아 키를 조종했다. 그는 상기된 얼굴로, 푸른 눈이 더 푸르게 골똘한 눈빛으로, 입을 굳게 다물고, 곶을 지나 항구 안으로, 돛폭 한번 느슨해지는 일 없이, 우리를 태운 배를 몰아갔다. 또 한 번은 바다가 하얀 해파리들로 그득했다. 마치 램프 갓처럼 생긴 데다 머리칼 같은 것이 물살에 일렁였는데, 건드리면 침을 쏘았다. 가끔은 우리한테도 낚싯대가 건네어졌다. 물고기 살점을 미끼로 단 낚싯줄은 배가 물을 차고 나감에 따라 손 안에서 팽팽해졌다. 그러다가 ― 그 흥분을 어떻게 표현할 수 있을까? ― 휙 잡아채는 느낌이 전해져 오고, 또다시 잡아채면 줄을 끌어당긴다. 그러면 마침내 하얀 물고기가 몸을 틀며 수면 위로 올라와 갑판 위로 던져져서, 거기 떠

놓은 바닷물 속에서 이리저리 퍼덕이게 된다.

한 번은 우리가 성대와 가자미를 연거푸 낚아 올리며 한참이나 열중해 있자, 아버지가 내게 말했다. 〈다음에 너희가 낚시하러 올 때는 난 오지 말아야겠다. 물고기들이 잡히는 걸 보고 싶지 않아. 하지만 너는 원하면 와도 된다.〉 완벽한 교훈이었다. 무엇을 비난하거나 금지하는 대신 단지 자신의 느낌을 말하고, 그 점에 대해 내가 생각하고 스스로 결정하게 한 것이었다. 미끼를 문 물고기가 낚싯줄을 휙 잡아채는 느낌은 내가 그때까지 알던 가장 짜릿한 전율을 주었지만, 아버지의 말에 그 매력은 서서히 사라졌다. 나는 아무 불평 없이 낚시를 그만두게 되었다. 하지만 나 자신의 열정의 기억으로부터 나는 여전히 그런 활동의 즐거움을 떠올려 볼 수 있다. 사람이 모든 경험을 충분히 해볼 수는 없을진대, 그것은 다른 사람의 삶을 그려 보는 무엇을 키울 수 있는 무한히 소중한 씨앗 중 하나이다. 종종 우리는 그런 씨앗으로 만족해야 할 때도 있다. 다른 삶을 살았더라면 일어날 수도 있었을 일의 씨앗 말이다. 나는 그렇듯 〈낚시〉를 다른 여러 일시적으로 스쳐 간 일들, 예컨대 런던 거리를 거닐 때 지하층에 흘긋 던지는 일별 같은 것들과 함께 분류해 두고 있다.

오크 애플, 잎 뒷면에 씨들이 박힌 고사리, 레가타, 찰리 피어스, 울타리 문이 삐걱거리는 소리, 현관 앞 뜨거운 계단 위에서 바글거리던 개미들, 압정을 사던 것, 뱃놀이, 헤일스타운 늪지의 냄새, 트리베일의 농가에서 티타임에 반으로 갈라 콘월 크림을 끼운 빵을 먹던 것, 공부 시간에 바라보던 바다의 시시각각 변하는 빛깔들, 등나무 의자에 앉아 있던 나이 든 월스튼홈 씨, 잔디밭 위의 얽은 느릅나무 잎사귀들, 이른 아침 집 위로 날아가면서 우짖던 갈까마귀들, 뒷면이 잿빛이던 에스칼로니아 잎사귀들, 헤일에서 화약고가 터졌을 때 오렌지색 불티들이 하늘에 활을 그리던 것, 부표가 쿵 부딪치던 소리 — 세인트아이브스를 생각할 때면 무슨 이유에선지 마음속에 가장 먼저 떠오르는 이런 잡다하고 소소한 것들은 마치 물 밑의 그물을 표시하는 작은 코르크들과도 비슷하다.

마무리 같은 것이 있을 수 없는 곳에서 마무리를 짓는 한 방편으로, 그 그물을 — 내용물을 추리지 않은 채 — 물가로 끌어 올리기 위해, 이야기를 덧붙여 보면 이렇다. 어머니가 돌아가시기 2, 3년 전에(그러니까 1892~1894년쯤에) 어른들이 세인트아이브스를 떠나려 한다는 불길한 낌새가 아이들 방에도 전해졌다. 거리가 멀다는 것이 단점이었으니, 그 무렵 조지와 제럴드는 런던에서 직장에 다니고 있었다. 경비 문제도 있었고, 토비의 학교, 에이드리언의 학교가 더 시급해졌다. 그리고 그해 7월에 내려가 보니 전망대 바로 맞은편에 오트밀 빛깔의 크고 네모난 호텔 건물이 들어서 있었다. 어머니는 극적인 몸짓을 하며 전망을 망쳐 버렸다고, 세인트아이브스도 낱장이라고 말했다. 이런 이유들 때문에, 10월 어느 날 우리 정원에는 부동산 중개인의 팻말이 서게 되었다. 그 팻말에 다시 칠을 해야 했기 때문에, 나는 통에 담긴 페인트로 글자 몇 개를 — 세놓을 집이라는 — 채워 넣어도 좋다는 허락을 받았다. 페인트칠을 하는 기쁨과 그 집을 떠나야 한다는 두려움이 뒤섞였다. 하지만 한두 해 여름이 지나는 동안에는 세를 들겠다는 이가 나타나지 않았다. 위험이 지나간 것이기를 우리는 빌었다. 그러다 1895년 봄에, 어머니가 돌아가셨다. 아버지는 그 즉시 다시는 세인트아이브스를 보지 않기로 마음을 먹었다. 아마 한 달쯤 후에 제럴드가 혼자 내려가서 우리 임대차 계약을 밀리 다우라는 이에게 넘기는 일을 처리했고, 세인트아이브스는 영영 사라졌다.

밤 산책[1]

세인트아이브스 서쪽 해안에 있는 트리베일이라는 내포(內浦)까지 도보 여행을 갔던 길에, 우리 일행이 집을 향해 출발하기도 전에 가을 저녁이 저물기 시작했다. 어스름 속에서도 풍경은 너무나 선명하여 다들 말없이 우두커니 바라보기만 했다. 바다를 향해 장엄하게 줄지은 거대한 절벽들이 밤과 대서양의 파도를 맞이하며 서 있었는데, 마치 태곳적 명령에 다시 한번 순종하기라도 해야 한다는 듯 의연하고 고고한 모습이었다. 이따금 멀리서 등대의 불빛이 안개를 뚫고 황금 빛살을 던지며 문득문득 바위들의 거친 형태를 드러내곤 했다. 그 광경만으로도 아직 6~7마일을 더 걸어가기에는 시간이 너무 늦었다는 것을 충분히 알 수 있었다. 게다가 주

---

1 1905년 12월 28일 『가디언 Guardian』지에 실린 글. 1905년 8~9월 스티븐가의 사남매가 세인트아이브스 근처 카비스 베이에 묵었을 때 쓴 일기 (1905년 8월 11일~9월 14일)의 한 대목을 발전시킨 글이다("A Walk by Night", Essays I, pp. 80~32).

위 들판은 너무 어슴푸레해서, 길에서 벗어나지 않는 편이 현명할 것 같았다. 반 시간도 못 되어 우리가 딛고 있던 하얀 지면조차 안개처럼 풀어졌고, 우리 발은 질문이라도 하듯 더 듬거리며 땅을 디뎠다. 몇 야드 앞에서 물러나며 잠시 가물 거리던 형체도 마치 밤의 어두운 물결에 뒤덮인 듯 삼켜져 버렸고, 목소리는 심연을 건너오는 것처럼 들렸다. 다들 바 짝 붙어 걸으며 명랑한 토론으로 어둠을 물리치려 애썼음에 도 불구하고, 우리 목소리는 서로에게 낯설게 들렸고 더없이 타당한 논증도 힘을 잃었다. 우리는 어느새 그 어둡고 울적 한 장소에 걸맞은 화제들로 미끄러져 들었다.

너무 자주 찾아드는 침묵 속에서, 나란히 걷고 있는 사람 의 정체성마저 어둠 속으로 녹아드는 듯이 느껴졌다. 우리는 각기 혼자 걸으며, 사방에서 밀려드는 어둠의 압박을 의식하 고, 또 점차 그에 대한 저항이 약해지는 것을 의식했다. 지면 위에서 앞으로 실려 가는 몸은 기절이라도 한 듯 몽롱해져 가는 정신과 별개의 것인 듯했다. 길도 이미 등 뒤로 사라졌 고, 우리는 종잡을 수 없는 밤의 대양에 부닥친 것이었다. 낮 에 들판이었던 것을 가로질러 가는 우리의 도정처럼 불확실 해진 무엇에 대해 〈부닥쳤다〉거나 하는 확실한 행동을 나타 내는 말이 쓰일 수 있다면 말이다. 때때로 발밑의 땅을 굴러 가며 그 실체를 확인해 볼 필요가 있었다. 눈도 귀도 단단히 봉해졌다고나 할까, 아니면 뭔가 불가해한 압력이 그 위에 가해져서 서서히 부감각해졌다고나 할까, 발밑에서 몇 개의 빛이 나타난 것도 의식적으로 노력해야 깨달을 수 있을 정도였다. 그 빛들은 낮에 보듯 정말로 본 것이었던가? 아니면 주먹으로 얻어맞았을 때 눈앞에 흩어지는 별들처럼 머릿속에만 있는 환영이었던가? 거기 그 불빛들은 닻도 없이 떠도는 듯 우리 아래쪽 골짜기의 부드럽고 깊은 어둠 속에 떠 있었다. 눈이 그것들을 인지하자마자 머리가 깨어나 그 불빛들이 있을 만한 세상의 구도를 그려 냈다. 거기에 언덕이 있고, 그 아래 마을이 있으며, 우리가 기억하는 바와 같은 길이 마을을 두르고 있을 터였다. 불과 여남은 개의 불빛이 그처럼 세계를 견고하게 만들어 줄 수 있는 것이다. 우리 순례의 가장 기이했던 대목이 지나갔다. 뭔가 눈에 보이는 것이 나타나기 시작했으니, 눈앞에 그 증거가 있었다. 더구나 우리는 길 위에 있음을 확인했고, 그래서 좀 더 수월히 나아갔다. 이 어둠 속에도 사람들이 — 물론 낮에 보는 사람들과는 같지 않겠지만 — 있는 것이다. 문득 아주 가까운 데서 불빛이 나타나고, 우리 쪽으로 바퀴 삐거덕거리는 소리가 밀어닥치더니, 마차를 탄 남자 하나가 우리 앞을 지나갔다. 그러고는 이내 그의 불빛은 사라지고 바퀴 소리도 들리지 않게 되었다. 우리 목소리는 그에게 전혀 가닿지 않는 듯했다. 그러고는, 눈앞에서 장면들이 재빨리 스쳐 가기라도 한 것처럼, 우리는 어느새 어느 농가의 마당에 있었다. 각등(角燈) 하나가 흔들리는 불빛의 원반으로 한데 모여 있는 가축들을 비추었고, 어둠에 잠겨 있던 우리 일행의 모습을 군데군데 드러냈다. 우리에게 밤 인사를 건네는 농부의 음성이 마치 단단한 손길로 우리 손을 잡기라도 한 듯 우리를 세상의 연안으로 끌어올려 주었으나, 다음 순간 어둠과 침묵의 거대한 홍수가 다시금 우리를 뒤덮었다. 하지만 또 다른 불빛들이 우리 곁에 있었다. 그것들은 마치 바다를 지나는 선박들의 불빛처럼 소리 없이 다가와 있었으니, 우리가 언덕 위에서 본 바로 그 불빛들이었다. 마을은 조용했지만 잠들어 있지는 않았다. 마치 어둠과 말없이 다투기라도 하는 듯 눈을 크게 뜨고 누워 있었다. 담벼락에 기대고 있는 형체들도 눈에 들어왔다. 필시 사람일 터였다. 창밖에서 짓누르는 밤의 무게를 이기지 못해 잠들지 못하고 밖에 나와 어둠 속에 팔이라도 뻗어 보는 것이리라. 불빛은 그 주위에 밀어닥치는 밤의 무한한 파도에 비하면 얼마나 미약한 것일까! 바다의 배도 외롭겠지만, 이 황량한 땅에 닻을 내리고 밤마다 깊이를 알 수 없는 어둠의 물살에 홀로 노출된 이 작은 마을은 훨씬 더 외로워 보였다.

그런데도, 이 낯선 분위기에 일단 익숙해지자, 그 안에는 크나큰 평화와 아름다움이 있었다. 마치 실체의 세계에서 유령과 정령들만이 나와 돌아다니는 듯했다. 언덕이 있던 자리에는 구름이 떠돌았고, 집들 대신 불꽃들만이 남았다. 눈은 현실의 거친 외관에 긁힘이 없이 밤의 심연에 맑게 씻겨 기

눈을 되찾는 것만 같았다. 대지는 그 무한한 세부들과 함께 모호한 공간으로 용해되었다. 그처럼 감각이 새로워지고 민감해진 자들에게는, 집들이 너무 다닥다닥 붙어 있고 불빛들은 너무 강하다고 느껴졌다. 우리는 막 날아오르다 말고 붙잡혀 새장에 넣어진 새들과도 같았다.

나비와 나방: 9월의 곤충들[1]

지금도 우리가 어렸을 때만큼 많은 나비들이 있을까? 그때는 그토록 흔했던 작은주홍부전나비, 먹그늘나비, 노랑나비가 다 어디로 갔을까? 양지바른 곳에서 한 시간쯤 꽃들에 둘러싸여 있어도, 겨우 호랑나비 한 마리, 흰나비 스무 마리, 갈색초원나비 세 마리쯤 — 나비치고는 시시한 나비들밖에 셀 수가 없다. 아마도 진실은 — 〈보느냐 못 보느냐〉[2]에서 배운 대로 — 더 이상 수집하지 않게 되면서부터 눈에 잘 뜨이지도 않게 된 것일 터이다.

하여간 정원 밖으로 나서서 찾기 시작하면 나비가 없다고 불평할 이유가 없다. 한때 흔했던 몇몇 종류가 이제는 이상

---

1 1916년 9월 14일 『더 타임스』의 「통신원란」에 실린 글("Butterflies and Moth: Insects in September", *Essays VI*, pp. 381~383).
2 〈보느냐 못 보느냐Eyes or No-eyes〉는 20세기 초에 나왔던 어린이책 시리즈로, 제6권 『곤충들의 생활Insect Life』은 어린이들이 시골 생활에 흥미를 갖게 하기 위해 기획된 것이었다.

하게도 드물어진 것 같기는 하지만 말이다. 긴 풀숲을 헤치고 거의 한 걸음씩 떼어 놓을 때마다 뭔가 갈색 곤충이 날쌘 호를 그리며 다음 쉼터로 날아가고, 그렇게 가다 보면 어느새 파란나비들의 진영 가장자리에 있게 된다. 풀 줄기 끝마다 작은 나비가 한 마리씩 앉아서 깃발처럼, 화려하게 장식한 돛처럼 미풍에 흔들린다. 그 사이로 헤치고 나아가면 공기는 대번에 작고 푸른 팔락임들로 가득 차버리며, 다음 순간 그 팔락임들은 날개를 접고 내려앉는다. 하지만 다음 1마일을 가는 동안은 뻣센 갈색나비조차도 만나지 못할 수도 있다. 히스 가지에 날개가 달린 듯 날아올랐다가 다시 히스로 내려앉는 나비들 말이다. 그러다 다음 순간 클로버 풀밭이나 나무들 사이 양지바른 공터로 나서게 되는데, 그런 장소는 곤충들에게 불가항력의 매력을, 뭔가 달콤함이나 고즈넉함이나 메아리 같은 것을 지닌 듯하다. 저 잠자리를 매혹한 것은 대체 뭘까? 줄잡아 스무 마리는 되는 잠자리 떼가 그 붉고 푸르고 흰 날개로 명랑하고 고요하게 떠돌며 선회한다. 마치 태양에 익은 잔디밭 성역에 경배라도 드리는 듯이.

　바위들이 들쭉날쭉 솟아 있는 황야를 한 시간쯤 쏘다니며 노랑나비 한 마리를 쫓아가다가 마침내 잠자리채를 공중 높이 휘둘러 잡아 본 사람이라면, 누구도 들판의 나비들이 춤추는 것을 보면서 다시금 나비 채집에 나서고 싶은 욕망을 느끼지 않을 수 없을 것이다. 오색나비나 신선나비라도 나타

날지 누가 아는가? 저건 그냥 연푸른부전나비일까 아니면 마자린나비일까 또 아니면 아도니스나비일까? 아이러니하게도, 나비 채집의 시절이 지난 후에야 가장 근사한 기회들이 나타나곤 한다. 9월의 어느 화창한 아침, 집의 담벼락에 검은 점이 나타났다. 꺼져 가던 야심이 대번에 되살아나 우리는 그것이 나방이리고, 큰 박각시나방이라고 주장했다. 해골박각시나방인지도 모르지 않는가? 그래서 조심스럽게 땅 위에 놓아 보니, 정말로 그랬다. 쥐처럼 크고 부드러운 데다가, 해골 부분과 십자 뼈[3]는 벨벳에 새긴 듯했다. 온종일 놈은 나른하게 졸며, 건드리면 끽끽거리다가, 저녁이 되자 날아가 버렸다.

가을밤은 나방들로 가득하다. 빛이 스러지면 꽃밭에서는 나방들이 부산을 떨기 시작한다. 박각시나방이 날개를 보이지 않을 정도로 빠르게 진동시키며 연초나 달맞이꽃 위에 떠 있는 것보다 더 매혹적인 광경도 드물 것이다. 밤에 나방을 쫓아다니는 것은 많은 아이들에게 자연의 매력을 알게 해주었음에 틀림없다. 우선 나무에 설탕물을 흘려 놓는 것도 큰 재미이다. 땅거미가 질 무렵, 럼을 조금 섞은 당밀에 헝겊을 적셔서 나무둥치에 핀으로 꽂아 둔다. 어두워지면 여기에 나방들이 모여드는데, 빛은 아주 조심해서 비추어야 한다. 당

---

3 해골박각시나방은 머리 부분에 사람의 해골과 십자로 어긋놓은 뼈 모양의 무늬가 있다.

밀이 나무둥치를 타고 흘러내리면, 그 달콤한 물줄기마다 한두 마리 나방이 빨대 주둥이를 틀어박고 있는 것을 보게 된다. 때로 너무 취한 나방들은 나무둥치를 툭 치기만 해도 땅에 떨어진다. 신나는 순간이다. 운이 좋은 밤이면 나무가 온통 작고 검은 매듭들로 뒤덮이기도 한다. 대개는 흔한 노랑뒷날개나방, 큰거세미나방들이고, 끈질긴 방문객으로는 책에서 〈씨자무늬거세미나방〉이라 부르는 것도 있다. 하지만 때로 빛이 다가갈 때면, 휙 지나가는 붉은 점이 붉은뒷날개나방도 그 감미로움을 즐기고 있었음을 알게 해준다. 붉은뒷날개나방은 드물지는 않지만, 그래도 항상 어딘가 위엄이 있고 화려한 느낌이다. 하지만 무엇을 잡든, 깊은 밤 어두운 공기의 대양 가운데서 잡는 곤충들에는 신비와 매력이 있다.

설탕물로 나방을 유인하기에 가장 좋은 곳은 뉴포레스트[4]이다. 숲속으로 조금만 걸어 들어가면 9월밖에 되지 않았는데도 완전히 어둡고 적막해진다. 손에 든 각등이 어둠을 밀어내는 것이 마치 눈 쟁기로 눈밭에 길을 내는 것과도 같다. 각등을 땅에 내려놓으면 지하 세계의 온갖 신기한 생물들이 그 주위로 모여든다. 거미, 딱정벌레, 그리고 아마도 큰녹색수풀여치 같은 것들이 빛에 취해 황홀경에 든 듯하다. 불빛이 비추는 둥그런 연녹색 풀밭은 금방 기괴한 곤충들로 가득

---

4 잉글랜드 남부 햄프셔주에 있는 자연 보존 지역이자 국립 공원. 곳곳에 구릉지와 소택지, 원생림들이 있다.

찬다. 그것들이 게처럼 비트적거리는 각진 동작으로 풀잎을 뚫고 다가오는 동안, 그 희미하게 바스락거리는 소리에 귀기울일 수 있는 것이다.

나의 아버지[1]

이제 나의 아버지를 묘사해 보겠다. 네사와 내가 그 이상한 성격의 작렬에 아무 보호막 없이 노출된 것은 1897년 스텔라가 죽은 후 1904년 그 자신이 죽기까지의 7년 동안이었다. 스텔라가 죽었을 때 네사는 갓 열여덟 살, 나는 열다섯 살 반이었다. 내가 왜 〈노출되었다〉고 하는지, 그리고 그를 왜 〈이상한 성격〉이라고 하는지 — 정확한 표현은 아니지만, 달리 어떻게 표현해야 할지 모르겠다 — 설명하기 위해서는 내 어린 마음과 몸의 닳아 버린 껍질 속에 다시 들어가 살아야만 할 것이다. 나는 이제 당시의 내 나이보다는 그의 나이에 훨씬 더 가까워졌다.[2] 하지만 그때보다 그를 더 잘 〈이해〉하는지? 아니면 그 엄청나게 중요한 관계의 각을 뭉개 버려, 그의 관점에서도 나 자신의 관점에서도 묘사할 수 없게 되어 버린 것인지?

1 『존재의 순간들』 중 「과거의 스케치」에서 발췌한 글(*Moments of Being*, pp. 107~116, 136, 143~147).
2 울프가 「과거의 스케치」의 이 대목을 쓴 것은 1940년, 그녀가 58세 때였다.

나는 이제 모퉁이를 돌아 그를 보고 있다. 정면으로 보고 있지 않다. 더구나, 『등대로』에서 어머니에 대해 글을 씀으로써 그 추억의 힘을 상당히 지워 버린 것처럼, 거기서 아버지의 추억도 많이 지워 버렸다. 하지만 그도 여러 해 동안 나를 사로잡고 있었다. 그에 대해 쓰기까지는, 입술이 절로 달싹이면서 그와 논쟁을 벌이고, 그에게 화를 내고, 그에게 미처 하지 못했던 말을 혼자 중얼거리고 있는 나 자신을 발견하게 되곤 했다. 소리 내어 말하지 못했던 것들이 내 속에 얼마나 깊이 박혀 있었던지, 그중 어떤 것들은 여전히 말할 만하다. 가령, 네사가 매주 수요일에 검사받던 가계부 얘기를 꺼낼 때면, 나는 여전히 그 말 못 하고 쌓인 해묵은 분노를 온몸으로 느낀다.

하지만 내 마음속에서는 — 네사는 안 그럴지도 모르지만 — 분노와 사랑이 교차했다. 얼마 전 처음으로 프로이트를 읽으면서 비로소 나는 그 격렬하고 혼란스러운 애증이 일반적인 감정, 이른바 양가감정이라는 것을 발견했다. 하지만 아버지와 딸로서의 우리 관계를 분석하기에 앞서, 나는 그가 나한테가 아니라 바깥 세상에 그러했으리라 생각되는 모습부터 그려 보겠다.

그는 빅토리아 시대 초기의 소년으로, 강렬하고 편협한, 복음주의적이지만 정치적인, 고도로 지적이지만 미적인 감각과는 동떨어진, 스티븐 가문에서 자라났다. 한 발은 클래펌[3]에,

3 이른바 클래펌 공동체the Clapham Sect, 즉 18세기 말 노예 무역 폐지

다른 한 발은 다우닝가[4]에 둔 가문이었다. 분명 이런 것이 그의 전기의 첫 번째 문장이 될 터이고, 이런 식으로 계속되는 내용은 너무나 명백하므로 굳이 내가 나설 것도 없다. 즉, 그가 어떻게 이튼 스쿨에 진학했지만 불행했는지, 케임브리지에 가서 제 물을 만났는지, 그럼에도 사도회[5]의 일원으로 선출되지 못했는지, 몸이 튼튼하여 조정(漕艇) 팀을 이끌었는지, 크리스천이었지만 신앙을 버렸고 그러면서 얼마나 고뇌가 심했던지 — 프레드 메이틀런드[6]가 언젠가 내게 암시한 바에 따르면 자살까지도 생각했다고 한다 — 그러다가 펜데니스[7]를 위시한 빅토리아 시대의 젊은 지식인답게 — 그는 그 전형이었다 — 신문에 기고하게 되었는지, 미국에 갔는지

를 주장했던 윌리엄 윌버포스William Wilberforce(1759~1833)를 비롯하여, 19세기 초 영국 교회 내의 복음주의적 사회 개혁가들이 런던의 클래펌에 모여 살았던 것을 가리킨다. 레슬리 스티븐의 조부 제임스 스티븐James Stephen(1758~1832)은 윌버포스의 매제였다.

  4 영국 수상과 재무상의 공식 저택이 있는 거리. 영국 정부를 에둘러 가리킨다. 레슬리 스티븐의 조부 제임스 스티븐은 식민지 관리로 카리브 지역에 근무한 후 의회로 진출했고, 부친 제임스 스티븐(1789~1859)은 인도에서 식민지 정무 차관을 지낸 후 케임브리지 대학의 근대사 교수가 되었으며, 형 제임스 피츠제임스 스티븐James Fitzjames Stephen(1829~1894) 역시 인도에서 관직에 있다가 귀국하여 대법원 판사가 되었다.

  5 the Apostles. 케임브리지 대학의 유서 깊은 토론 동아리. 주로 학부생들로 구성되는데, 예수 그리스도의 사도들을 본떠 열두 명 정원이다. 1820년대에 시작되었을 것으로 추정되며, 이 엘리트 그룹에 드는 것은 큰 명예였다. 레슬리 스티븐은 멤버가 되지 못했으나 그의 형 제임스 피츠제임스는 멤버였고, 그의 아들 토비 스티븐은 역시 멤버가 되지 못했으나 그룹 멤버들과 가까이 지냈다. 레너드 울프를 비롯한 이들이 후일 블룸즈버리 그룹을 이루었다.

  6 Frederic William Maitland(1850~1906). 영국 역사학자, 법률가. 레슬리 스티븐과 절친하게 지냈으며, 스티븐 사후에 그의 전기를 썼다.

  7 새커리의 소설 『펜데니스 The History of Pendennis』의 주인공.

말이다. 한마디로 그는 내가 아는 한, 조지 트리벨리언[8]이나 찰리 생어,[9] 골디 디킨슨[10] 같은 케임브리지 지식인들 — 나는 나중에 이들과 알게 되었다 — 의 전형이요 거푸집이었다. 그에 대한 글을 쓰고 그를 묘사하는 일이 내게 지루한 것은, 한편으로는 그런 유형이 너무나 친숙하기 때문이고, 또 한편으로는 내게는 도무지 근사하지도 않고 별나고 로맨틱하지도 않은 유형이기 때문이다. 그런 유형은 마치 색깔도 없고 따스함이나 부드러움이라고는 없이 무수히 정확하고 명료한 선들로만 이루어진 강철 판화와도 같다. 내 상상력에 호소할 틈새나 귀퉁이는 전혀 없고, 내 눈길을 끄는 구석도 없다. 모든 것이 절제되고 완전하고 이미 정리되어 있다. 물론 나도 그들에게 감탄을 금치 못한다. 그들을 존경한다. 그들의 정직성과 성실성과 지성을 우러러본다. 그들의 인상은 내게 워낙 뚜렷이 각인되어 있는 터라, 그들과 같은 방에 있게 되면 대번에 알 수 있다. 그렇지 않고 다른 유형, 가령 해럴드 니컬슨[11]이나 휴 월폴[12] 같은 유형들과 같은 방에 있게 되면, 나는 은연중에 내 케임브리지 지식인의 잣대를 들이대며 속으로 〈당신들은 이러이러한 점에서 한참 모자라요〉 하고 생각하게 되는

---

8 George Otto Trevelyan(1838~1928). 영국 정치가, 작가.
9 Charles Percy Sanger(1871~1930). 영국 법조인.
10 Goldsworthy Lowes Dickinson(1862~1932). 영국 정치 철학자.
11 Harold Nicholson(1886~1968). 영국 외교관, 문인.
12 Hugh Walpole(1884~1941). 영국 소설가.

것이다. 하지만 동시에, 나는 매혹된 나머지 그들이야말로 내 잣대가 틀렸음을 보여 주는 산 증거라고 느끼기도 한다. 해럴드 니컬슨이나 휴 월폴 같은 이들은 내게 색채와 온기를 주며, 나를 즐겁게 하고 자극한다. 그렇지만 나는 조지 무어[13]를 존경하듯이 그들을 존경하지는 않는다.

하지만 내 아버지의 강철 판화에는 한 가지 덧붙일 것이 있으니, 불같은 성미였다. 나는 어린아이였을 때부터도 애니 이모[14]한테서 아버지가 너무나 화가 나서 어쨌다는 식의 말을 들은 적이 있었다. 그녀가 그 문장을 어떻게 맺었는지는 잊어버렸다. 대체로 온실에서 화분을 박살 냈다든가 하는 식이었는데, 아무도 그를 말릴 수 없었다는 것이다. 그가 자제하지 못했던 이런 기질은 그가 얼마나 이성을 숭상하고 혈기와 과장을, 온갖 최상급을 미워했던가를 생각하면 영 어울리지 않는다. 내 짐작에 그것은 그가 어린 시절에 신경이 예민했고 그래서 극도로 까다로운 성미도 대체로 받아들여져 오냐오냐 떠받들리며 자란 탓인 것 같다. 하지만 또한 그것은 당대의 위대한 인물들, 칼라일[15]이나 테니슨[16]이 본을 보였

---

13 George Edward Moore(1873~1958). 영국의 철학자로, 버트런드 러셀, 루트비히 비트겐슈타인 등과 함께 현대 분석 철학의 기초를 닦았다. 케임브리지 대학 출신으로, 1925년에는 그곳의 철학·논리학 교수가 되었다. 사도회의 일원으로, 블룸즈버리 그룹에 큰 영향을 미쳤다.

14 레이디 리치를 말한다.

15 Thomas Carlyle(1795~1881). 영국 평론가, 역사가.

16 Alfred Tennyson(1809~1892). 영국 시인.

던 관습, 즉 천재성을 타고난 사람은 원래 절제가 안 된다는 생각 탓이기도 했던 것 같다. 그리고 아버지가 청년이었을 때는 천재성이라는 것이 한창 숭상되던 시절이었다. 천재란 긍정적인 영감의 발작을 겪는 사람을 뜻했다. 〈아, 하지만〉 하고 아버지가 스티븐슨[17]에 대해 말하던 것이 생각난다. 〈그는 천재였어.〉 빅토리아 시대 특유의 의미에서 천재성을 지닌 사람들은 예언자와도 같아서, 일반인들과는 아예 다른 종족이었다. 그들은 옷차림도 달랐으니, 머리를 길게 기르고 검정 모자를 썼으며 케이프와 망토를 걸쳤다. 그들은 하나같이 〈함께 살기 힘든〉 사람들이었다. 하지만 내 생각에, 아버지는 함께 살기 힘들다는 것이 뭐가 문제인지 전혀 깨닫지 못했던 것 같다. 나는 아버지가 감정을 폭발시킬 때면 무의식적으로 〈이건 내가 천재라는 증거야〉라고 하면서 칼라일의 예에 기대어 굳이 자제하지 않았던 것이라고 생각한다. 그런 감정 폭발 후에 천재들은 〈감동적일 만큼 사과를 하는〉 것이 관습의 일부였다. 하지만 그는 그의 아내나 누이가 그의 변명을 받아들이는 것을 당연하게 여겼고, 자신은 천재이므로 사회적 양식과 규범에서 당연히 면제될 줄 알았던 것 같다. 하지만 그는 정말로 천재였는지? 아니, 사실 썩 그렇지는 않았다. 〈그저 양호한 이류 지성일 뿐〉이라고 언젠가 프리섬에서 함께

---

17 Robert Louis Stevenson(1850~1899). 영국 소설가. 레슬리 스틴븐은 로버트 루이스 스티븐슨의 재능을 가장 먼저 알아본 사람이었다.

그보케 풀밭 수위를 거닐다 그가 내게 말한 적이 있다. 자신이 과학자가 되었더라면 더 좋았으리라는 말도 했다.

천재가 되고자 하는 이 좌절된 욕망, 자신이 실은 일류가 아니라는 자각은 전형적인 케임브리지 지식인의 강철 판화를 금 가게 했다. 그 자각은 그를 극도의 침체와 자기 집착으로 이끌었으니, 적어도 만년의 그는 이 자기 집착 때문에 어린아이처럼 칭찬에 목말라했으며, 자신의 실패와 그 정도 및 이유들에 대해 지나치게 고민했다. 한 인간으로서 — 나는 아버지로서가 아니라 한 인간으로서의 그를 보려 하고 있다 — 그는 상투적인 케임브리지 유형보다 훨씬 더 특이하고 개성적이었다. 로웰이나 프레드 메이틀런드, 허버트 피셔[18] 같은 사람들은 그를 존경할 뿐 아니라 그에게 마치 보호자나 되는 듯한 따뜻한 애정을 지니고 있었다. 그가 여러 일화를 만들어 내고 전설을 창조하는 능력을 나는 그렇게 평가한다. 가령 프레드 메이틀런드는 온종일 함께 콘월의 황무지를 걷는 내내 레슬리는 말이 없었다면서 〈그래도 나는 우리가 친구가 되었다고 느꼈다〉고 말했다. 리턴 스트레이치[19]가 한 친척에게서 들은 바에 따르면, 아버지는 불가에 앉아 발을 흔

18 Herbert William Fisher(1826~1903). 영국 역사가로 레슬리 스티븐과 동서 간, 즉 줄리아의 언니인 메리 루이자 잭슨Mary Louisa Jackson (1841~1916)의 남편이었다.
19 Giles Lytton Strachey(1880~1932). 영국 작가, 비평가. 케임브리지 사도회의 일원으로, 블룸즈버리 그룹의 중심인물 중 한 사람.

들고 있었는데 매번 장작에 부딪혔고, 그럴 때마다 〈젠장〉이라고만 할 뿐 다른 말은 한마디도 하지 않았다는데, 스트레이치의 친척은 그 점에 매료되었다는 것이다. 코니시 부인도 그가 프레드 벤슨에게 얼마나 대단한 매력을 행사했던가를 이야기하면서, 이렇게 말했다. 〈그는 여자들이 좋아하는 온갖 자잘한 행동을 본능적으로 했다.〉

그는 딱히 이런 품성 또는 저런 품성이 아닌 무엇인가를 분명 지니고 있었으니, 온갖 자질들이 뭉뚱그려져 이른바 〈인물〉이라 할 만한 것을, 개성을 이루고 있었다. 그것은 일종의 묘한 침묵이었고, 〈젠장〉이라는 말을 인상적으로 내뱉는 방식이기도 했다. 그래서 정직성, 초탈함, 사랑스러움, 완벽한 성실성 같은 그의 명백한 자질을 지적해 봤자 전체를 이루는 개별적 자질들일 뿐, 그 전체는 그것을 이루는 자질들과는 달랐다. 어쨌든 그에 관한 일화나 추억들로부터 얻어지는 한 가지 사실은, 레슬리 스티븐이 그의 저서들과는 별개의 한 인물이었다는 것이다. 그저 들어서는 것만으로 방 안의 분위기를 완전히 바꾸어 놓는 인물, 월터 헤들럼[20]이나 허버트 피셔 같은 이들의 마음속에 여전히 살아 있던 인물, 그들에게는 참조할 만한 표준이 되던 인물이었다. 만일 레슬리 스티븐 같은 사람이 『트리스트럼 샌디*Tristram Shandy*』[21]

---

20 Walter George Headlam(1866~1908). 영국의 고전학자, 시인.
21 로런스 스턴Laurance Sterne(1759~1767)의 장편소설.

를 좋아한다면 그건 괜찮은 게 분명하다고 월터 헤들럼은 누군가에게 쓰기도 했다. 내가 말하려는 바가 바로 그것이다.

이렇게 주절주절 늘어놓으며 일부러 내 마음을 풀어놓음으로써, 나는 그 강철 판화에 흥미로운 요소를, 분석할 수 없는 무엇인가를 더하게 된다. 어린 시절의 나는 그 점을 의식하지 못했던가? 그것이 내 양가감정에서 사랑이라는 측면을 이루는 것이 아니었던가? 나 역시 그의 매력을 느끼고 있었다. 그것은, 생각나는 대로 꼽아 보자면, 그의 단순성, 성실성, 괴벽 — 아무리 불편하더라도 자신이 생각하는 바를 정확히 말하고, 하고 싶은 일을 하던 것을 괴벽이라 한다면 — 에서 기인하는 것이었다. 그는 감정 면에서 명쾌하고 직선적이었으며, 몇몇 지배적인 정열을 지니고 있었다. 그는 샌드위치만 싸 들고 훌쩍 먼 도보 여행을 떠나기도 했다. 누가 있든 개의치 않고 어떤 사실이나 의견을 기탄없이 개진했다. 그는 매우 강력한 견해들을 갖고 있었으며, 온갖 정보를 두루 꿰고 있었다. 다들 그가 하는 말에는 진지하게 귀를 기울였다. 그는 가족 가운데 신과도 같고 어린아이와도 같은 위치를, 극히 특권적인 위치를 차지하고 있었다. 한 번은 내가 아버지 흉내를 내어 머리칼 한 줌을 꼬다가 어머니의 핀잔에 〈아버지도 그러는데〉라고 대꾸하자, 어머니는 〈아버지가 한다고 해서 너도 다 해도 되는 건 아니야〉라고 말했다. 아버지는 그럴 자격이 있으니, 보통 사람들을 다스리는 법칙에 매이지 않기 때문이라는 듯한 말투였다.

아버지는 가족 식탁의 상석에 앉아 종종 죽은 듯 말이 없는 신기한 인물이었다. 때로는 꼬치꼬치 따지고 들었고, 때로는 토비에게 유난히 가르치려 들기도 했다. 이런저런 수의 제곱근은 뭐냐고 묻기 일쑤였고, 항상 기차표를 가지고 수학 문제를 냈으며, 주(主)의 수dominical number를 구하고 부활절 날짜를 계산하는 법을 가르쳐 주기도 했다. 어머니는 〈식탁에서는 수학 문제 같은 거 내지 말아요〉라고 항의하곤 했다. 때로는 오랜 벗과 함께 이야기하다가 ─ 아마도 대학 시절 이야기였던 듯하다 ─ 웃음을 터뜨려 이마에 핏줄이 부풀어 오를 지경이 되기도 했다. 그렇다, 나는 그라는 존재를 십분 느끼고 있었으며, 그가 그 작고 아주 푸른 눈을 내게로 향하며 어떻게인가 우리 둘이 한편이라는 것을 느끼게 할 때면 날카로운 기쁨의 충격을 느꼈다. 우리에게는 무엇인가 공통점이 있었다. 〈뭘 읽고 있니?〉 하고 그는 내 어깨 너머로 내가 읽고 있는 책을 들여다보곤 했고, 내가 또래 아이들이 이해할 수 없을 책을 읽고 있는 것을 보고 그가 재미있다는 듯 또 놀랐다는 듯 흠 소리를 낼 때면 나는 얼마나 우쭐해졌던지. 나는 분명 속물이었고, 그렇게 책을 읽어 댄 데는 아버지가 나를 아주 똑똑한 아이로 생각해 주었으면 하는 바람도 있었다. 내가 다 읽은 책을 들고 아버지 서재로 들어가 다른 책을 달라고 할 때면 아버지가 글 쓰던 것을 멈추고 자리에서 일어나 얼마나 흐뭇해하며 다정하게 대해 주었던지, 그가 기뻐하던 모습이 기억에 생생하다. 정말이지 나는 자주 그의 편이었으며, 그가 폭발할 때조차 그랬다. 한 번은 일요일 도보 여행에 갔던 아버지가 거친 옷에 바람과 진흙 냄새를 풍기며 돌아왔던 일이 생각난다. 그는 스텔라를 흠모하던 건장한 청년 더모드 오브라이언이 와 있는 것을 보고는, 친절한 마음에 그를 저녁 식사에 초대했다. 그러고는 신음을 하고 욕설을 웅얼거리며 응접실을 우왕좌왕 거닐었다. 그는 희생자 — 건장한 더모드 — 가 듣든 말든 개의치 않고, 믿기지 않을 만큼의 말을 쏟아 놓았다. 그는 마침 천재 기분이었던 터라, 아무도 그를 말릴 수 없었다. 만일 그때 천재 기분이 아니었더라면, 좀 더 신경을 썼을까? 그날 밤 나는 무슨 이유에서였는지, 어머니의 웃음 섞인 항의를 들으며 — 그녀는 손님을 그런 식으로 대접한 것이 미안했던 듯하다 — 어머니보다는 아버지의 기분에 공감이 갔다. 나는 계단 위에서 그 광경을 지켜보며, 〈아버지가 옳아요, 아버지가 옳아요〉 하고 되뇌었다. 그렇게 공감을 표현하면서 내가 아버지와 닮았다고 느꼈다. 무엇보다도, 나는 어머니를 볼 때만큼 선명하게 아버지를 본 적은 없었지만, 그는 이따금, 특히 귀 뒤로 넘긴 머리칼이 굽슬거리는 것이 대단히 인상적이고 실로 위엄 있는 모습이었다. 힐 브라더스의 옷에 연미복을 잘 차려입고, 아주 큰 키에 여위고 구부정했으며, 수염이 풍성해서 작고 가느다란 넥타이가 잘 보이지 않을 정도였다. 턱은 다소 들어간 편이었고, 아마도 입은 — 제대로 본 적이 없지만 — 그리 다부진 입매는 아니었던 것 같다. 하지만 이마는 높직하고 두드러진 것이, 잘생긴 두상이었다. 뇌의 아치 위쪽에 움푹 팬 곳이 있어, 내게 만져 보게 해준 적도 있다. 부숭부숭한 눈썹 밑의 눈은 아주 작았지만, 정말로 맑고 선명한 물망초 빛깔이었다. 손은 아주 아름다웠고, 연청색 돌에 쌍독수리 볏을 새긴 인장 반지를 끼고 있었다. 외모에 대한 무관심을 보여 주는 예로, 그는 반지의 돌이 빠져 달아난 후에도 그걸 그대로 끼고 있었다. 옷도 시를 읊으며 되는대로 입은 것만 같았다. 조끼 단추를 잠그지 않을 때도 많았고, 때로는 바지 앞섶을 채우는 것도 잊곤 했으며, 겉옷은 담뱃재로 잿빛이 되기도 했다. 그는 글을 쓸 때는 내내 파이프 담배를 태웠지만, 응접실에서는 절대로 담배를 피우지 않았다. 응접실에서 아버지가 앉는 자리 곁에는 램프와 두세 권의 책이 놓인 작은 탁자가 놓여 있었으며, 어머니는 그 뒤편, 방의 아주 어두운 구석에 설치된[22] 책상에 앉아 있곤 했다. 촛불을 끌 때는 로웰의 촛불 11개를 썼다. 아버지는 책을 읽으면서 발을 앞뒤로 흔들고 귀 뒤의 머리칼을 꼬았다 풀었다 하는 버릇이 있었다. 항상 몰두하여 주변을 전혀 의식하지 않는

---

22 울프가 여백에 《《설치된》》이라는 말이 맞다. 하이드 파크 게이트를 떠날 때 그 벽 일부를 잘라내 그 이탈리아 캐비닛을 떼어 내야 했다〉라고 쓴 것으로 보아, 아마 붙박이 캐비닛식 책상이었던 듯하다.

늦이 보였으며, 기계적으로, 그러니까 항상 일정한 시간에 일어나 나가는 식으로, 위층으로 일하러 가고, 밖으로 나가 산책을 하고, 일요일마다 제임스 페인[23]을 방문하거나 어딘가 모임에 갔다. 문밖에 나서면 큰 보폭으로 성큼성큼 걸었으며, 종종 시를 읊으며 머리를 힘차게 흔들고 지팡이를 휘두르기도 했다. 그는 항상 중산모를 썼는데, 모자가 그의 머리 위에 얹힌 모양은 양쪽으로 흘러넘치는 무성한 덤불 같은 머리칼 때문에 다소 기묘해 보였다. 나는 그가 어머니와 저녁 파티에 초대되어 갈 때면 아주 근사한 야회복 차림이던 것도 기억하고 있다. 그의 검정 조끼에는 가장자리에 끈이 둘려 있었으며, 그는 한옆에 고무 밴드를 댄 반장화를 신었다. 〈이 파티니 뭐니 하는 게 끝나면 기쁘겠구나, 지니.〉 아버지는 램프 곁에 서서 기다리고 있던 내게 말했고, 나는 그가 그렇게 속내를 귀띔해 주는 것이 흐뭇하면서도 그가 실은 즐거워하고 있음을 느낄 수 있었다. [중략]

그 무렵의 사교적인 아버지를 나는 전혀 모른다. 작가로서의 아버지는 물론 그의 책들을 통해 알 수 있다. 말하자면 남자들 앞에서의 레슬리 스티븐 말이다. 그를 냉정하고 냉소적이라 생각한 이도, 무섭고 사납고 다가갈 수 없다고 생각한 이도 많았지만, 많은 작가들과 학자들이 그를 존경했다.

---

23 James Payn(1830~1898). 영국 소설가. 레슬리 스티븐의 뒤를 이어 『콘힐 매거진』의 주간을 맡았다.

그는 사람들의 회고록 곳곳에서 발견된다. 스티븐슨이나 고스[24]와 점심 식사를 할 때는 한마디도 하지 않았고, 길고 차가운 손과 부채 모양 수염을 가슴팍에 늘어뜨린 채 말없이 앉아 있었다. 그의 책들을 읽을 때면 나는 비판적인 눈으로 그를 보게 된다. 나는 나 자신의 생각을 보완하기 위해 늘 그의 『서재에서 보낸 시간*Hours in the Library*』을 읽는다. 가령 콜리지[25]를 읽을 때면, 그가 콜리지에 대해 쓴 글을 읽으면서 뭔가 보완하고 수정하고 내 유동적인 시각을 견고하게 만들어 줄 무엇인가를 발견하는 것이다. 나는 그에게서 섬세한 정신, 상상력이 풍부한 정신, 함축적인 정신은 발견하지 못한다. 그것은 강인한 정신, 황무지를 활보하는 건전한 정신, 참을성이 없고 제한된 정신, 자기 기준의 정직하고 도덕적인 것을 전적으로 받아들이는, 그래서 〈이 남자는 선한 남자다, 저 여자는 선한 여자다〉라고 믿어 의심치 않는 인습적인 정신이다. 나는 근골질의 불가지론자이며 명랑하고 쾌활하고 항상 분별력과 남자다움을 높이 평가하고 감상적이고 모호한 것을 질색하는 레슬리 스티븐, 그러면서도 적절한 곳에서는 일말의 감상을 곁들이기도 하는 그의 면모를 본다. 〈나는 더 말하지 않겠다…… 절묘한 감수성…… 철저한 남자다움…… 여성적인 섬세함…….〉 이런 대목은 아주 단순하게

---

24 Edmund Gosse(1849~1928). 영국 시인, 비평가.
25 Samuel Taylor Coleridge(1772~1834). 영국 낭만주의 시인.

축조된 세계관을 보여 준다. 어쩌면 그 무렵의 세상은 아주 단순했는지도 모른다. 그것은 우리의 세상에 비하면 흑백이 선명한 세계였다. 파괴해야 할 것들도 명백했고, 간직해야 할 것들도 명백했다. 나는 그 레슬리 스티븐에 대해 (웃으며) 감탄하고, 최근에는 가끔씩 그가 부러워지기도 한다. 하지만 그는 내 타고난 취향의 저자는 아니다. 그래도 마치 개가 한 입씩 풀을 먹듯이, 나는 약처럼 한 입씩 그를 먹는다. 그러다 보면 슬며시 자식으로서가 아니라 독자로서 그에 대한 애정이 들게 된다. 그의 용기, 소박함, 강인함과 무심함, 외관에 대한 무시 같은 것들을 사랑하게 되는 것이다.

그의 책들을 통해 나는 작가로서의 아버지를 접할 수 있다. 하지만 네사와 내가 집안 살림을 물려받았을 때, 나는 사교적인 아버지에 대해서는 전혀 알지 못했고, 작가로서의 아버지는 그를 책에서만 만나게 된 지금보다 훨씬 더 까다롭고 집요했다. 그 무렵 나를 지배했던 것은 폭군적인 아버지 — 까다롭고, 격렬하고, 연극적이고, 노골적이고, 자기중심적이고, 자기 연민에 빠진, 귀가 먹은, 애절한 — 애증이 교차할 수밖에 없는 아버지였다. 마치 야수와 함께 우리에 갇혀 있는 것과도 같은 상황이었다. 만일 열다섯 살의 내가 과민하고 겁 많은 어린 원숭이로, 노상 침을 뱉거나 견과를 깨뜨려 먹고, 껍질을 사방에 던지고, 잔뜩 찌푸린 채 꿍얼거리다 어두운 구석으로 훌쩍 몸을 날려, 우리 이쪽저쪽으로 그네를 타며 황홀경에 빠져 있었다고 하자. 그는 우리 안을 어슬렁대는 시무룩하고 위험한 사자였다. 뭔가 기분이 언짢고 마음이 상해 화가 잔뜩 나서, 갑자기 사나워졌다가는 또 아주 겸손해지고, 그러다 또 위엄을 부린다. 그러고는 먼지투성이에 파리가 들끓는 우리 한구석에 드러눕는 것이다. [중략]

나는 1897년부터 1904년까지 그 불행했던 7년 앞에서 움츠러든다. 그 당시 우리의 삶만큼 고통에 시달리고 초조하고 〈비존재non-being〉로 무감각해졌던 삶도 별로 없을 것이다. 간단히 말해 그것은 저 두 차례의 불필요한 타격[26] 때문이었다. 그 시절을 〈행복〉까지는 아니더라도 정상적이고 자연스럽게 만들어 주었을 두 사람을 잔인하고 무의미하게 죽여 버린 무차별적이고 생각 없는 도리깨질 때문이었다. [중략]

많은 남자들이 오고 가는 세계, 무수한 방이 있는 그 커다란 집에서, 네사와 나는 우리 둘만의 작은 세계를 이루고 있었다. 그것은 하이드 파크 게이트[27]라는 크고 메아리치는 껍질 안에서 치열한 삶과 즉각적인 공감으로 지탱되는 작은 중심과도 같았다. 그 껍질은 온종일 비어 있었다.[28] 저녁이 되면 그들이 모두 돌아올 것이었다. 에이드리언은 웨스트민스터에서, 잭은 링컨스인필즈에서, 제럴드는 덴츠에서, 조지는

26 어머니의 죽음(1895)과 의붓 언니 스텔라의 죽음(1897)을 가리킨다.
27 레슬리 스티븐 일가의 런던 집이던 하이드 파크 게이트 22번지를 말한다.
28 이본에는 〈우리는 온종일 아버지와 함께 있었다〉라고 되어 있다.

우체국이나 재무성에서, 다시금 구심점으로, 네사와 내가 주재하는 티테이블로 돌아왔다.[29] 오전의 일을 마친 후 우리는 낮 시간은 둘이서 함께 보냈다. 우리는 우리만의 시각을 형성했고 그 시각에서 세상을 보았으므로, 세상은 우리 둘에게 거의 똑같이 보였다. 스텔라가 죽은 직후 우리는 우리를 좌절시키는 이 당혹스러운 소용돌이 안에서 우리 자신을 위한 발판을 만들어야 한다는 것을 깨달았다. 날마다 우리는 줄곧 빼앗기거나 비틀리게 되는 것을 지키기 위해 싸워야 했다. 가장 시급한 장애, 우리의 생명력과 살기 위한 투쟁을 짓누르는 가장 억압적인 바위는 물론 아버지였다. 일주일 중 단 하루도 우리가 머리를 맞대고 계획을 짜지 않고 지나간 적이 없었던 것 같다. 키티 맥스나 케이티 사인이 올 때, 아버지를 나가 있게 할 수 있을까? 늙은 브라이스 씨가 티타임에 올까? 나는 켄징턴 가든을 배회하며 오후를 보내야만 할까? 우리 친구들을 스튜디오로, 그러니까 3층 아이들 방으로 데려갈 수 있을까? 부활절에 브라이턴에 안 갈 수 없을까? 등등 날이면 날마다 우리는 아버지라는 엄청난 장애물의 압박을

29 이본에는 뒤이어 〈토비는 클리프턴 아니면 케임브리지에 있었다〉라고 되어 있다. 당시 에이드리언은 런던에 있는 퍼블릭 스쿨인 웨스터민스터 스쿨에 다니고 있었고, 토비는 또 다른 퍼블릭 스쿨인 클리프턴 칼리지를 거쳐 케임브리지 대학에 진학했다. 스텔라의 남편이었던 잭 힐스John Waller Hills(1867~1938)는 아내를 여읜 후에도 스티븐 자매들과 가깝게 지냈으며, 사무 변호사로서 법조계에서 일하고 있었다(링컨스인필즈란 영국의 대표적인 법조원 중 하나인 링컨스인 근처의 광장이다). 조지와 제럴드 덕워스 형제는 각기 직장에 다니고 있었다.

피할 방도를 궁리했다. 하지만 일주일 전체를 두려움으로 그 늘지게 했던 것은 수요일마다 어김없이 반복되는 공포였다. 수요일이면 우리는 주간 가계부를 그에게 검사받아야 했다. 아침 일찍부터 우리는 가계부가 위험 수위 — 내 기억이 맞다면 11파운드 — 를 넘어섰는지 아닌지 알고 있었다. 상태가 나쁜 날은 점심때부터 고문을 당하는 기분이었다. 점심 직후에 가계부를 제출하게 되어 있었다. 그는 안경을 꺼내 쓰고 숫자들을 읽었다. 그러고는 주먹으로 장부책을 내리쳤다. 얼굴이 시뻘게지며 핏줄이 부풀어 올랐다. 그러고는 알아들을 수 없는 웅얼거림에 이어, 고함이 터져 나왔다. 〈난 파산이다!〉 그는 가슴을 치면서 자기 연민과 공포와 분노를 극적으로 표출했다. 버네사는 그의 곁에 서서 아무 말도 하지 못했다. 그는 그녀에게 비난과 욕설을 퍼부었다. 〈넌 내가 불쌍하지도 않으냐? 거기 그렇게 목석처럼 서서……〉 운운. 그녀는 여전히 말이 없었다. 그는 또다시 나이아가라로 직행 운운하며[30] 자신의 비참함과 그녀의 낭비에 대해 되는대로 떠오르는 말을 마구 쏟아 냈다. 그러다가 태도가 돌변하여, 깊은 한숨을 내쉬며 펜을 집어 들고 보란 듯이 떨리는 손으로 수표에 서명을 하는 것이었다. 그러고는 많은 신음과 함께 펜과 장부책을 치우고는 의자에 몸을 깊이 묻으며 머리를

---

30 〈나이아가라를 타고 내려가 파산으로 직행〉한다는 것이 레슬리 스티븐의 입버릇이었다.

가슴에 처박고 생각에 잠긴 듯 앉아 있었다. 그러다 지치면 책을 한 권 집어 들고 잠시 읽다가 다시금 탄식하듯이, 애원하듯이(그는 내게 이런 과격한 장면을 보이는 것이 싫었던 것 같다), 내게 말을 건넸다. 〈오늘 오후에 뭘 할 거냐, 지니?〉 나도 말이 나오지 않았다. 그때처럼 분노와 좌절을 느꼈던 적이 없다. 그때 내가 느꼈던 그에 대한 경멸감과 내 자신에 대한 연민은 어떤 말로도 표현할 수 없는 것이었다.

이상과 같은 것이 〈나쁜 수요일〉에 대한 가능한 한 과장 없는 묘사이다. 그리고 〈나쁜 수요일〉은 항상 우리 머리 위에 드리워져 있었다. 지금도 나는 그의 행동에 대해 잔혹하다는 말밖에는 할 수가 없다. 만일 그가 말 대신 채찍을 들었다 해도 그 잔혹성이 더해지지는 않았을 것이다. 그것을 어떻게 설명할 수 있을까? 그가 살아온 삶으로 조금은 설명이 될 것이다. 그는 꽃병을 깨뜨려 자기 어머니에게 던진 이래(사건의 진상은 어땠는지 모르지만, 그런 이야기가 전해져 왔다) 응석받이로 자랐었다. 〈예민하다〉는 것이 당시 그를 두둔해 주던 말이었다. 그러다 나중에는 예의 〈천재〉 전설이 작용하게 되었다. 그래서 처음에는 그의 누나인 캐리[31]가, 다음에는 미니[32]가, 그다음에는 내 어머니가 각기 그 전설을 받아들이고

---

31 레슬리 스티븐의 여동생인 캐럴라인 스티븐Caroline Stephen (1834~1909)을 말한다. 울프에게 유산을 남겨 주어 글쓰기에 전념할 수 있게 해준 고모이다.
32 레슬리 스티븐의 첫 번째 아내인 해리엇 새커리를 말한다. 흔히 〈미

경의를 표하면서 다른 사람을 위한 짐을 늘려 왔다. 하지만 몇 가지 보태고 자세히 해야 할 것들이 있다. 우선, 그런 감정 폭발이 남자들 앞에서는 결코 용인되지 않았다는 사실이다. 그래서 프레드 메이틀런드는 레슬리의 성미가 자신이 (그의 전기에서) 〈불꽃의 소나기〉라 미화한 것보다 훨씬 심했다는 것을, 캐리의 요령 있는 귀띔에도 불구하고 절대로 믿지 않았다. 만일 토비나 조지가 아버지에게 가계부를 제출하는 역할을 맡았더라면, 감정 폭발은 훨씬 덜했을 것이다. 그렇다면 그렇듯 여자들 앞에서 분노를 내뿜는 데 대해 수치를 느끼지 않았던 것은 무엇 때문일까? 물론 부분적으로는 당시 여자들이 (천사 같은 역할로 미화되기는 했지만) 사실상 노예였기 때문이다. 하지만 그것도 가슴을 두드린다거나 신음한다거나 하는 연극적인 행태를 설명해 주지는 못한다. 그 점은 그의 여성에 대한 의존으로 설명이 될 것이다. 그는 항상 누군가 여자 앞에서 행동하고, 그녀의 지지와 위로를 받을 필요를 느꼈다. (〈네 아버지는 우리 없이는 못 살 부류의 남자란다〉 하고 메리 이모가 내게 소곤거린 적이 있었다. 〈우리한테는 아주 잘된 일이야.〉 나는 그녀와 팔짱을 끼고 계단을 내려오다가, 그 말을 좀 더 생각할 거리로 마음에 새겨 두었다.) 그는 왜 그런 여자를 필요로 하는지? 왜냐하면 그는 자신이 철학자로서 실패했다고 생각하기 때문이었다. 그 실패가 그를 니〉라 불렸다.

갉아먹고 있었다. 하지만 그는 자신의 신조, 말하자면 그가 공적인 관계에서 채택했던 태도 때문에 칭찬에 대한 욕구를 드러내지 못했다. 그래서 프레드 메이틀런드나 허버트 피셔에게 그는 철저히 자신을 낮추는 사람, 겸손하다 못해 우스꽝스러울 정도로 자신을 비하하는 사람으로만 보였다. 반면, 우리에게 그는 까다롭고 탐욕스럽고 뻔뻔할 정도로 칭찬에 목말라하는 사람이었다. 그러니까 그런 욕구와 억압을 결합시키면, 그가 버네사에게 거칠게 대하는 것은 그가 여성이 제공하고 자극하는 동정심에 대한 온당치 못한 욕구를 갖고 있었는데, 버네사가 그런 역할 — 반은 천사이고 반은 노예인 — 을 거부한 것이 그를 격분케 했기 때문이라는 설명이 가능해진다. 그녀의 태도가 자기 연민을 필요로 하는 감정의 흐름을 차단하고, 그의 안에 자신이 의식하지 못하는 본능을 휘저어 놓았던 것이다. 하지만 그는 한편으로는 부끄러워하기도 했다. 〈너는 틀림없이 내가 어리석다고 생각하겠지〉하고 그는 그런 발작이 지난 후 내게 말한 적이 있다. 그의 〈어리석다〉라는 말에 나는 잠자코 있었다. 나는 그를 바보라고 생각하지 않았다. 나는 그가 잔혹하다고 생각했다.

만일 누군가가 그에게 대놓고 〈여자애를 그런 식으로 대하다니 당신은 잔혹한 사람이오〉라고 말했다면, 그는 뭐라고 했을까? 나는 그런 말이 그에게 도무지 의미가 있었으리라고 생각되지 않는다. 그가 자신의 행동을 그렇게까지 의식하지 못했던 이유는, 그의 책에서도 명백히 드러나는 바, 비판력과 상상력 사이의 간극에서 발견될 수 있다. 그에게 어떤 사상을, 가령 밀[33]이나 벤담[34]이나 홉스[35]의 사상을 분석해 보라고 하면, 그는 (메이나드[36]가 내게 말해 준 대로) 예리함과 명석함과 공정성의 본을 보일 것이다. 하지만 그에게 어떤 인물을 설명해 보라고 하면, 그는 극히 조야하고 유치하고 인습적이라, 그의 인물 묘사는 어린아이가 크레용으로 그리는 그림만도 못할 것이다. 이 점을 설명하려면, 케임브리지의 편파적인 교육이 내는 절름발이 효과를 논해야 할 것이다. 그리고 19세기의 작가라는 직업과 강도 높은 두뇌 노동의 폐해도 논의되어야 할 것이다. 그는 결코 육체노동을 한 적이 없었다. 그 두 가지 영향이 음악이나 미술에는 소질이 없고 청교도적으로 키워진 바탕에 어떻게 작용했을지 고려해 보아야 한다. 이 모든 것과 그것이 어떤 감수성을 강화하고 다른 어떤 감수성을 위축시켰을지 따져 보아야 할 것이다.

게다가 그는 65세의 나이에 고립되어[37] 갇힌 사람이었다는 사실이 있다. 그는 자신의 감정을 너무나 무시하고 때로는 위장했으므로, 자신이 어떠한지, 다른 사람들은 또 어떠

---

33 John Stuart Mill(1806~1973). 영국 철학자, 경제학자.
34 Jeremy Bentham(1748~1832). 영국 철학자, 법학자.
35 Thomas Hobbes(1588~1679). 영국 철학자.
36 John Maynard Keynes(1883~1946). 영국 경제학자. 블룸즈버리 그룹의 일원이었다.
37 노경의 레슬리 스티븐은 귀가 잘 들리지 않았다.

76

한지 전혀 모르게 되고 말았다. 그래서 그런 격렬한 분노의 표출로 공포와 혐오를 불러일으켰던 것이다. 그런 발작에는 무엇인가 맹목적이고 동물적이고 야만적인 데가 있었다. 로저 프라이[38]는 문명이란 자각을 의미한다고 말한 적이 있거니와, 아버지는 그처럼 자각이 결여되었으니 깨이지 못한 사람이었다. 그는 자신이 무슨 짓을 하는지 깨닫지 못했다. 아무도 그를 깨우칠 수 없었다. 하지만 그는 괴로워했고, 자기 감옥의 벽들을 통해 이따금 깨달음의 순간들을 얻었다.

이 모든 것으로부터 나는 한 가지 변함없는 사실을 확인하게 된다. 즉, 자기 본위만큼 끔찍한 것은 없다는 사실이다. 어떤 것도 자기 자신을 그토록 잔인하게 해치지 못하며, 어떤 것도 어쩔 수 없이 거기 맞닥뜨린 사람들을 그토록 심하게 상처 내지 못한다.

하지만 이제 이렇게 세월이 지나고 보면, 그 무렵 우리에게는 보이지 않던 것들이 눈에 들어온다. 즉, 아버지와 우리의 나이 차 때문에 가로놓여 있던 심연 말이다. 하이드 파크 게이트의 응접실에는 서로 다른 두 시대, 즉 빅토리아 시대와 에드워드 시대가 대치하고 있었다.[39] 우리는 그의 자식이

---

38 Roger Fry(1866~1934). 영국 화가, 미술 평론가. 블룸즈버리 그룹의 일원이었다.
39 빅토리아 시대는 빅토리아 여왕의 치세인 1837~1901년, 에드워드 시대는 에드워드 7세의 치세인 1901~1910년, 또는 제1차 세계 대전 직전인 1914년까지를 일컫는다.

아니라 손자뻘이었다.[40] 우리 사이에는 완충 역할을 할 한 세대가 있어야만 했다. 그가 격노할 때 우리 눈에 왠지 우스꽝스럽게 비쳤던 것은 그 때문이었다. 우리는 미래를 바라보는 눈으로 그를 보았다. 우리가 본 것은 이제는 열여섯이나 열여덟 살 난 소년 소녀에게도 너무 명백하여 설명할 필요조차 없는 것이었다. 하지만 우리는 미래를 바라보면서도 철저히 과거의 권력 아래 놓여 있었다. 버네사와 나는 둘 다 타고난 모험가요 혁명가였음에도, 우리보다 50년은 더 늙은 사회의 지배하에서 살았다. 우리의 투쟁을 그토록 힘들고 격렬하게 만든 것은 이런 기묘한 사실이었다. 우리가 살았던 사회는 여전히 빅토리아 사회였다. 아버지 자신이 전형적인 빅토리아 시대 사람이었다. 조지와 제럴드는 빅토리아 사람들에게 동조하고 있었다. 그래서 우리는 그들과 두 가지 싸움을 치러야만 했다. 개인적인 싸움과 동시에 사회적인 싸움을. 말하자면, 우리는 1910년대에, 그들은 1860년대에 살고 있었던 것이다.

---

40 울프는 레슬리 스티븐이 50세 때 태어났다.

블룸즈버리 그룹의 탄생[1]

   몰리[2]의 명령에 따라, 나는 올드 블룸즈버리 — 그러니까 1904년부터 1914년까지의 블룸즈버리 — 에 대한 회고록을 써야 했다. 당연히 나는 블룸즈버리를 여러분의 시각이 아니라 내 시각에서 본다.[3] 이 점에 대해 양해를 구해야 할 것이다. 내 시각에서 블룸즈버리에 다가가려면 하이드 파크 게이트[4]

---

1 『존재의 순간들』로 엮인 세 번째 원고인 「회고록 클럽에서 발표한 글 The Memoir Club Contributions」 중 「올드 블룸즈버리Old Bloomsbury」에서 발췌한 글(*Moments of Being*, pp. 181~192). 회고록 클럽이란 1차 대전이 끝난 후인 1920년에 자신들끼리는 〈올드 블룸즈버리〉라 칭하고, 바깥세상에는 간단히 〈블룸즈버리〉로 알려졌던 열세 명의 가까운 친구들이 다시 모여 결성한 모임이다. 이들은 정기적으로 모여 함께 식사한 후 회고의 글을 읽고 나누었다. 이 글은 1921년 말 또는 1922년에 쓰인 것으로 추정된다.

2 Mary MacCarthy(1882~1953). 블룸즈버리 그룹의 일원이던 데즈먼드 매카시Desmond MacCarthy(1877~1952)의 부인으로, 그녀 자신도 작가였다.

3 그룹 멤버의 대부분은 케임브리지의 토론 동아리 〈사도회〉에 속한 것을 인연으로 울프의 오빠 토비 스티븐의 자매들이 여는 모임에 오게 된 것이니, 자매들과는 다른 시각을 지니고 있었을 터이다.

4 레슬리 스티븐 생전에 울프의 가족이 살던 집인 하이드 파크 게이트 22번지.

를 거쳐야만 한다. 퀸즈 게이트 옆, 그리고 켄징턴 가든의 맞은편에 있던 그 비뚤비뚤한 막다른 골목의 집 말이다. 치장 벽토로 시작해서 붉은 벽돌로 끝나는 그 골목의 거의 맨 끝 왼쪽에 있는 그 높다란 집을 잠시 바라볼 필요가 있다. 그 집은 아주 높지만 — 이제 팔아 버렸으니 마음 놓고 말할 수 있는데 — 너무 낡아서 바람이 세게 불면 쓰러질 것처럼 보인다. [중략]

하이드 파크 게이트는 이제 블룸즈버리와 멀어졌지만, 그래도 그 그림자를 드리우고 있다. 하이드 파크 게이트 22번지가 먼저 있지 않았더라면, 고든 스퀘어 46번지[5]는 그것이 의미했던 바를 결코 의미하지 못했을 것이다. 그것은 한 가족이 아니라 세 가족이 살도록 작고 기묘하게 생긴 방들이 칸칸이 들어찬 집이었다. 왜냐하면 덕워스 자녀 셋, 스티븐 자녀 넷, 그리고 새커리의 손녀까지 있었기 때문이다.[6] 로라는 멍한 눈을 하고 나날이 더 백치에 가까워졌으며, 글도 읽지 못하고 가위를 불 속에 집어 던지거나 둔한 발음으로 말을 더듬었지만, 그래도 식탁에는 우리와 함께 앉아야 했다. 그렇게 많은 아이들을 위해, 맨 위층에 한 층을 더 짓고, 맨

5 레슬리 스티븐의 사망(1904) 후 스티븐가 사남매가 이사한 곳.
6 덕워스 자녀 셋이란 줄리아 스티븐의 첫 번째 결혼에서 태어난 스텔라, 제럴드, 조지를, 스티븐 자녀 넷이란 줄리아와 레슬리 스티븐 사이에서 태어난 버네사, 토비, 버지니아, 에이드리언을, 새커리의 손녀란 레슬리의 첫 번째 결혼에서 태어난 딸 로라를 말한다. 로라는 지적 장애가 있었으나 다른 형제자매들과 함께 살다가, 성년이 된 후 시설로 보내졌다.

아래층의 식당은 밖으로 달아내야 했다. 아마 설계비를 아끼기 위해 어머니가 손수 종이에 자신이 원하는 바를 그렸을 것이다. 이 세 가족은 자신들의 모든 소유를 이 집 하나에 쏟아부었다. 수많은 컴컴한 찬장과 옷장들을 뒤질 때면 허버트 덕워스[7]의 법정 변호사용 가발이 나올지 내 아버지의 성직자용 목깃[8]이 나올지, 또 아니면 새커리가 그림을 그린 종이 — 나중에 우리는 그 종이를 피어폰트 모건[9]에게 상당한 금액을 받고 팔았다 — 가 나올지 알 수 없는 일이었다. 오래된 편지들이 수십 개의 검은 주석 상자에 가득 들어 있었다. 그걸 열면 케케묵은 과거의 냄새가 훅 끼쳐 왔다. 가문(家紋)이 새겨진 조상 전래의 기명들이 쟁여진 궤짝들도 있었다. 도자기며 유리잔들이 그득했다. 여덟 살부터 예순 살까지 열한 사람이 그 집에 살았고, 일곱 명의 하인들이 시중을 들었으며, 그 밖에도 다양한 모양새의 나이 든 여자들과 절뚝거리는 남자들이 갈퀴며 물통을 들고 잡다한 일을 처리했다.

그 집은 어두웠다. 맞은편 집의 레드그레이브 부인이 자기 침실에서 목을 씻는 것이 다 보일 정도로 좁은 골목이었

---

7 Herbert Duckworth(1833~1870). 울프의 어머니 줄리아 스티븐의 첫 번째 남편으로 법정 변호사였다.
8 레슬리 스티븐은 케임브리지 트리니티 홀의 연구원과 강사직을 거쳤고, 교수직으로 나아가기 위해 요구되는 영국 성공회의 부제서품을 받았으나, 신앙을 잃고 교직을 떠나 문필업을 택했다.
9 John Pierpont Morgan(1837~1913). 미국 은행가.

던 데다가, 어머니는 와츠-베네치아풍[10]의 리틀 홀런드 하우스[11] 전통에서 자란 터라 가구에는 붉은 벨벳을 씌웠으며 목공 부분에는 검정 페인트를 칠하고 금색 테두리를 둘렀기 때문이다. 그 집은 아주 조용하기도 했다. 어쩌다 핸섬 마차[12]나 정육점 수레 말고는 아무것도 문 앞을 지나가지 않았다. 골목길을 걸어오는 발소리가 들리자마자 남성용 실크해트나 여성용 보닛이 보였고, 지나가는 이가 누구인지 거의 항상 알 수 있었다. 아서 클레이 경인지, 뮤어매켄지 내외인지, 아니면 〈붉은 코〉 레드그레이브 부인의 〈하얀 코〉 딸인지 말이다. 그 무렵 그 집에는 열일곱 내지 열여덟 사람이 각기 작은 침실에 살면서 욕실 하나와 화장실 셋을 공유했다. 그 집에서 우리 넷이 태어났고, 할머니와 어머니와 아버지가 돌아가셨다. 그 집에서 스텔라가 잭 힐스와 약혼했고, 두 집 건넌 곳에서 석 달 동안 결혼 생활을 하다가 죽었다. 이제 돌아보면 그 집은 어찌나 기괴하고 희극적이고 비극적인 온갖 가정사의 장면들로 북적이는지, 돌이켜 보는 지금도 숨이 막힐 지경이다. 젊은 날의 격정, 반항, 절망, 도취케 하는 행복과 거대한 권태가 거기 있었고, 명사들과 지루한 인사들의 파티가 있었으며, 분노가, 조지와 제럴드가, 잭 힐스의 사랑

10 빅토리아 시대에 크게 유행했던 웅장한 문양의 수제 날염 벽지를 사용한 실내 장식을 말한다.
11 울프의 어머니 줄리아 스티븐의 외가 쪽 친척 집.
12 1~2인승의 가벼운 2륜 마차.

82

이야기가, 아버지에 대한 열렬한 흠모와 열렬한 증오가, 그 모든 것이 젊은 날의 얼떨떨함과 호기심의 분위기 가운데 들먹거리며 요동치고 있었으므로, 회상하는 것만으로도 숨이 막힐 것 같다. 그 집은 온갖 감정으로 뒤죽박죽이 되어 있는 것만 같았다. 내 방 안의 모든 표시와 긁힌 흔적의 역사를 쓸 수도 있을 것 같다고, 나는 나중에 쓴 적이 있다. 벽들과 방들이 우리의 모양대로 지어졌다고 해도 과언이 아니다. 우리는 그 방대한 구조물 ── 그것은 그 후 호텔로 개조되었다 ── 전체에 우리 가족의 역사를 배어들게 했다. 마치 집과 그 안에 사는 가족이 수많은 죽음과 수많은 감정과 수많은 전통으로 한데 엮여서 영원히 계속될 것만 같았다. 그러다 어느 날 밤 그 두 가지가 일시에 사라졌다.[13]

내가 그 모든 감정과 복잡다단함의 결과라 해도 무리가 아닐 병에서 회복되었을 때, 하이드 파크 게이트 22번지는 더 이상 존재하지 않았다. 내가 웰린에 있는 바이올렛 디킨슨[14]의 집에서 병석에 누워 새들이 그리스 말로 합창을 하고 에드워드 왕이 오지 디킨슨의 진달래 꽃밭에서 추잡한 말을 하는 환청을 듣는 동안, 버네사는 하이드 파크 게이트를 단

---

13 1904년 2월 22일, 레슬리 스티븐이 사망했다.
14 Violet Dickinson(1865~1948). 바스의 시장을 지내기도 했던 진취적 여성으로, 버지니아보다 열일곱 살이나 많았지만 1897년 스티븐가를 처음 방문했을 때부터 버지니아를 아기고 친구가 되어 주었다. 레슬리 스티븐이 죽은 후에는 아버지를 여읜 충격으로 신경 쇠약이 된 버지니아를 웰린의 자기 집에서 돌보아 주었다. 오지 디킨슨은 바이올렛의 남동생이다.

번에 결판내 버렸다. 팔고, 태우고, 추리고, 찢어 버렸다. 가끔 나는 그녀가 실제로 망치 든 인부들을 시켜 때려 부쉈다고 믿는다. 벽들과 벽장들이 워낙 **빽빽**하게 맞물려 있었기 때문이다. 하지만 지금은 모든 방이 텅 비어 있다. 가구 트럭들이 온갖 잡다한 물건들을 실어 날랐다. 가구들이 **뿔뿔이** 흩어졌을 뿐 아니라, 그 못지않게 **빽빽**하게 맞물려 있던 가족들도 **뿔뿔이** 흩어졌다. 조지는 레이디 마거릿과 결혼했고, 제럴드는 버클리가에 독신자 아파트를 얻었고, 로라는 결국 요양원에 들어간 후였으며, 잭 힐스는 정계에 들어갔다. 그래서 우리 넷만이 남게 되었다. 버네사는 ― 런던 지도를 들여다보며 그들이 얼마나 멀리 떨어져 있는지 살핀 다음 ― 우리 넷이 켄징턴을 떠나 블룸즈버리에서 새로운 삶을 시작하기로 결정했다.

그렇게 해서 고든 스퀘어 46번지가 생겨났다. 이제 와서 보면 고든 스퀘어는 블룸즈버리 지역의 광장들 중에서 딱히 로맨틱한 곳은 아니다. 피츠로이 스퀘어처럼 우아하지도 않고 메클렌버그 스퀘어처럼 위풍당당하지도 않다. 고든 스퀘어는 전적으로 빅토리아 중기의 유복한 중산층이 사는 동네이다. 하지만 1904년 10월에 그곳은 세상에서 가장 아름답고 가장 신나고 가장 로맨틱한 장소였다고 단언할 수 있다. 우선 응접실 창문 앞에 서면 나무들이 내다보였다. 하늘을 향해 가지들을 뻗다가 비가 오면 늘어뜨리는 나무, 비가 내린 후에는 불개의 봄처럼 검게 번쩍이는 나무 — 하이드 파크 게이트에서 보이던, 골목 건너편 레드그레이브 부인이 목을 씻는 광경 대신 — 이제 그런 나무들이 보이는 것이었다. 하이드 파크 게이트의 우중충한 붉은 색조 대신 온 집에 가득한 빛과 공기는 계시와도 같았다. 어두운 집에서는 눈에 들어오지도 않던 것들 — 와츠[15]의 그림들, 네덜란드풍 가구, 푸른 도자기 — 이 고든 스퀘어의 거실에서 처음으로 빛을 발했다. 하이드 파크 게이트의 숨 막히는 조용함 대신 오가는 차량의 소음은 놀랄 만했다. 기묘한 인물들, 불길하고 낯선 인물들이 우리 창문 앞을 지나다녔다. 하지만 가장 기분을 들뜨게 했던 것은 엄청난 공간적 확장이었다. 하이드 파크 게이트에서는 침실 하나에서 책도 읽고 친구도 맞이해야 했다. 여기서는 버네사와 내가 각기 침실과 별도의 거처방을 가질 수 있었고, 두 칸짜리 넓은 응접실도 있었으며, 1층에는 서재도 있었다. 그 모든 것을 한층 새롭고 신선하게 만들기 위해 우리는 집을 완전히 새로 치장했다. 와츠-베네치아풍의 붉은 플러시 천과 검정 페인트는 완전히 사라졌다. 우리는 사전트[16]-퍼스[17] 시대로 접어들었고, 곳곳에 흰색과 녹색의 사라사 무명을 썼다. 정교한 패턴의 모리스[18] 벽지를 바

15　George Frederic Watts(1817~1904). 영국 화가, 조각가.

16　John Singer Sargent(1865~1925). 미국 출신 화가.

17　Charles Wellington Furse(1868~1904). 영국 화가.

18　Willam Morris(1843~1896). 영국 디자이너, 시인, 소설가. 아트 앤

르는 대신에 단색 수성 페인트로 벽을 칠했다. 우리는 실험과 개혁 정신으로 충만했다. 식탁에서는 냅킨을 쓰지 않는 대신 브로모 휴지를 넉넉히 쟁여 두기로 했고, 그림을 그리고 글을 쓸 것이며, 9시의 차 대신 저녁 식사 후에 커피를 마시기로 했다. 모든 것이 새롭고 이전과 달라질 것이었다. 모든 것이 시험대에 올랐다.

우리는 아주 사교적이었던 것 같다. 1904~1905년 사이의 겨울 몇 달 동안 나는 일기를 썼는데, 그 일기에 따르면 우리는 점심도 저녁도 밖에서 먹고 서점들을 돌아다녔으며 ─〈블룸즈버리는 켄징턴보다 훨씬 더 흥미롭다〉고 나는 썼다 ─ 음악회에도 화랑에도 갔고, 집에 와보면 응접실에 온갖 사람들이 가득 모여 있었다. 〈사촌인 헨리 프린셉, 밀레양, 오지 디킨슨과 빅터 마셜, 모두 오늘 오후에 와서 늦게까지 있었기 때문에, 우리는 그라프턴 화랑에서 열리는 러터 씨의 인상주의 강연에 아슬아슬하게 도착했다. 티타임에는 레이디 힐턴, V. 디킨슨, E. 콜트먼이 왔다. 우리는 쇼 스튜어트 내외와 점심을 먹었고, 니콜스라는 이름의 미술 평론가를 만났다. 휴 경은 친절해 보이지만, 속에 든 것이 별로 없다. 프로서로 내외와 점심을 먹었고, 버트런드 러셀 내외를 만났다. 즐거운 시간이었다. 토비와 나는 세실 내외와 저녁 식사를 한 후 세인트 로 스트레이치 내외의 집에 가서 많은

드 크래프트 운동을 이끌며 새로운 디자인 양식을 선보였다.

사람을 만났나. 네사와 토비를 플라워 부인의 집으로 불러 함께 홉하우스 내외의 집에서 열리는 무도회에 갔다. 네사는 오늘 통크스 씨를 기다리느라 힘들었는데, 그는 1시에 와서 그녀의 그림을 평해 주었다. 그는 냉정하고 뼈가 두드러지는 얼굴에 돌출한 눈, 그리고 차분하면서도 권태로운 표정이었다. 메그 부스와 프레드 폴럭 경이 티타임에 왔다.〉 이런 식으로 이어지는데, 이 모든 파티의 짤막짤막한 기록, 사라사 무명이 도착한 이야기, 동물원에 가고 「피터 팬」을 보러 간[19] 이야기 사이에 블룸즈버리에 관한 몇몇 대목이 있다. 〈1905년 3월 2일 목요일. 바이올렛 디킨슨이 한 목사의 아내를 티타임에 데리고 왔고, 시드니터너[20]와 스트레이치가 저녁 식사 후에 와서, 12시까지 이야기했다.〉 〈3월 8일 수요일. 오늘 오후 마거릿이 새 자동차를 보내 주어, 바이올렛과 함께 몇 군데를 방문했는데, 또 명함을 안 갖고 갔다. 그러고는 워털루가로 가서 그리스 신화에 대해 강연을 했다(남녀 노동자를 위한 수업).[21] 집에 오니 벨[22]이 와 있었고, 거의 1시까지! 선

---

19   J. M. 배리James Matthew Barrie(1860~1937)의 희곡 「피터 팬Peter Pan」은 1904년 연극으로 먼저 상연된 후 1911년에 소설 『피터와 웬디Peter Pan and Wendy』로 출간되었다.

20   Saxon Sydney-Turner(1880~1962). 사도회의 일원으로, 더블 퍼스트를 차지할 정도로 고전학에 뛰어났다. 드물게 야심이 없는 인물로, 평생 재무성 관리로 근무했다. 뒤에서 〈터너〉 또는 〈색슨〉으로 거명되기도 한다.

21   버지니아는 1905년부터 2년간 워털루가에 있던 노동자 대학인 몰리 칼리지에서 문학, 역사 등을 가르쳤다.

22   Clive Bell(1881~1964). 영국 미술 평론가. 블룸즈버리 그룹의 일원으로, 울프의 언니 버네사와 결혼했다.

의 본질에 대해 이야기했다!〉3월 16일에는 파워 양과 말런 양이 우리와 저녁 식사를 함께했고, 식사 후에는 시드니터너와 제럴드가 왔다 — 그것이 우리 목요일 저녁의 첫 번째 모임이었다. 3월 23일에는 아홉 명이 와서 1시까지 있었다.

며칠 후 나는 스페인에 갔고,[23] 모든 경치와 소리, 모든 파도와 언덕을 기록하기로 스스로 다짐했으므로, 일기 쓰기가 힘들어져서 다음 일기를 끝으로 그만두었다. 〈5월 11일. 우리 저녁 모임에 벨, D. 매카시, 그리고 제럴드가 와서 교양 있는 사람들에게 충격을 주었다.〉

내 일기는 그렇게 막 재미있어지려는 참에 끝난다. 하지만 그날그날 한 일을 되는대로 짧게 적어 둔 이 기록에서도 초창기 블룸즈버리 모임은 다른 모임들과 다르다는 것이 분명히 드러난다. 내가 누구누구를 만났고 그가 레지널드 스미스처럼 우거지상이라든가, 무어섬처럼 거만하다든가, 휴 쇼 스튜어트 경처럼 함께 지내기는 쉽지만 속에 든 것이 별로 없다든가 하는 식으로 말하지 않은 것은 블룸즈버리 멤버들에 대해서뿐이다. 나는 스트레이치나 시드니터너와 이야기했다고 썼고, 벨과 함께 1시까지! 선의 본질에 대해 이야기했다고 덧붙였다. 나는 느낌표를 잘 쓰지 않는데, 〈비어트리스 사인과 담배를 피웠다!〉라고 할 때 또 느낌표를

---

23 1905년 4월에 울프는 동생 에이드리언과 함께 스페인에 갔으며, 이때의 인상을 기록한 「안달루시아 여관Andalusian Inn」이라는 글을 『가디언』에 발표했다.

썼나.

그 목요일 저녁 모임들이 — 내가 기억하는 한 — 나중에 신문이나 소설에서, 독일과 프랑스, 그리고 심지어 터키와 팀북투에서도 〈블룸즈버리〉라는 이름으로 불리게 된 모든 것의 원점이었다. 그 모임들은 기록되고 묘사될 만하다. 하지만 얼마나 어려운, 아니 불가능한 일인지. 두 미스 스티븐의 삶과 성격에 그토록 엄청난 결과를 가져온, 그토록 흥미롭고 중요한 이야기조차도 연기처럼 손에 잡히지 않는다. 그것은 굴뚝을 타고 올라가 허공으로 사라져 버린다.

우선, 문이 열렸을 때, 그리고 호기심 어린 태도로 망설이고 쭈뼛거리며 터너나 스트레이치가 슬며시 들어왔을 때, 그들이 우리에게 완전히 낯선 사람들이었다고 말할 수는 없다. 우리는 그들을 — 그리고 벨, 울프,[24] 힐턴 영[25]과 또 다른 사람들을 — 아버지 생전에 케임브리지의 5월 축제 때 만났었다.[26] 그뿐만 아니라 우리는 그 전부터 토비로부터 그들에 관해 듣고 있던 터였다.[27] 토비는 자기 친구들을 미화하는 데

---

24 울프의 남편이 된 레너드 울프Leonard Woolf(1880~1969). 영국 작가, 정치 이론가, 편집자, 출판업자. 케임브리지의 사도회 및 블룸즈버리 그룹의 일원으로, 1912년에 버지니아와 결혼했다. 노동당 및 사회주의 단체 페이비언 협회 회원으로 활동하는 한편, 버지니아와 함께 호가스 출판사를 설립하여 운영했다.

25 Edward Hilton Young(1879~1960). 영국 정치가, 작가. 레슬리 스티븐의 친구 아들로, 버지니아에게 청혼한 사람 중 하나였다.

26 1900년의 일로, 레너드 울프를 처음 만난 것도 이때였다.

27 버지니아의 오빠 토비 스티븐은 케임브리지의 트리니티 칼리지에서 공부했다. 그는 사도회에 속하진 않았지만 사도회 멤버들인 리턴 스트레이치,

탁월한 능력이 있었다. 그는 사립 학교에 다니던 어린 소년이었을 때도 휴가 때 집에 오기만 하면 항상 누군가 놀라운 급우의 감탄할 만한 성격과 성취에 대해 몇 시간씩 늘어놓곤 했다. 그런 이야기들이 내게는 크나큰 매혹으로 다가왔다. 나는 실제로 만나 본 적도 없는 필킹턴이니 시드니 어윈이니 우들리 베어니 하는 이들에 대해 마치 셰익스피어의 인물이 기나 한 듯이 생각했다. 그래서 내 스스로 그들에 관한 이야기를 지어내기도 했다. 그것은 해를 거듭하며 이어지던 일종의 영웅담이었다. 그리하여 우리는 전에 래드클리프, 스튜어트 등등에 대해 듣던 것처럼, 벨, 스트레이치, 터너, 울프에 대해 듣게 되었다. 우리는 전원을 쏘다니며, 또는 내 침실 난롯가에 앉아서, 몇 시간씩이나 그들에 대해 이야기했다.

〈벨이라는 굉장한 녀석이 있어.〉 토비는 집에 오자마자 이야기를 시작했다. 〈셸리[28]에다가 사냥을 즐기는 시골 신사를 합친 것 같은 인물이야.〉

그 말에 물론 나는 귀를 쫑긋 세우고 끝없는 질문을 하기 시작했다. 우리는 어딘가 들판을 걷고 있었던 것 같다. 나는 그 벨이라는 사람을 일종의 태양신처럼 머리에 밀짚을 꽂은 모습으로 떠올렸다. 그는 순수함과 열정의 화신이었다. 벨은 케임브리지에 갈 때까지 책이라고는 펼쳐 본 적이 없었다고

레너드 울프, 색슨 시드니터너, 클라이브 벨 등과 친하게 지냈다.

28 Percy Bysshe Shelly(1792~1822). 영국 낭만주의 시인.

도비가 밀렸다. 그러나 갑자기 셸리와 키츠[29]를 발견하고는 흥분해서 거의 미친 사람이 되었다는 것이다. 그는 오로지 시를 읊고 시를 쓰는 것밖에는 하지 않았다. 그러는 한편 그는 완벽한 기수였고 — 토비가 엄청나게 부러워하는 재주였다 — 케임브리지에도 사냥용 말을 두세 마리 두고 있었다.

〈벨도 위대한 시인이야?〉 내가 물었다.

아니, 토비는 그렇게까지 주장하지는 않았다. 하지만 스트레이치는 시인이라고 할 수 있었다. 그래서 우리는 또 스트레이치 — 토비가 부르는 식으로는 〈더 스트래치〉 — 에 대해 논하기 시작했다. 스트레이치는 대번에 벨만큼이나 특이하고 매혹적인 존재가 되었다. 하지만 전혀 다른 식으로. 〈더 스트래치〉는 교양 그 자체였다. 그의 교양이 토비를 다소 놀라게 했던 것 같다. 그의 방에는 프랑스 그림들이 있고, 그는 포프[30]를 흠모하며, 모든 방면에서 이국적이고 극단적이다, 라고 토비는 그를 묘사했다. 너무 키가 크고 너무 말라서, 그의 허벅지가 토비 자신의 팔뚝보다도 굵지 않다는 것이었다. 한 번은 토비의 방으로 뛰쳐 들어와 〈천구(天球)들의 음악이 들리나?〉라고 외치고는 기절했다고 한다. 또 한 번은 쥐죽은 듯 조용한 가운데 〈우리 모두 로버트슨에게 소네트를 쓰자〉고 — 토비는 그의 목소리를 완벽하게 흉내 낼

---

29 John Keats(1795~1821). 영국 낭만주의 시인.
30 Alexander Pope(1688~1744). 영국 시인.

수 있었다 — 새된 소리를 질렀다고 한다. 그는 위트의 천재
였다. 강사와 교수들까지 그의 이야기를 들으러 오곤 했다.
〈그들이 무엇을 가르치든, 스트레이치 군, 자네한테는 성에
차지 않을 걸세〉 하고 잭슨 박사는 스트레이치가 뭔가 시험
을 치러 갔을 때 말했다고 한다. 토비는 내게 그토록 깊은 인
상을 주어 거의 현기증이 나게 만들어 놓고는, 또 다른 놀라
운 친구[31]에 대한 이야기로 넘어갔다. 그는 끊임없이 전신을
떠는 친구로, 벨과 스트레이치가 굉장한 만큼 그 나름의 방
식으로 굉장한 괴짜였다. 그는 유대인이었다. 그가 왜 몸을
떠느냐고 묻자, 토비는 그것이 그의 본성의 일부임을 어떻게
인가 느끼게 만들었다. 그는 너무나 격렬하고 너무나 야성적이
이며, 인류 전체를 경멸한다고 했다. 〈따지고 보면,〉 토비는
말했다. 〈사실 좀 한심하잖아?〉 스물다섯 살 이후에는 아무
도 별 볼 일 없다고 그는 말했다. 하지만 대부분의 사람은 적
당히 잘 지내며 세상사와 타협하게 되는 거라고, 나는 알아
들었다. 그런데 울프는 그렇지 않으며, 토비는 그 점이 대단
하다고 생각한다고 했다. 어느 날 밤엔가 울프는 꿈에 어떤
사람의 목을 졸랐는데, 어찌나 힘을 주었던지 일어나 보니
엄지손가락 관절이 어긋나 있더라는 것이었다. 나는 물론 그
격렬하게 몸을 떠는 인간 혐오자 유대인에게 깊은 관심을 갖
게 되었다. 그는 벌써부터 문명에 주먹질을 하고 열대로 사

31 레너드 울프를 말한다.

라져 우리 중 아무도 다시는 볼 수 없게 될 터였다. 그러고는 시드니터너에 관한 이야기로 넘어갔다. 토비의 말로는, 시드니터너는 공부의 절대 신동이었다. 그는 그리스 문학 전체를 외우고 있었다. 어떤 언어로 된 것이라도 가치가 있는 것이라면 그가 읽지 않은 것이라고는 없었다. 그는 아주 조용하고 마르고 남달랐다. 그는 결코 낮에는 밖에 나오지 않았다. 하지만 밤늦게 누군가의 방에 불이 밝혀져 있는 것을 보면 그는 마치 나방처럼 창문을 두드리곤 했다. 그러고는 새벽 3시에 이야기를 시작하는데, 그 이야기가 놀랄 만큼 명석한 것이었다. 나중에 내가 토비에게 터너를 만나 보았더니 별로 명석하지 않더라고 항의하자, 토비는 내가 명석함과 위트를 혼동하는 게 아니냐고 신랄하게 지적했다. 자신은 그 반대로 진리를 의미했다며, 시드니터너는 항상 진리를 말한다는 점에서 자신이 만난 가장 명석한 이야기꾼이라고 했다.

그러므로 그 무렵 초인종이 울리고 그 놀라운 친구들이 찾아올 때면, 버네사와 나는 흥분하여 전율했다. 밤늦은 시간, 방 안에는 연기가 가득하고, 과자와 커피와 위스키가 사방에 널려 있었다. 우리는 흰 새틴 드레스나 가느다란 진주 목걸이 따위는 고사하고, 도무지 차려입지 않았다. 토비가 문을 열러 나갔고, 시드니터너가 들어서고, 벨이 들어서고, 스트레이치가 들어섰다.

그들은 주춤주춤 망설이는 듯이 들어와서, 소파 구석에

얌전히 앉았다. 꽤 오랫동안 아무도 입을 열지 않았다. 우리가 전에 티타임 손님들과의 대화에 운을 떼던 관습적인 화제는 전혀 도움이 되지 않을 성싶었다. 버네사와 토비와 클라이브 — 클라이브는 대화의 물꼬를 트기 위해 언제든 기꺼이 자신을 희생했다 — 가 이런저런 화제를 꺼내곤 했다. 하지만 거의 언제나 부정적인 대답이 돌아왔다. 〈아니〉라는 것이 가장 빈번한 대답이었다. 〈아니, 나는 못 봤는데〉, 〈아니, 나는 가본 적 없는데〉 아니면 그저 〈난 모르겠는데〉. 하이드 파크 게이트의 응접실에서라면 불가능했을 방식으로 대화는 처져 갔다. 하지만 그 침묵은 힘들기는 해도 지루하지는 않았다. 말할 만한 가치가 있는 것의 표준이 너무나 높아져서 무가치하게 그것을 깨지 않는 편이 좋을 성싶었다. 그러다 마침내 버네사가 아마도 어느 전시회에 갔었다는 이야기 끝에 무심코 〈아름다움〉이라는 말을 입에 올렸다. 그 말에 좌중의 한 사람이 고개를 천천히 들며 말했다. 〈그야 당신이 말하는 아름다움이 무슨 뜻이냐에 달렸지요.〉 대번에 우리 모두 귀가 쫑긋해졌다. 마침내 황소가 투우장에 들어선 것만 같았다.

그 황소는 〈아름다움〉이 될 수도 있었고, 〈선〉이나 〈리얼리티〉가 될 수도 있었다. 그것이 무엇이든 간에, 이제 우리의 모든 힘을 끌어내는 것은 어떤 추상적인 문제였다. 나로서는 토론의 각 단계, 심지어 반 단계에까지 그렇게 집중하여 귀

기울여 보기는 처음이었다. 나 자신의 작은 화살을 가다듬어 날리는 데 그렇게 공들여 보기도 처음이었다. 그러다 내 기여가 받아들여질 때의 기쁨이란 이루 말할 수 없었다. 일찍이 어떤 칭찬도 색슨의 한마디 ― 하여간 색슨은 틀림없지 않은가? ― 내가 내 주장을 아주 영리하게 개진했다는 그 한마디보다 더 나를 기쁘게 한 적은 없었다. 게다가 얼마나 이상한 주장이었는지! 나는 호트리[32]에게 문학에는 분위기라는 것이 있다고 설득하려 했다. 호트리는 내게 어떤 책에서든 의미와 별도로 분위기라 할 만한 것이 한마디라도 있는지 구체적으로 증명해 보라고 도전했다. 나는 『십자로의 다이애나 *Diana of the Crossways*』[33]라는 책을 들고 왔다. 논쟁은 분위기에 관한 것이든 진리의 본질에 관한 것이든 간에 항상 좌중의 한복판으로 던져졌다. 호트리가 한마디 하면, 버네사가 받고, 색슨이 받고, 클라이브가 받고, 토비가 받았다. 조심스럽게, 정확하게, 돌 위에 돌을 쌓아 올리듯 끝까지 논쟁 가운데 남아 있는 사람들을 지켜보는 것이 내게는 경이로운 일이었다. 그 돌탑은 이미 내 시야를 넘어 솟아오른 지도 한참 되었지만, 아무 할 말이 없다 해도 들을 수는 있었고 저위 공중에서 무엇인가 기적적인 일이 일어나고 있다는 것을 알아차릴 수는 있었다. 종종 우리는 새벽 2~3시까지도 그렇

---

32 Ralph George Hawtrey(1879~1975). 영국 경제학자. 사도회의 일원이었다.

33 조지 메러디스의 장편소설.

게 둘러앉아 있곤 했다. 그때까지도 색슨은 뭔가 말하려는 듯 입에서 파이프를 떼었다가 아무 말 없이 도로 물곤 했다. 마침내 머리칼을 헝클어 넘기며, 그는 아주 짧게 무엇인가 절대적으로 최종적인 결론을 말하곤 했다. 그 경이로운 건물 이 완성된 것이었고, 무엇인가 대단히 중요한 일이 일어났다 고 느끼면서 침대 위로 쓰러질 수 있었다. 아름다움은 회화 의 일부라는, 혹은 아니라는 ─ 도대체 어느 쪽이었는지 나 로서는 알 수 없었다 ─ 점이 입증된 것이었다.

그런 토론에서 버네사와 나는 학부생들이 처음으로 마음 에 맞는 친구들을 만날 때 느끼는 것과 거의 똑같은 기쁨을 누렸던 것 같다. 부스가와 맥스가의 세계[34]에서는 우리가 두 뇌를 사용할 일이라고는 별로 없었다. 여기서는 두뇌밖에는 사용하지 않았다. 그 목요일 저녁 모임의 매력은 그것들이 놀랄 만큼 추상적이라는 데 있었다. 단지 무어[35]의 책이 우리 로 하여금 철학, 예술, 종교를 토론하게 만들었다는 것이 아 니라, 분위기 ─ 호트리가 뭐라 하건 간에 그 말을 써도 된다 면 ─ 가 극도로 추상적이었다. 지금까지 내가 이름을 말한 젊은이들은 하이드 파크 게이트의 기준으로는 도무지 예의

---

34   선주이자 사회 개혁가로 도시 빈민 문제를 깊이 연구했던 찰스 부스 Charles James Booth(1840~1916) 일가, 그리고 『내셔널 리뷰*National Review*』의 주간이던 레오 맥스Leopold James Maxse(1864~1932) 일가를 말한다. 양쪽 다 부모 세대부터 교분이 있었던 사람들이다.

35   59쪽에서 언급되었던 조지 무어를 말한다.

라는 것이 없었다. 그늘은 우리의 의견을 자기들 의견만큼이나 엄격하게 비판했다. 그들은 우리의 옷차림이나 외모에는 관심조차 없는 듯했다. 우리의 초년에 조지[36]가 들씌웠던 용모와 행동거지에 대한 그 모든 거추장스러운 요구들이 완전히 사라져 버렸다. 파티가 끝난 뒤의 그 끔찍한 심문을 당하고 〈예뻐 보였어〉라든가 〈진짜 못생겨 보이더라〉라든가 〈머리 손질을 제대로 배워야겠다〉든가 〈춤출 때는 그렇게 지겨운 내색을 하면 안 된다〉든가 〈아주 잘했어〉라든가 〈완전한 실패였어〉라든가 하는 말을 더 이상 들을 필요가 없었다. 그 모든 것이 벨과 스트레이치와 호트리와 시드니터너의 세계에서는 아무 의미도 없고 존재하지도 않는 듯이 보였다. 그 세계에서 손님들이 돌아간 다음 우리가 기지개를 펴면서 하는 말은 〈네가 의견을 꽤 잘 개진하더라〉라든가 〈괜히 실없는 소리를 하더라〉라든가 하는 것뿐이었다. 엄청나게 간단해진 것이었다. 내게는 그 이상의 의미도 있었다. 하이드 파크 게이트의 분위기는 사랑과 결혼으로 가득 차 있었다. 조지와 플로라 러셀의 약혼, 스텔라와 잭 힐스의 약혼, 제럴드의 무수한 연애 사건 등이 아주 큰 관심사로 은밀하게나 공공연하게나 화제가 되었다. 버네사는 이미 오스틴 체임벌린을 매혹한 것으로 간주되었고, 메리 피셔 이모는 평소처럼 여기저기 쑤시고 다니면서 버네사의 스케치북에 그를 그린

---

36 스티븐 자매의 의붓 오빠 중 하나.

그림이 여섯 장이나 있더라면서 자기 식의 결론을 내렸다. 그런가 하면 조지는 찰스 트리벨리언이 버네사와 사랑에 빠졌다고 멋대로 짐작하기도 했다. 하지만 고든 스퀘어에서는 사랑이 화제가 되는 일이 없었다. 사랑이란 아예 존재하지 않는 듯했다. 사랑은 하도 하찮게 취급되었으므로, 여러 해 동안 나는 데즈먼드가 예순 살쯤은 된 백발의 올드 미스 코니시와 결혼한 줄로만 알고 있었다.[37] 제대로 알아보려고도 하지 않았다. 그 젊은이들 중 누군가가 우리와 결혼하고 싶어 한다거나 우리가 그들과 결혼하고 싶어 한다는 것은 있을 수 없는 일로 보였다. 내심 나는 결혼이란 아주 천한 일이라고, 하지만 결혼을 한다면 — 나로서는 중대한 고백인데 — 이튼 일레븐[38] 출신으로 만찬을 위해 옷을 차려입는 젊은이들과 하는 거라고 여기고 있었다. 그런데 46번지의 거실을 둘러보면 — 이렇게 말해도 된다면 — 토비의 친구들처럼 그렇게 꾀죄죄하고 육체적 매력이 없는 젊은이들은 일찍이 본 적이 없었다. 키티 맥스는 한두 번 모임에 왔다가 나중에 한숨을 쉬며 말했다. 〈대단히 훌륭한 청년들인 건 알겠는데, 그래도 맙소사, 어쩌면 그렇게 볼품이 없는지!〉 헨리 제임스

---

37 데즈먼드 매카시의 아내, 즉 이 글을 쓰게 한 몰리가 이튼 스쿨의 부학장이던 프랜시스 워코니시Francis Warre-Cornish(1839~1916)의 딸이었으니, 〈미스 코니시〉였을 터이다. 〈예순 살쯤은 된 백발의 올드 미스 코니시〉란 실제 인물이라기보다 매카시의 결혼 상대가 그 정도로 무성적인 존재로 여겨졌다는 의미일 것이다.

38 Eton Eleven. 이튼 스쿨의 유서 깊은 크리켓 클럽을 말한다.

는 라이에서 리턴과 색슨을 보고는 프로서로 부인에게 이렇게 탄식했다고 한다.[39] 〈한심해요! 한심해! 어떻게 버네사와 버지니아가 저런 녀석들과 어울린답니까? 레슬리의 딸들이 저런 녀석들과 친구랍니까?〉 하지만 내 눈에는 그 볼품없음이야말로, 그 꾀죄죄함이야말로 그들의 탁월함을 증명하는 것이었다. 아니, 그 이상으로, 그것은 암암리에 안심이 되는 것이기도 했다. 왜냐하면 그것은 인생이 그런 식으로, 만찬을 위해 차려입을 필요 없이, 추상적인 논쟁 가운데 흘러갈 수도 있음을, 내가 그토록 혐오했던 하이드 파크 게이트 방식으로 결코 돌아가지 않을 수 있음을 의미했기 때문이다.

하지만 그것은 틀린 생각이었다. 그 첫여름의 어느 날 오후 버네사는 에이드리언과 내게 말했다. 나는 커다란 거울 속에서 그녀가 내키지는 않지만 어쩔 수 없다는 듯한 동작으로 팔을 머리 위로 뻗치며 이렇게 말하는 것을 지켜보았다. 〈물론, 우리 모두 결혼할 거야. 그렇게 되어 있어.〉 그녀가 그 말을 할 때, 나는 끔찍한 필연성이 우리 머리 위에 드리워지는 것을 느낄 수 있었다. 우리가 막 자유와 행복을 쟁취하자마자 운명이 내려와 우리를 뿔뿔이 갈라놓으려는 것이었다. 내가 저항하고 무시하려 하는 어떤 요구를, 어떤 필요를 그

---

39 미국 소설가 헨리 제임스Henry James(1843~1916)는 1897~1914년에 걸쳐 영국 서식스주의 라이Rye에 있던 램 하우스Lamb House에 살았는데, 리턴 스트레이치를 비롯해 블룸즈버리 그룹의 멤버들도 라이 및 그 인근에 놀러 가곤 했다.

녀는 이미 알고 있다는 느낌이 들었다. 몇 주 후에 실제로 클라이브가 그녀에게 청혼했다. 내가 토비에게 클라이브의 청혼에 대해 머뭇거리며 말하자, 그는 암울하게 말했다. 〈그래, 그거야말로 목요일 모임의 최악의 결실이지!〉 1907년 초 그녀의 결혼은 실제로 목요일 모임의 종말이었다. 그와 더불어 올드 블룸즈버리의 첫 번째 챕터는 끝이 났다. 그것은 대단히 근엄하고 대단히 흥미진진하고 엄청나게 중요했다. 춤과 무도회로 이루어진 크고 느슨한 세계의 내부에서 작고 응축된 세계가 태어난 것이었다. 그것은 이미 바깥 세계를 물들이기 시작했으며, 그 뒤를 이은 좀 더 시끌벅적한 블룸즈버리를 여전히 물들이고 있다고 나는 생각한다.

바이로이트에서의 인상들[1]

음악은 아직 유년기를 벗어나지 못했다는 말을 흔히 듣게 되는데, 그 말을 가장 잘 입증해 주는 것은 음악 비평의 애매한 상태이다. 음악 비평의 전통은 아주 얕으며, 음악 그 자체가 워낙 생동하는 예술이라 그것을 다루고자 하는 이들을 압도해 버리는 것만 같다. 문학 비평가는 놀랄 일이 별로 없으니, 거의 모든 문학 형식이 그 이전 것과 비교 가능하고 모든 성취를 전부터의 기준에 비추어 가늠할 수 있기 때문이다. 하지만 음악에서 슈트라우스[2]나 드뷔시[3]가 하고 있는 일을

1   1909년 8월 21일 『타임스 리터러리 서플러먼트』에 게재한 글 ("Impressions at Beyreuth", *Essays I*, pp. 288~293). 〈8월 17일 바이로이트 특파원으로부터〉라는 설명이 붙어 있다. 바이로이트 페스티벌은 1876년 이래 리하르트 바그너Richard Wagner(1813~1883)의 오페라를 상연하는 음악 축제이다. 울프는 동생 에이드리언 스티븐과 블룸즈버리 그룹의 일원이자 바그너의 팬인 색슨 시드니터너와 함께 바이로이트 축제에 참석했으며, 뒤이어 드레스덴으로 가서 다른 오페라도 관람하고 화랑들도 둘러보았다.
2   Richard Strauss(1864~1949). 독일 작곡가. 울프 일행은 드레스덴에서 슈트라우스의 오페라 「살로메Salome」를 관람했다.
3   Claude Debussy(1862~1918). 프랑스 작곡가.

전에 누가 한 적이 있는가? 오페라 형식의 본질을 확실히 파악하기로 한다면, 그 아주 다양하고 눈에 띄는 예들을 살펴보아야 한다. 이처럼 전통이나 확립된 기준이 없다는 것은 비평가로서 바랄만 한 가장 자유롭고 행복한 상태이기도 하다. 2천 년 전 아리스토텔레스가 시에 대해 한 일을 음악에 대해 할 기회를 갖게 되는 셈이니 말이다. 그러나 음악이라는 예술의 원리를 노정하기 위해 이루어진 일이 그렇게 적다는 사실은 우리가 새로운 음악을 판단하려 할 때 만나게 되는 어려움을 설명해 준다. 전부터 있던 음악에 대해서는 그저 당연히 여기고 프리마 돈나가 감기에 걸렸다든가 하는 데만 관심을 가질 뿐이다. 그것은 어느 특정한 날 단 한 시간에 대한 평가이며, 내일이면 그런 인상은 잊히고 만다.

그러므로 음악의 본질까지 천착할 생각은 없어도 그렇다고 비평의 부재를 그대로 받아들이고 싶지 않은 필자에게는 한 가지 길이 있을 뿐이다. 즉, 아마추어로서 자신의 인상을 적어 보는 것이다. 바이로이트의 음악회장 좌석들은 그런 아마추어들로 가득 찬다. 그들은 제각기 다른 사람만큼은 음악을 이해할 수 있다는 은밀한 믿음을 갖고 있지만, 감히 자기 생각을 입 밖에 내어 말하지는 않는다. 어쨌든 그들이 음악을 사랑한다는 사실은 의심할 수 없다. 그들이 비평하기를 주저하는 것은 아마도 세부적인 데까지 파고들만 한 전문적인 지식이 없기 때문일 것이다. 전반적인 비평은 막연한 문구나 비교, 형용사들을 동원하는 데 그친다. 그렇지만 바이로이트에 모인 청중, 그중 상당수가 멀리서부터 찾아온 순례자들인 이 청중이 온 힘을 다해 경청한다는 것은 아무도 부인할 수 없는 사실이다. 조명이 꺼지면 그들은 좌석에서 숨을 죽이고 음악의 마지막 여운이 사라지기까지 꼼짝도 하지 않는다. 뭔가 바닥에 떨어지는 소리리도 날리치면 다들 흠칫하는 반응이 마치 수면의 파문처럼 음악회장 전체로 퍼져 나간다. 막간에 햇볕 속으로 나설 때면, 음악에서 받은 인상을 떨어내 버리려는 듯한 기운이 느껴진다. 특히 「파르치팔 Parzifal」[4]은 너무나 막강한 충격을 주기 때문에, 몇 번이고 다시 들은 다음에야 그것을 이리저리 되새겨 볼 수 있다.[5] 처음에는 너무나 낯설어서 그 부분들을 전체로 융합시킬 수가 없는 것이다. 우리는 극적인 상황이 대개 남녀 간의 사랑이나 전투 같은 것으로 설명되는 데 익숙해져 있기 때문에 막연히 어떤 위기 상황을 기다리게 되는데, 음악은 전혀 그런

4 바그너의 오페라. 중세 성배 전설의 독일어 버전인 볼프람 폰 에셴바흐 Wolfram von Eschenbach(1170?~1220?)의 『파르치팔Parzival』을 바탕으로 바그너 자신이 대본을 썼다. 1882년 바이로이트에서 초연되었다.

5 울프는 8월 4일과 11일, 두 차례 「파르치팔」을 관람했다. 첫 관람 후 언니 바네사에게 쓴 편지에는 이런 말이 있다. 〈어제 「파르치팔」을 들었어. 아주 신비롭고 감정이 풍부한 작품이고, 다른 어떤 것과도 다르다고 느껴져. 남녀 간 사랑 같은 건 없고, 단연 종교적인 작품이거든. 사람들은 거의 애도하는 차림이고, 박수라도 쳤다가는 쉿 소리를 듣게 되지. 감정들이 온통 추상적이라서 — 남녀 간 얘기가 아니라는 뜻이야 — 효과는 아주 막연해. 전체적으로는 평화로운 느낌이지만. 하여간 색슨과 에이드리언 말로는 잘된 공연은 아니었다고 해. 적어도 네 번은 들어야 제대로 알 수 있을 거라고. 막간에는 들판에 나가 앉아서 무밭에 곡괭이질하는 사람을 구경했어.〉

것 없이 극도로 잔잔하면서도 강렬하게 이어지니 당혹스럽다. 나아가, 성배 사원에서 마법의 정원으로, 꽃처녀들이 무리 지어 노닐고 붉디붉은 꽃들이 피어나는 정원으로의 이동은 너무나 급격해서 편안하게 연결되지가 않는다.

그렇지만 이런 어려움들이 아무리 크더라도, 음악이 주는 깊은 인상, 뭐라 형용할 수 없는 인상의 표면은 거의 흐트러지지 않는다. 우리가 어리둥절해지는 것은 음악이 이제껏 음으로 도달해 본 적 없는 영역에 이르기 때문이다. 어느 큰 교회에서 완벽하게 불려지는 찬송가라 해도, 깊은 녹음을 배경으로 하는 드넓은 무대의 한 장면을 부분적으로밖에는 떠올려 주지 못할 것이다. 교회 음악은 너무나 엄격하게 고요하고 그 영적인 지향이 너무나 명백하므로 「파르치팔」의 음악만큼 폭넓은 울림을 주지는 않는다. 바그너는 성배 탐색에 나선 기사들의 바람을 표현하되, 그들이 추구하는 바의 초월적인 본질과 인간으로서의 강렬한 감정이 섞여 들게 만들었다. 그 음악의 날개는 마치 날이라도 선 듯 듣는 이의 마음을 찢는다. 동일한 대상에 대해 공통되게 느끼는, 고르게 퍼져 나가는 이런 종류의 느낌이 광활함의 인상을 주며, 11일 저녁처럼 음악이 연주될 때면 모두가 하나가 되는 듯한 인상마저 준다. 성배의 빛이 모든 거치는 것들을 뚫고 나오는 듯하며, 음악은 다른 무엇보다도 내밀하게 다가온다. 감정이 끓어오르면서도 동시에 마음이 고요하여, 말이 음악으로 바뀌는 것도 거의 알아채지 못한다.

이 고양된 감정들, 아마도 우리 존재의 본질에 속하지만 표현되는 일이 좀처럼 없는 감정들은 음악으로 가장 잘 전달되는 것 같다. 가장 순수한 예술이라는 음악이 스스로 제기한 질문에 답하는 느낌 — 그것을 충일감이라 하든 다른 어떤 이름으로 부르든 간에 — 이 끊임없이 전해지는 깃이다. 셰익스피어가 그랬듯이, 바그너도 마침내 기술에 통달한 나머지 처음에는 그 자신도 숨을 잘 쉬지 못하던 영역에서 마음껏 솟아오르고 떠다닐 수 있게 된 것 같다. 기술이라는 완강한 것이 그의 손가락에서 해체되어, 원하는 대로 주무를 수 있게 된 것이다. 오페라가 끝나고 나면, 무엇보다도 우리에게 남는 것은 작품의 완결감이다. 초기 오페라들에는 항상 어색한 순간들, 환상이 부서지는 순간들이 있었지만, 「파르치팔」은 백열(白熱)하는 고른 흐름으로 부어지는 것만 같다. 그 형태는 견고하고 온전하다. 오페라가 우리 마음속에 남기는 독특한 분위기 중 얼마나 많은 것이 음악 아닌 데서 비롯되는지는 잘라 말하기 어렵다. 「파르치팔」은 무관한 연상들이 전혀 방해하지 않는 유일한 작품이다.

마지막 공연들 동안에는 오페라 하우스 밖으로 나가 따뜻한 여름 저녁을 즐길 수 있었다. 공연장 위쪽 언덕에서 내려다보면 드넓은 땅이, 울타리들로 가로막혀 있지 않은 들판이 펼쳐져 있다. 아름답지는 않지만 아주 탁 트이고 평화로워 보인다. 무밭의 이랑에 앉아 강건해 보이는 노파를 지켜볼 수도 있다. 머리에 푸른 면보를 쓴 그녀는 뒤러[6]의 그림에 나오는 여자처럼 곡괭이질에 열심이다. 햇볕에 잘 마른 건초와 소나무들에서 짙은 향내가 풍겨 오고, 만일 무슨 생각을 한다면 그것은 이 단순한 풍경을 무대 위의 풍경과 연결 지어 보는 것일 터이다. 음악이 그치면, 마음은 어느 결에 느슨하게 풀어져서 주위 세계로 행복하게 퍼져 나간다. 여름날의 열기와 금빛 햇살, 곤충들의 간헐적이지만 음악적이 아니라고는 할 수 없는 소리들, 잎새들, 그런 것들이 우리 존재의 주름들을 부드럽게 쓰다듬는다. 7시에서 8시까지 다음 막간에는 또 다른 풍경이 펼쳐진다. 이제 어둑어둑하고 공기는 좀 선득한 감이 든다. 빛은 엷어지고 길에는 더 이상 나무들의 규칙적인 그림자가 드리워지지 않는다. 가벼운 드레스 차림의 모습들이 가로수길의 나무들 사이로 움직이며 그 뒤에 푸른 배경이 깔리는 것이 묘하게 장식적인 효과를 낸다. 마침내, 오페라가 끝나면 꽤 늦은 시간이 된다. 언덕을 반쯤 내려오다 돌아보니 차량들의 검은 형체가 물결을 이루며 내려오는데, 층층의 전조등들이 마치 여기저기 횃불을 든 것만 같다.

　오페라의 막간에 노천에서 보낸 이 신기한 시간들은 마치 무대 막이 규칙적으로 열렸다 닫히는 듯한 느낌이고, 전혀

6　Albrecht Dürer(1471~1528). 독일 화가.

방해가 되지 않는다. 적어도 「파르치팔」 공연 때는 말이다. 숲에서 나온 박쥐 한 마리가 초원에서 쿤드리[7]의 머리둘레를 날았고, 작은 흰 나방들이 각광(脚光) 위를 끊임없이 맴돌았다. 「파르치팔」을 들은 이틀 후에 「로엔그린Lohengrin」[8]을 들어 보는 것은 별로 공정하다고는 할 수 없지만 신기한 경험이었다. 합창이 그토록 많은 비중을 치지히는 작품에서 합창이 만들어 내는 차이는 분명 놀랍다. 특히 모든 성부가 그토록 생생히 살아 있어, 침묵하는 성부조차도 눈과 팔이 움직이는 합창일 때는 두말할 것도 없다. 하지만 공연은 분명 훌륭했음에도 생각해 볼 만한 점들이 있었다. 똑같은 전원 풍경이 「파르치팔」에서는 그토록 적절했건만, 「로엔그린」의 많은 것을 조잡한 가짜로 보이게 만들었다. 기사들의 호화로운 의상이 먼지투성이 길에 쓸리고 나무 그루터기에 걸려 찢어질 것만 같다. 그런 공연을 하는 공연장은 대도시의 화려한 거리들로 둘러싸여야 할 것이다. 야외에서는 그 기사들의 위용이 광채를 잃고 밋밋해지고 만다.

하지만 이런 것이 「로엔그린」이 우리에게 준 인상 중 하나였다 해도, 그것이 음악과 관련된 것이라 할 수 있을까? 음악이라는 학문에 정통한 비평가가 아니라면 아무도 어떤 인상이 유의미하고 또 어떤 인상은 그렇지 않은지 말할 수 없을

7　「파르치팔」에 등장하는 마녀.
8　바그너의 오페라. 백조의 기사 로엔그린에 관한 중세 전설을 바탕으로 한 작품으로, 1850년 바이마르에서 초연되었다.

것이다. 그리고 아마추어가 전문가의 경멸을 불러일으키는 것이 바로 이 지점일 것이다. 미술의 경우 프라 안젤리코[9]가 무릎을 꿇고 그림을 그렸다고 해서 선호하는 비평가도 있고, 문학에서는 일찍 일어나는 법을 가르쳐 주는 책을 좋아하는 이들도 있다. 음악회 프로그램에 실린 논평들을 읽다 보면 가망 없이 혼란에 빠지고 만다. 음악적 인상을 문학적인 것으로 바꾸는 일의 어려움이나 언어의 환기력 때문에 문학적인 감각에 호소하게 되는 경향 말고도, 음악의 경우에는 다른 예술보다 그 경계가 명확치 않다는 데서 생겨나는 어려움이 있다. 어떤 악구가 아름다울수록 그것이 불러일으키는 감동은 더 풍부해지는데, 우리는 그 형식을 잘 모르기 때문에 해석에서도 별 제약을 받지 않는다. 그래서 아름다운 음악을 자신의 어떤 경험과 연관 짓거나 일반적인 어떤 개념을 상징하게 만들거나 하게 된다. 어쩌면 음악이 우리에게 그처럼 놀라운 힘을 행사하는 것은 이처럼 그 효과를 정확히 표명하기 어렵다는 데서 비롯되는지도 모른다. 음악이 표현하는 것에는 일반화의 모든 장엄함과 동시에 우리 각자의 감정이 담겨 있다. 이 비슷한 효과는 셰익스피어의 극에서도 찾아볼 수 있으니, 그는 세상의 모든 늙은 유모의 전형이라 할 만한 늙은 유모를 등장시키면서도 그녀를 독특한 한 노파로 만드는 것이다. 「로엔그린」의 상대적 빈약성이 이 모든 생각을

9   Fra Angelico(1387~1455). 이탈리아 화가.

하게 했다. 노래하는 이가 충분히 표현하지 못했음에도 그 비할 데 없는 아름다움으로 듣는 이의 마음을 움직이게 하는 대목들이 많았기 때문이다.

그러면서 우리는 말로써 음악을 전한다는 것이 얼마나 어려운 일인가를 절감하게 된다. 정지의 순간이 지나고 활들이 현 위를 실제로 움직이기 시작하면, 우리의 추상적인 사변들은 다 흩어지고 말도 달아나 버린다. 그 안도감은 엄청나지만, 마침내 마법이 깨지고 나면, 우리 자신의 도구인 말로 돌아오는 것이 얼마나 기쁜지! 어떤 예술에 한계를 부여하고 우리의 감정을 규정하려는 이 모든 정의들은 실로 자의적이다. 음악이 노천의 공중으로 스러져 가는 여기 바이로이트에서, 에르미타주[10] 정원의 꽃들이 다른 마법의 꽃들처럼 피어나는 곳에서, 음악은 색채가 되고 색채는 언어가 된다. 이곳에서 우리는 일상의 세계를 잠시 벗어나 그저 숨 쉬고 보도록 허락받았을 뿐이다. 이곳에서 우리는 어떤 감정과 다른 감정을 나누는 격벽들이 얼마나 얇은지, 우리의 인상들에는 구분할 수조차 없는 요소들이 얼마나 많이 섞여 있는지 깨닫게 된다. 그리하여 올해 바이로이트의 마지막 인상은 아름다움이 여전히 승리한다는 것이다. 비록 공연의 수준은(「신들의 황혼Götterdämmerung」[11]은 아직 들어 보지 못했다) 런

---

10   바이로이트 후작 가문의 별궁.
11   바그너의 오페라. 4부 연작 악극 『니벨룽겐의 반지Der Ring des Nibelungen』를 이루는 네 번째 작품이다.

던에서 한 공연에 미치지 못했지만 말이다. 이 실망의 원인으로는 오케스트라가 빈약했다든가, 뛰어난 가수들이 별로 없었다든가, 끊임없이 프롬프터가 소곤대는 소리가 들렸다든가 하는 것을 꼽을 수 있겠지만, 이런 말들도 분명 영불 해협을 넘어갈 테니 이쯤 해두는 것이 좋을 것이다.

스페인으로[1]

　해마다 영불 해협을 건너는 당신은 아마도 디에프[2]의 집이 더 이상 눈에 들어오지 않을 테고, 기차가 길을 따라 천천히 움직여 가는 동안 하나의 문명이 사라지고 또 다른 문명이 나타나는 것을 — 영국식 치장벽토의 잔해와 혼돈으로부터 이 놀라운 분홍색과 하늘색의 불사조가, 4층 높이로, 그 화분들과 발코니와 함께, 창턱에 기대어 무심히 내다보는 하녀와 함께 모습을 드러내는 것을 — 더 이상 느끼지 못할 것이다. 당신은 아무렇지도 않은 듯 앉아서 책을, 아마도 토머스 하디쯤을 읽거나 브리지 게임을 하거나 하면서 이전과 별다르지 않은 기분으로 주위의 흥분을 조금쯤 경멸하고 있을

　1　1923년 5월 5일 『네이션 앤드 애시니엄*Nations and Athenaeum*』지에 게재한 글("To Spain", *Essays III*, pp. 361~365). 울프 부부는 그해 3월 27일에 뉴헤이븐에서 디에프로 가서 파리를 경유해 마드리드와 그라나다까지 여행하고 4월 말에 귀국했다.
　2　프랑스 북부 노르망디 지방의 도시.

지도 모른다. 하나의 문명으로부터 해방되어 또 다른 문명으로 나선 자들의 그토록 유별난 제스처, 그토록 시끌벅적한 수다에 담겨 있는 흥분 말이다. 하지만 그들이 얼마나 많은 것을 거쳐 왔을지 생각해 보라. 아주 일찍이, 아마도 아주 어린 나이에 빅토리아 역으로 가는 마차 창문에서 내다보던 런던 길거리의 광경을 떠올려 보라. 어디에나 똑같은 강렬함이 있어, 마치 그 순간은 움직이는 대신 갑자기 정지하고 갑자기 엄숙해져서 행인들을 그 가장 덧없는 모습으로 영원히 굳혀 버리는 것만 같다. 행인들은 자신들이 얼마나 중요해졌는지 알지 못한다. 만일 안다면, 그들은 신문을 사거나 문간 계단을 문지르는 일을 그만둘지도 모른다. 하지만 이제 막 그들을 떠나려는 우리는, 우리의 출발이라는 그 아슬아슬한 순간에도 그들이 그처럼 수수한 일들을 계속하고 있다는 사실에 새삼 감동하게 된다. 그러므로 지나가는 얼굴들을 마지막으로 바라보는 것으로 — 그것은 죽음의 작은 연습과도 너무나 흡사하다 — 이 횡단을 무사히 마친 자들이 동요된 심정으로 손가방들을 움직거리며 대화를 시작하고, 새로운 세계 앞에서 — 누구든지 두려움이나 주저 없이 자기 영혼의 깊이를 드러내는 저 이상 사회의 문전에서 — 한순간 도취하여 전율하는 것은 자연스러운 일이다.

하지만 한순간일 뿐이다. 다음 순간, 육신을 벗어 버린 정신은 창가에서 퍼덕이며 무엇보다도 이 새로운 사회로 들어

가는 것이 허용되기를 간절히 바란다. 집들이 분홍색과 하늘색의 마름모꼴로 칠해지고, 여자들은 숄을 두르고, 남자들의 바지는 헐렁하고, 언덕 꼭대기에는 십자가가 있고, 누런 잡종견들이 돌아다니고, 자갈 깔린 길거리에 의자들을 내놓은, 한마디로 명랑하고 경박하고 드라마틱한 세계로 말이다. 〈애그니스가 정말 안됐어. 이제 그가 런던에 일자리를 얻기 전에는 결혼할 수 없잖아. 점심때 집에 가기엔 일터가 너무 멀어. 그 애 아버지가 뭔가 해줄 줄 알았는데.〉 두 영국 아가씨들 사이에 오가는, 토막토막 끊어지는(그녀들은 작은 거울을 골똘히 들여다보며 짧게 깎은 머리칼을 열심히 매만지는 중이다) 이런 대화가 마치 감옥소의 쇠창살처럼 묵직하게 마음에 내리꽂힌다. 그런 것들로부터, 시간과 일과 영국식 일주일의 엄격하고 철저한 구획으로부터 벗어나야 한다. 기차가 디에프를 벗어나자 이미 그런 장애물들은 좀 더 친화적인 문명의 용광로에 던져져 부글부글 끓는 듯하다.[3] 일주일의 날들이 줄어들고, 시간들이 사라진다. 오후 5시지만 은행들이 일제히 문을 닫지도 않고, 무수한 승강기로부터 수백만의 시민이 때맞추어 올라와 저녁 식탁을 향해 — 좀 더 가난한 교외에서는 차가운 냉육과 스위스 롤빵이 가지런히 담긴 얄팍한 유리 접시를 향해 — 가지도 않는다. 프랑스인들

---

3 원문은 여기서부터 잠시 과거 시제로 바뀌었다가 다시 현재로 돌아가는데, 번역문에서는 시제가 바뀌는 지점을 다음 문단 끝부분으로 미루었다.

에게도 시간 구분은 있겠지만, 그 구분이 어떻게 되는지 우리로서는 알 수 없다. 구석에 앉은 희고 통통하고 아담한 부인은 미소를 띤 채, 라틴 민족의 천재성이 밀어 버린 도랑과 경계 너머로 마냥 말달리듯 살아가고 있는 것만 같다.

그녀는 일어나 식당차로 간다. 자리에 앉아 핸드백에서 작은 프라이팬을 꺼내더니 그것을 텐트처럼 세운 『르 탕*Le Temps*』지 아래 조심스레 감춘다. 그러고는 요리가 나올 때마다 웨이터가 안 보는 틈을 타서 날랜 손길로 조금씩 덜어 낸다. 그녀의 남편이 미소 짓는다. 남편도 묵인하는 것이다. 우리가 말할 수 있는 것은 그녀가 나름 용감하다는 사실뿐이다. 그들은 아마 가난한 모양이다. 식사의 양은 많았고, 프랑스인들은 어머니를 모시고 산다. 생활의 낭비를 끊임없이 메꾸고 공허한 과시로 외관을 부풀리는 대신 실질에 맞추는 것은 프랑스인들의 생활의 지혜의 일부임에 틀림없다. 그렇지만 별로 신선하지 않은 치즈의 딱딱한 노란 껍질에 이르자, 그녀는 아이러니한 미소를 띠며 다이아몬드처럼 반짝이는 그 절묘한 악센트의 언어로 마지못한 듯 설명했다. 개를 키우고 있다고. 하지만 개가 아니면 어떠랴. 〈사는 건 아주 간단해요〉라고 그녀는 말하는 듯했다.

〈인생은 간단해, 아주 간단해〉 하고 남행 특급[4]의 바퀴들

---

4 Sud Express. 1887년 파리와 이베리아반도 사이에 개통된 철도 서비스. 울프 부부는 파리에서 기차를 갈아탄 모양이다.

은 특유의 백치 같은 아이러니를 담아 밤새도록 되풀이했다. 불편한 어둠에, 강철 체인의 철컥대는 소리에, 철도원들의 불안한 외침에, 밤새 쉬지 못한 새벽의 지친 육신들에, 그보다 안 어울리는 메시지도 없을 것이었다. 하지만 여행자들은 문구들에 휘둘린다.[5] 집은 그들을 단단하고 독립된 개별적 존재로 만들어 주는 껍질과도 같았으니, 이제 집을 떠나 노출된 그들의 뇌 속에는 광범한 일반화의 공식들이 자리 잡는다. 바퀴 소리, 창문에 블라인드가 부딪히는 소리가 인생에 대한 그럴싸한 경구들의 리듬으로 바뀌고, 산문의 단편들을 되는대로 떠올리게 한다. 그리하여, 멍해진 여행자들은 극도로 울적한 눈길로 풍경을, 지루할 뿐인 프랑스 중부의 풍경을 내다본다. 프랑스인들은 체계적이지, 하지만 인생은 간단해. 프랑스인들은 산문적이지, 프랑스인들은 도로를 갖고 있어. 그래, 그들은 저 날씬한 포플러 나무에서부터 빈으로, 모스크바로 뻗어 가는 도로를 가지고 있는 거야. 톨스토이의 집을 지나, 산악을 오르고, 그러고도 행진하여 유명한 도시들의 한복판에 있는 화려한 상가들을 지난다. 하지만 영국에서 도로는 절벽에 이르고, 바다 가장자리에서 모래 속으로 빠져든다. 영국에서 산다는 것이 위험해 보이기 시작한다. 여기서라면 집을 짓고 이웃 없이 지내며 이 끝없는 하얀 길을 따라 2, 3, 4마일씩 걸을 수 있을 것이다. 그러면서 기껏해

5 원문의 시제는 여기서 현재로 돌아간다.

야 검둥개 한 마리에 늙은 여자 하나쯤 만나려나. 그녀는 풍경의 광대함과 여행의 허망함에 지친 나머지 어느 둑 위에 주저앉아서, 암소는 밧줄로 자기 몸에 묶어 둔 채, 우두커니, 아무런 흥미 없이, 기념비처럼 앉아 있다. 우리 영국 시인들이 잠시나마 그녀의 자리를 빌려 그녀의 생각을 할 수 있다면, 교구니 팬지꽃이니 참새 알이니 하는 것들을 잊어버리고 (그녀가 그래 보이는 것처럼) 인간의 숙명에 몰두할 수 있다면!

하지만 보르도를 벗어나 점점 더 드넓은 들판이 나타나자, 아주 간단하고 사소한 생각을 하는 데 필요한 집중력마저도 남아나지 않는다. 마치 장갑이 커다란 손을 쑤셔 넣는 바람에 찢어져 버리는 것과도 같다. 붓과 물감, 캔버스를 가지고 작업하는 화가들은 복이 많다. 반면 말[言]은 취약하기 짝이 없다. 시각적인 아름다움이 다가오기만 해도 뒷걸음질 치고 만다. 사람을 가장 문자적인 의미에서 혼란스럽고 당혹스러운 구렁 속에 빠뜨린다. 그 구렁 속에는 새하얀 소읍들과 외줄로 줄지어 가는 노새들과 외딴 농장들, 거대한 교회들, 저녁이면 창백하게 바스러지는 광대한 들판들, 불어 끈 성냥처럼 삐뚜름히 타오르는 과일나무들, 오렌지들로 불타는 듯한 나무들, 구름과 폭풍들이 가득하다. 눈이 이 모든 것을 그 안에 들이붓는다. 아름다움은 우리를 함몰시키고, 우리는 그 물속에서 허우적거린다. 헤쳐 나오기 위해서는 언제나 인간의 어깨를 디뎌야 한다. 복도를 지나가는 옆모습, 무슨 일인지 상복 차림으로 자동차에 올라 메마른 들판을 가로질러 어디론가 가는 노부인, 마드리드에서 그리스도 상에 색종이 조각을 던지는 아이, 자기 모자로 시에라네바다[6]를 반쯤 가린 채 『더 타임스』에 실린 처칠 씨의 최근 기사에 대해 토론하는 영국 남자 — 이런 이들이 우리의 발판이 되어 준다. 우리는 아름다움을 향해 〈아니〉라고 — 마치 귀찮은 개를 쫓아 버리듯이 — 말한다. 〈가만히 좀 있어. 인간들의 눈을 통해 너를 보게 해줘.〉

하지만 영국 남자의 모자만으로는 시에라네바다를 알 수 없다. 이튿날 걸어서 또 노새를 타고 출발하자, 저 주름진 붉고 흰 스크린, 모자들의 배경, 『더 타임스』의 처칠 씨 기사에 대한 (특히 해 질 녘의) 이 기묘한 논평은 돌멩이와 올리브 나무와 염소들과 아스포델, 붓꽃, 덤불들, 산등성이들과 고원들, 수풀과 풀 무더기들과 작은 골짜기들 — 일일이 다 묘사할 수 없고 생각할 수 없는 무수한 세부들 — 로 이루어져 있음이 드러난다. 머릿속을 스쳐 가는 것들이 짧막한 문장들로 부서져 나온다. 덥다, 노인, 프라이팬, 덥다, 성모상, 포도주병, 점심시간이야, 12시 반밖에 안 됐어, 덥다. 그러고는 몇 번이고 다시 그 모든 사물들 — 돌멩이, 올리브, 염소, 아스포델, 잠자리, 붓꽃 — 이 되돌아와, 묘한 상상력의 작용으

6 스페인 안달루시아 지방에 있는 산맥.

로, 행진하는 병사들, 외로운 밤의 보초들, 대대적인 전투의 지휘관들에게나 어울릴 만한 명령과 권유와 격려의 문장으로 바뀐다. 하지만 투쟁을 포기해야 하는가? 게임에 승복해야 하는가? 그렇다, 구름이 고개 너머로 흘러가고, 노새들은 등짐을 아랑곳하지 않으며 비틀거리는 법 없이 제 갈 길을 안다. 만사를 그들에게 맡겨 버리면 안 되겠는가?

밤이 다가올수록(고갯마루는 안개에 싸여 있다) 여행자들은 삶에서 벗어나 뭔가 기대에 찬 전망을 향해 나아가는 것만 같다. 땅 위의 모든 필요들은 노새의 네 발에 맡겨 둔 채 편안하게 나아간다. 그러면서 생각에 잠긴다. 아무러면 어때? 선한 자에게(안개비 속에서 걸어 나온 사제 둘이 고개 숙여 인사하고 지나간다) 생전에나 사후에나 무슨 해가 닥칠 수 있겠어? 산 정상에 거의 이르렀음 직한 풀밭길을 가로질러 여우 한 마리가 지나가자, 마치 수백 년 전 영국에서 온 종일 말을 타고 오기나 한듯이 얼마나 이상한 느낌이 드는지. 그것도 수백 년 전에 말이다. 위험은 지나갔고, 여관의 불빛들이 눈에 들어온다. 안주인이 마당으로 나와 그들을 맞이하며 저녁 식사를 준비하는 동안 불가에 앉아 있으라고 권한다. 그들이 불가에 앉아 반쯤 조는 동안, 그 배경에서는 투박한 소년 소녀들이 붉은 꽃을 든 채 오락가락하고, 어머니는 아기에게 젖을 먹이고, 말 한마디 없는 노인이 불쏘시개 한 줌을 더미에서 떼어 내 불에 던진다. 불길이 확 타오르고,

노루 불 속을 들여다본다.

하지만, 맙소사! 어떤 밤에 어떤 낮이 이어질지는 아무도 모른다. 오 세상에! 세상에! 〈돈 페르난도는 비둘기 파이를 좋아해서 여기다 비둘기를 키웠지요.〉 그러니까 자기 집 지붕 위에 말이다. 지붕 위에서는 알푸하라의 놀랍고 낯설고 압도적인 전망이 펼쳐진다. 〈그는 작년 여름 그라나다에서 죽었어요.〉 정말로? 물론 빛이다. 백만 개나 되는 면도날이 나무껍질과 먼지를 깎아 내어 선명한 색깔들이 쏟아져 나온다. 무화과나무에서 순백색이, 이 거대한 혹 모양의 영원한 풍경으로부터 빨강과 녹색과 또 흰색이. 하지만 지붕 위의 소리에 귀 기울여 보라. 처음에는 비둘기들이 날개를 퍼덕이는 소리, 그러고는 물 흐르는 소리, 그러고는 닭을 사라고 외치는 노인의 음성, 멀리 저 아래 골짜기에서 당나귀가 히힝대는 소리가 들려온다. 귀 기울여 보라. 그러면 천 년 동안이나 세월을 초월한 의연한 인내로 아프리카 연안을 마주해 온 한 마을의 심장부로부터 생명이 솟구치는 소리가 들려올 것이다. 하지만 어떻게 그런 것을 말할 수 있겠는가? 이 작열하는 빛으로부터 돌아서는 우리를 자기 집으로, 백합이 있고 깨끗한 빨래가 말라 가는 방으로 초대하며, 마치 그녀 자신도 천 년은 거기 있었다는 듯, 창밖을 내다보며 미소 짓는 스페인의 농부 여자에게?

병에 대하여[1]

　병이라는 것이 얼마나 흔한지, 그것이 가져오는 정신적 변화가 얼마나 엄청난지, 건강이라는 빛이 꺼지고 나면 그제야 드러나는 미답의 영역들이 얼마나 놀라운지, 그저 독감[2]의 가벼운 습격만으로도 영혼의 어떤 황무지와 사막이 눈앞에 전개되는지, 조금 체온이 오르기만 해도 어떤 낭떠러지와 꽃떨기 흩뿌려진 풀밭이 드러나는지, 병고라는 것이 우리 안에서 어떤 굳건한 참나무 고목을 뿌리 뽑는지, 이를 한 개 뽑고

1　1925년 10~11월에 걸쳐 앓는 동안 쓴 글. 1926년 1월 『뉴 크라이티어리언*The New Criterion*』에 게재. 1926년 4월에는 『포럼*Forum*』에 「질병: 활용되지 않은 광맥Illness: An Unexploited Mine」이라는 제목으로 짧은 수정본 게재. 1930년 11월 초 호가스 출판사에서 다시 원래 글을 약간 수정하여 원래 제목으로 펴냈다. 1930년본을 번역했다("On Being Ill", *Essays V*, pp. 195~208).

2　1918~1920년의 인플루엔자 일명 스페인 독감은 전 세계적으로 5천만 명의 목숨을 앗아 간 — 제1차 세계 대전의 사상자 수가 9백만이었다 — 엄청난 사건이었다. 영국에서는 장의차가 부족하여 자기 집 뒷마당에 가족의 시신을 매장하는 일도 드물지 않았다고 한다. T. S. 엘리엇의 『황무지*The Waste Land*』에서 〈지난해 네 뒤뜰에 심은 시신은 / 싹트기 시작했는가? 올해는 꽃 피겠는가?〉(71~72행) 하는 대목은 그저 비유가 아니었다.

치과 의사의 팔걸이의자에서 간신히 정신을 차려 그의 〈입을 헹구세요, 입을 헹궈요〉 하는 말을 천국 대청에서 몸을 굽혀 우리를 맞아 주는 신의 인사말과 혼동할 때면 어떤 사망의 구 덩이로 내려가 멸망의 창수(漲水)가 머리를 덮는 것을 느끼 다가 천사와 수금(竪琴) 타는 이들의 면전에서 깨어나는 듯 한지, 이런 것들을 생각할 때면 — 그리고 자주 생각할 수밖 에 없는데 — 병이 사랑이나 싸움, 질투 등과 함께 문학의 주 요 주제로 자리 잡지 못한 것이 이상하게 여겨진다. 독감에 대한 소설, 장티푸스에 대한 서사시, 폐렴에 대한 송가, 치통 에 대한 서정시 등이 진작 쓰였어야 하지 않나 싶어지는 것이 다. 하지만 드문 예외를 제외하고는 — 드퀸시[3]가 『어느 영국 인 아편쟁이의 고백Confessions of an English Opium-Eater』 에서 그 비슷한 일을 시도했고, 프루스트의 작품에도 여기저 기 병에 대한 대목이 한두 권 분량은 될 터이지만[4] — 문학은 그 주요 관심사가 정신임을 견지하는 데 최선을 다해 왔다. 몸은 영혼이 곧장 들여다보이는 민유리일 뿐이며, 욕망이나 탐욕 같은 한두 가지 정열을 제외한다면 무시해도 그만, 없는 것이나 다름없다고 말이다. 하지만 진실은 그와 정반대이다. 하루 온종일 밤낮없이 몸이 끼어들어, 둔해졌다 예민해졌다,

---

3 Thomas De Quincey(1785~1859). 영국 소설가.
4 마르셀 프루스트Marcel Proust(1871~1922)는 지병인 천식이 있어 『잃어버린 시간을 찾아서À la recherche du temps perdu』의 곳곳에서 병에 대해 언급한다.

붉으락푸르락, 6월의 온기 속 밀랍처럼 녹는가 하면 2월의 냉기 속 유지(油脂)처럼 굳어진다. 그 안의 존재는 유리 ─ 더럽혀졌든 장밋빛이든 ─ 를 통해 내다볼 수 있을 뿐, 몸이 무슨 칼집이나 콩깍지나 되는 듯이 몸으로부터 단 한순간도 빠져나오지 못한다. 그는 더위와 추위, 안락과 불편, 허기와 만족감, 건강과 질병 등 끝없이 이어지는 변화를 겪은 끝에 불가피한 파국을 맞이하며, 그러면 몸은 산산조각 나고 영혼은 달아난다(고들 한다). 하지만 이처럼 나날이 벌어지는 몸의 드라마에 대한 기록은 전혀 없다. 사람들은 항상 정신의 활동에 대해서만 쓴다. 정신에 일어난 생각이라든가, 그 고상한 계획이라든가, 정신이 어떻게 온 우주를 교화했던가에 대해서 말이다. 그들은 정신이 철학자의 탑에서 몸을 무시하는 것을, 또는 정복이나 발견을 위해 눈 속이나 사막으로 몇 리씩 몸을 ─ 무슨 낡은 축구공이라도 되는 양 ─ 몰아가는 것을 보여 준다. 갑자기 닥친 신열이나 우울증의 급습에 맞서, 침실의 고독 속에서 몸이 그것을 노예 삼는 정신과 벌인 전쟁들은 깡그리 무시된다. 그 이유는 멀리서 찾을 것도 없다. 이런 것들을 정면으로 직시하려면 사자 조련사의 용기가, 강인한 철학이, 대지의 창자에 뿌리내린 이성이 필요할 터이기 때문이다. 그런 것 없이는 이 몸이라는 괴물, 그 고통이라는 기적은 이내 우리를 신비주의에 빠지게 하거나, 날개를 퍼덕이며 초월주의의 황홀경으로 날아오르게 할 것이다. 대중은 독감에 바쳐진 소설에는 플롯이 없다고 말할 테고, 그 안에 사랑이라고는 없다고 불평하겠지만, 이는 잘못이다. 병은 종종 사랑으로 위장하기도 하며 그와 똑같은 낡은 트릭을 쓰니 말이다. 그것은 어떤 얼굴들에 신성을 부여하며, 우리로 하여금 계단 삐걱거리는 소리에 귀를 세운 채 몇 시간씩 기다리게 하고, 옆에 없는 사람의 얼굴을, 건강할 때는 평범하기 그지없던 얼굴을 새로운 의미의 월계수로 감싼다. 정신은 건강할 때는 그럴 시간도 취미도 없었던 것들에 대해 수천 가지 전설과 로맨스를 지어낸다. 끝으로, 문학에서 병을 묘사하기 어렵게 만드는 이유로는 언어의 빈곤이 있다. 영어는 햄릿의 생각과 리어의 비극을 표현할 수는 있지만, 오한과 두통에 대한 말은 갖고 있지 않다. 영어는 온통 한쪽으로만 발달했다. 일개 여학생도 사랑에 빠지면 셰익스피어나 키츠의 말을 빌려 자신의 마음을 표현할 수 있지만, 병으로 앓는 이가 머릿속의 고통을 의사에게 묘사하려 하면 언어는 금방 동이 나버린다. 그가 쓸 만한 기성 언어가 없다. 그는 스스로 말을 만들어 내야 하는 터라, 한 손에는 통증을, 다른 손에는 그저 신음을 들고 (아마도 바벨 사람들이 처음에 그랬을 것처럼) 그것들을 한데 으스러뜨려 새로운 말을 만들어 내기에 이른다. 아마도 그것은 우스꽝스러운 무엇일 것이다. 영국인으로 태어난 누가 감히 언어를 멋대로 가지고 놀 수 있다는 말인가? 우리에게 영어란 신성한, 그러므로 죽을 수밖에 없는 무엇이다. 낡은 것들 재배열하기보다 새말을 만들어 내기를 더 기뻐하는 미국인들이 우리를 도와 샘이 다시 흐르게 하지 않았더라면 말이다. 하지만 우리가 필요로 하는 것은 더 원초적이고 더 관능적이고 더 외설적인 새로운 언어일 뿐 아니라, 정열의 새로운 위계질서이니, 사랑은 화씨 104도[5]를 위해 물러나야 하고, 질투는 좌골 신경통에 지리를 내주어야 하며, 불면증은 익당 역할을 맡아야 한다. 영웅은 단맛이 나는 하얀 액체 — 나방의 눈에 깃털 달린 발을 지닌 막강한 왕자 — 가 될 터이니, 그중 하나의 이름은 클로랄[6]이다.

하지만 병자에게로 돌아가 보자. 〈나는 독감으로 누워 있어요〉라는 말은 병이라는 실제 경험에 대해 무엇을 전달하는가? 앓아누운 사람에게는 세상이 얼마나 달라 보이는지, 일의 도구들은 멀게만 느껴지고, 축제의 소음은 들판 너머 멀리서 들려오는 회전목마 소리처럼 로맨틱하게 들려온다. 친구들도 달라져서, 어떤 친구들은 낯선 아름다움을 띠고 또 다른 친구들은 두꺼비처럼 납작해지기도 한다. 인생의 풍경 전체가 마치 바다 멀리 나아간 배에서 돌아다보는 해안처럼 아득하고 아름다워지며, 그는 정상까지 들려져 사람에게도 신에게도 도움을 청할 필요가 없게 되는가 하면, 하녀의 발길질을 달게 받으며 방바닥에 드러눕기도 한다. 이런 경험은

5 섭씨 40도.
6 클로랄 하이드레이트(염화수소). 안정제 및 마취제로 쓰였다.

전달될 수 없고, 묵묵히 겪어 내는 일들이 으레 그렇듯, 병의 고통은 친구들의 마음속에 그들 자신의 독감과 고통에 대한 기억을 불러일으킬 뿐이다. 지난 2월에는 혼자서 참아 낸 고통이 이제야 고결한 동정심의 토로를 위해 필사적으로 요란하게 터져 나오는 것이다.

하지만 동정심은 안 될 말이다. 〈운명의 여신이 《노》라고 말한다.〉[7] 만일 운명의 자식들이, 이미 슬픔으로 묵직한 데다 상상 속에 타인의 고통을 더하여 그 짐까지 지려한다면, 건물들은 더 이상 올라가지 않고, 길들은 풀밭 속으로 사라지고, 음악도 그림도 그칠 것이다. 크나큰 한숨만이 하늘에 올라갈 것이고, 인간 남녀에게는 공포와 절망의 몸짓만이 남게 될 것이다. 실제로는 항상 뭔가 사소한 기분 전환 거리들이 있게 마련이다. 병원 모퉁이의 손풍금 악사라든가, 감옥이나 구빈원을 지나가는 길에 책이나 싸구려 장신구로 유인하는 가게, 늙은 거지의 이루 다 짐작할 수 없는 비참을 지저분한 고통의 끝없는 이야기로 바꿔 놓을 수 없게 하는 개나 고양이의 엉뚱한 출현 — 그리하여 저 고통과 훈련의 막사들이, 메마른 슬픔의 상징들이 우리에게 요구하는 방대한 동정심의 노력은 불편하게나마 다른 때로 미루어진다. 오늘날 동정심은 주로 게으름뱅이나 낙오자들, 대개 여자들에 의해

7 존 밀턴John Milton(1608~1614)의 「그리스도 탄생의 아침에 붙인 송가Ode on the Morning of Christ's Nativity」에 나오는 구절. 이 시는 레슬리 스티븐의 애송시 중 하나였다.

베풀어진다(이들에게는 낡은 것이 무정부 상태와 새로움과 기묘하게 병존한다). 이들은 경주에서 탈락하여, 환상적이고 이익이 되지 않는 나들이에 쓸 시간이 있는 것이다. 가령 C. L.[8]은 텁텁한 병실의 난롯가에 앉아서 견실하고도 상상력이 풍부한 손길로 유아실의 난로 울타리를 세우고, 빵 덩이와 램프와 길거리의 손풍금과 앞치마니 연애니 하는 모든 단순한 노파들의 이야기를 정리한다. A. R.은, 경솔하고도 너그러운 그녀답게, 만일 당신이 거대한 거북이나 테오르보[9]로 기운을 돋우고 싶다고 한다면, 온 런던의 시장을 뒤져서라도 어떻게든 그것들을 구해다가 종이에 싸서 그날이 지나기 전에 내밀 것이다. 그런가 하면 경박한 K. T.는, 마치 왕과 왕비들의 연회에라도 가는 양 비단옷에 깃털 차림으로 화사하게 분 화장을 하고서(이 또한 시간이 걸리는데), 병실의 음울한 분위기 가운데 자신의 모든 밝음을 소모해 가며 잡담과 손짓 발짓으로 약병들을 즐겁게 쟁강거리고 불길을 쏘아 올릴 것이다. 하지만 이런 치기도 호시절을 지났으니, 문명은 이제 다른 목표를 가리키고 있다. 그때가 되면 거북이와 테오르보를 위한 자리가 어디 있겠는가?

고백하기로 하자(병은 사실 고해소이다) ― 병에는 유치한 솔직함이 있다고 말이다. 건강할 때의 조심스러운 체면으

---

8 이 C. L.이나 뒤에 나오는 A. R., K. T. 등이 각기 누구를 가리키는지는 확인되지 않았다.

9 17세기에 애용되던 일종의 수금.

로는 감추었던 것들이 폭로되고 진실이 노출된다. 가령 동정심에 관해 말하자면, 그런 것은 없어도 된다. 모든 신음에 반항하게끔 되어 있는 세계, 인간 존재들이 공통된 필요와 두려움으로 하도 긴밀히 얽혀 있어 조그만 움찔거림도 파급되고 마는 세계, 당신이 아무리 이상한 경험을 했다 해도 다른 사람들도 이미 그런 경험을 했고 당신이 마음속으로 아무리 멀리 날아간다 해도 다른 사람들이 이미 다녀간 적이 있는 세계, 그런 세계란 사실 환상일 뿐이다. 우리는 다른 사람의 영혼은 둘째 치고, 자신의 영혼도 알지 못한다. 인간 존재는 인생길을 내내 다른 사람과 손잡고 가지 않는다. 각 사람 안에는 원시림이 있다. 새 발자국조차 찍히지 않은 눈밭이 있다. 여기서 우리는 혼자이며, 그편이 낫다고 생각한다. 항상 동정심을 갖는다는 것, 항상 동반자가 있다는 것, 항상 이해받는다는 것은 참을 수 없는 일이다. 하지만 건강할 때는 상냥한 외관을 유지하고, 서로 의사소통을 하고, 세련된 태도를 지니고, 나눠 갖고, 사막을 경작하고, 원주민을 교육하고, 밤낮으로 함께 일하려는 노력을 새롭게 해야 한다. 병이 들면 그렇듯 꾸미려는 노력이 그치게 된다. 곧장 침대를 찾거나 의자의 쿠션들 틈에 몸을 파묻고, 한 발을 바닥에서 1인치쯤 가까스로 들어 올려 다른 발에 얹으며, 멀쩡한 자들의 군대에서 행진하기를 그친다. 우리는 탈영병이 된다. 그들은 전쟁터로 행진해 간다. 우리는 지저깨비들과 함께 흐름에 실려 뛰논다. 산디밭 위 낙엽과 뒤섞여, 무책임하고 무심하게, 아마도 몇 년 만에 처음으로 하늘을 쳐다볼 수 있게 된다.

그 놀라운 광경의 첫인상은 이상하게 압도적이다. 보통 때는 한참 동안 하늘을 본다는 것이 불가능하다. 보행자들이라면 사람들이 오가는 데서 우두커니 하늘을 바라보는 자 때문에 방해를 받고 마땅찮아 할 것이다. 게다가 기껏 하늘을 바라본댔자 굴뚝과 교회들로 훼손된 하늘은 인간을 위한 배경이 되어, 맑거나 흐린 날씨를 보여 주고, 창문을 금빛으로 물들이고, 나뭇가지 사이를 채우고, 가을 광장들에 서 있는 플라타너스들의 비애감을 드러낼 뿐이다. 하지만 이제 등을 대고 누워 똑바로 쳐다보면, 하늘은 그런 것과 너무나 달라서 다소 놀랍기까지 하다. 우리가 모르는 사이에도 하늘은 내내 이랬단 말이지! 이렇게 끊임없이 형태를 만들어 내고 부수고, 구름들을 뒤흔들고, 북에서 남으로 선박과 수레의 기나긴 행렬을 이끌고, 이 빛과 그늘의 커튼을 부단히 올리고 내리고, 금빛 햇살과 푸른 그림자를 끊임없이 실험하고, 태양을 가렸다 내놓았다 하고, 단단한 암벽을 만들었다 헤쳐 버리는 — 이 끝없는 활동은 수백만 마력의 힘을 낭비하며 세세연년 그 뜻대로 일해 오고 있다. 이 사실은 논평을, 정말이지 비판을 요하는 것 같다. 누군가가 『더 타임스』에 써야 하지 않겠는가? 바야흐로 『더 타임스』를 활용해야 할 것이다. 이 거대한 영화가 관객도 없이 계속 상영되도록 내버려 둘 수는 없다. 하지만 조금 더 바라보노라면, 또 다른 감정이 그런 시민 의식을 잠재운다. 그것은 신적으로 아름다운 동시에 신적으로 무심한 광경이다. 측량할 수 없는 자원이 인간의 즐거움이나 유익과는 아무 관련이 없는 어떤 목적에 사용되고 있다. 만일 우리가 모두 뻣뻣하게 엎어진다 해도, 하늘은 여전히 그 푸른빛과 금빛으로 실험을 계속할 것이다. 어쩌면 그제야, 무엇인가 아주 작고 가깝고 친숙한 것을 내려다보며 우리는 동정심을 발견할 것이다. 장미를 보자. 우리는 그것이 꽃병에 담겨 꽃 피우는 것을 흔히 보아 왔고, 그것을 으레 한창때의 아름다움과 연관시켜 왔으므로, 그것이 어떻게 지상에서의 오후 내내 조용히 서서 버티는지 잊어버렸다. 그것은 완벽한 위엄과 자제심을 간직하고 있다. 그 꽃잎의 홍조는 모방할 수 없이 적절하다. 어쩌면 지금 그 한 잎이 조심스레 떨어진다. 이제 모든 꽃이, 관능적인 자줏빛 꽃들과 그 밀랍 같은 살에 체리 주스 한 스푼을 흘려 놓은 듯한 크림빛 꽃들이, 글라디올러스, 달리아, 성직자나 교회를 생각나게 하는 백합, 살굿빛과 호박빛으로 물들인 깔끔한 목깃을 단 꽃들이 ─ 묵직한 해바라기만을 제외하고는(해바라기는 자랑스럽게 정오에 해를 맞이하며 아마도 한밤중에는 달을 묵살할 것이다) ─ 모두 미풍에 고개를 숙인다. 저기 그들이 서 있다. 인간 존재는 이 가장 정적이고 가장 자족적인 존재들을 친구로 만들었다. 그들은 꽃들을 자신들의 정열의 상징으로 삼아 자신들의 축제를 장식하고 (마치 꽃들이 슬픔을 알기라도 하는 것처럼) 망자의 베개에 놓는다. 새삼 말하기도 이상한 일이지만, 시인들은 자연 속에서 종교를 찾아냈고, 사람들은 시골에 살며 식물들로부터 미덕을 배운다. 식물들이 위로를 주는 것은 그 무심함 때문이다. 사람의 발길이 닿지 않은 마음의 눈밭에 구름이 찾아들고, 떨어지는 꽃잎이 입 맞춘다. 또 다른 영역에서는 밀턴이나 포프 같은 위대한 예술가들이 그들의 생각이 아니라 망각으로 우리를 위로하듯이.

그러는 동안, 하늘이 아무리 무심하고 꽃들이 아무리 무시한다 하더라도, 몸 성한 자들은 개미나 벌의 영웅주의를 가지고서 군대를 이루어 싸움터로 행진해 간다. 존스 부인이 기차에 탄다. 스미스 씨가 모터를 수리한다. 소들을 집으로 몰아가 젖을 짠다. 사내들이 지붕에 이엉을 얹는다. 개들이 짖는다. 까마귀들이 그물처럼 날아올랐다가 그물처럼 느릅나무 위로 내려앉는다. 생명의 파동이 지치지 않고 뻗어 나간다. 누워 있는 자들만이 깨닫는다. 자연이 전혀 감추려 하지 않는 것, 결국은 자연이 정복하리라는 것을 말이다. 열기가 세상을 떠날 테고, 우리는 서리로 뻣뻣해진 몸을 이끌고 들판을 돌아다니기를 그칠 것이며, 태양도 꺼져 버릴 것이다. 그렇다 하더라도, 온 땅에 흰 눈이 보처럼 덮여 미끄러울 때에도, 어느 굴곡, 어느 불규칙한 표면은 고대 정원의 경계

를 표시할 것이고, 거기서 별빛 속에 끄떡없이 고개를 쳐들
고서 장미는 필 것이고 크로커스가 타오를 것이다. 하지만
우리 안에 여전히 생명의 심지를 지닌 채, 우리는 몸부림쳐
야 한다. 가만히 얼어붙어 무표정한 무덤이 될 수는 없다. 누
워 있는 자들도 발가락 끝의 서리를 상상하는 것만으로도 펄
쩍 뛰어오르며, 보편적인 희망에, 천국이니 불멸이니 하는
것들에 기대려 한다. 확실히 인간은 이 모든 시대 동안 소망
해 왔으니, 그 소망으로 무엇인가를 존재케 했을 것이다. 발
로 직접 딛어 볼 수는 없다 해도 마음은 쉴 수 있을 어떤 녹
색 섬이 있을 것이다. 인류의 소망이 합쳐진 상상력이 분명
어떤 확실한 윤곽을 그려 냈을 것이다. 하지만 아니다. 『모닝
포스트*Morning Post*』를 펼쳐 리치필드 주교가 천국에 갔다
는 기사를 읽는다. 교회에 다니는 이들이 저 용감한 사원들
로 줄지어 가는 것을 본다. 가장 황량한 날, 가장 젖은 들판
에서도 램프들이 타는 곳, 종들이 울리는 곳, 가을 잎들이 아
무리 불어닥치고 밖에서는 바람이 탄식해도 희망이 믿음과
확실성으로 바뀌는 곳들이다. 그곳으로 가는 그들이 평안해
보이는가? 그들의 눈에서는 지고의 확신이 빛나는가? 그들
중 하나가 감히 비치헤드[10]를 떠나 곧장 천국에 가겠는가?
바보가 아니라면 아무도 그런 것을 묻지 않을 것이다. 신자

10 이스트본 근처 해발 530피트(160미터) 높이의 백악질 절벽. 자살 장
소로 유명했다. 울프가 살던 로드멜에서 15마일(24킬로미터)가량 떨어져 있
었다.

들의 작은 무리는 발을 끌며 처지다가 흩어진다. 어머니는 지쳤고, 아버지는 곤비하다. 천국을 상상하기로 말하자면, 그들은 시간이 없다. 천국 만들기는 시인들의 상상에 맡겨 두어야 한다. 그들의 도움이 없다면 우리는 실없는 소리나 할 수 밖에 없다. 천국에 있는 피프스[11]를 상상하고, 백리향 덤불에 앉은 유명 인사들과의 짤막한 인터뷰도 궁리해 보고, 그러다 곧 우리 친구들 중 지옥에 머무른 이들에 대한 잡담을 하거나, 또는 더 한심하게는, 지상으로 돌아와 몇 번이고 다시 선택하여 — 선택이야 해될 것이 없으니 — 이번에는 남자로, 다음에는 여자로, 선장으로, 궁정의 귀부인으로, 황제로, 농부의 아내로 다시 살아 볼 것이다. 호화로운 도시나 머나먼 황야에서, 페리클레스나 아더 왕, 샤를마뉴나 조지 4세의 시대에, 살고 또 살아 모든 가능태의 삶을 다 살아 볼 것이다. 어렸을 때는 — 〈나〉가 그들을 제압하기까지는 — 그처럼 비현실적인 삶의 가능성들이 우리를 따라다녔었다. 하지만 원하는 대로 바꿀 수만 있다면, 〈나〉가 천국마저 찬탈하고 지금껏 윌리엄이나 앨리스의 역할을 해온 우리를 영원히 앨리스나 윌리엄으로 남게 하지는 못할 것이다. 우리로만 남게 되면 기껏 그렇게 육신적인 생각이나 할 것이다. 그러므로 우리를 위해 상상력을 발휘해 줄 시인들이 필요하다.

11 Samuel Pepys(1633~1703). 영국 정치인, 작가. 10년에 걸쳐 쓴 일기로 유명하다.

천국을 만드는 의무는 계관 시인의 직무에 더해져야 한다.

실로 우리는 시인들에게로 돌아선다. 병이 나면, 산문이 요구하는 지루한 전투에는 끌리지 않게 된다. 페이지가 휙휙 넘어가고 구조물 전체 — 아치와 탑과 흉벽 — 가 그 기초 위에 든든히 서는 것을 보게 되기까지 다음 페이지를 미리부터 기다리는 상태로는, 우리는 모든 기능을 발휘하여 이성과 판단과 기억을 집중할 수 없다. 『로마 제국 쇠망사』는 독감 때 읽을 만한 책이 아니며, 『황금 잔』이나 『마담 보바리』도 마찬가지다.[12] 한편, 책임감이니 이성이니 하는 것을 좀 치워 두면 — 누가 병자한테 비평을, 몸져누운 사람한테 건전한 양식을 요구하겠는가? — 다른 취향들이 문득 제멋대로 강렬하게 모습을 드러낸다. 한두 줄 읽다 만 시가 마음속 깊은 곳에서 나래를 펼친다.

　　그리고 때로 저녁이면

　　어스름한 목장을 따라 양 떼에게 가본다.[13]

　　빽빽이 떼 지어 산허리를 떠도누나.

12　『로마 제국 쇠망사The History of the Decline and Fall of the Roman Empire』는 에드워드 기번Edward Gibbon(1737~1794), 『황금 잔Golden Bowl』은 헨리 제임스, 『보바리 부인Madame Bovary』은 귀스타브 플로베르 Gustave Flaubert(1821~1880)의 작품.

13　존 밀턴, 『코머스Comus』, 제2부 제843~844행.

나른히 불어오는 바람결에 밀리어.[14]

하디의 시 한 구절이나 라브뤼예르[15]의 경구 한마디를 놓고 세 권짜리 소설에 맞먹는 생각의 나래가 펼쳐지기도 한다. 램[16]의 서한집을 뒤적이다 — 어떤 산문 작가들은 시인처럼 읽어야 한다 — 〈나는 시간의 잔인한 자객이니, 지금이라도 그를 난자할 수 있다. 하지만 뱀은 원기왕성하다〉 같은 문장을 발견할 때의 기쁨을 누가 설명할 수 있겠는가? 또는 랭보를 펼쳐

오 계절이여, 오 성이여!
흠 없는 영혼이 어디 있으랴?[17]

같은 구절을 읽고 어떻게 그 매력을 해명하겠는가? 병석에서는 말들이 신비한 성격을 띠는 듯하다. 우리는 그 표면적 의미 너머에 있는 것을 포착하고, 본능적으로 이것, 저것, 또 저것을 — 소리를, 빛깔을, 여기서는 강세를, 저기서는 휴지(休止)를 — 끌어모은다. 시인은 시상에 비해 말이 빈약함

14　퍼시 비시 셸리, 『풀려난 프로메테우스 *Prometheus Unbound*』, 제2막 제1장.
15　Jean de La Bruyère(1645~1696). 프랑스 작가.
16　Charles Lamb(1775~1834). 영국 수필가.
17　아르튀르 랭보Arthur Rimbaud(1854~1891), 『지옥에서 보낸 한 철 *Une Saison en enfer*』.

을 알고서 그런 것들을 자신의 지면에 흩뿌려, 그것들이 모아지면 말로도 표현할 수 없고 이성으로도 설명할 수 없는 마음 상태를 환기하게끔 해놓은 것이다. 병석에 있는 우리에게는 불가해함이 지대한 힘을, 아마도 멀쩡한 자들이 허용하는 것보다 훨씬 큰 힘을 미친다. 건강할 때는 의미가 소리를 잠식한다. 지성이 감각을 지배하는 것이다. 하지만 병들었을 때는 의무의 감시가 해제되므로, 우리는 말라르메[18]나 존 던[19]의 난해한 시, 라틴어나 희랍어의 어구들 밑으로 기어들게 되며, 그러면 설령 우리가 마침내 의미를 포착한다 하더라도, 말들은 마치 미묘한 향내처럼 입천장과 콧구멍을 통해 감각적으로 먼저 다가왔기 때문에 한층 더 풍부한 것이 된다. 아직 언어가 서투른 외국인들은 우리보다 유리한 입장에 있다. 중국인들은 『안토니우스와 클레오파트라Antony and Cleopatra』가 어떻게 들리는지 우리보다 더 잘 알 것이다.

무모함도 병의 속성 중 하나인데 — 우리는 무법자들이다 — 셰익스피어를 읽을 때 필요한 것이 바로 무모함이다. 읽다가 졸아야 한다는 말이 아니라, 말짱한 정신일 때는 그의 명성에 겁을 먹고 지루해지거나, 비평가들의 온갖 견해가 우리 안에서 천둥 치는 확신을 잠재울 수 있다는 것이다. 이런 확신은 설령 환상일지라도 도움이 되는 환상이고 엄청난 즐

<hr>

18 Stephane Mallarme(1842~1898). 프랑스 시인.
19 John Donne(1572~1631). 영국 시인.

거움이며, 위대한 작가를 읽는 데 생생한 자극이 되는 것인데 말이다. 셰익스피어에는 세월이 갈수록 온갖 전문가들의 더께가 앉아서, 보호자연하는 정부라면 그에 대해 글 쓰는 것을 금지할 수도 있을 것이다. 스트랫퍼드에 있는 그의 기념비를 낙서자들의 손이 닿지 않게 두었듯이 말이다. 이 모든 비평의 소음 가운데서도, 자신만의 생각을 내어 여백에 자신만의 주석을 달아 볼 수 있다. 누군가가 전에도 그런 말을 한 적이 있고 훨씬 더 잘 말했다는 것을 알면 그런 열의도 사라지겠지만 말이다. 그런데 병은 그 제왕다운 숭고성 가운데 그 모든 것을 밀어 버리고, 셰익스피어와 자기 자신밖에는 남기지 않는다. 셰익스피어 자신의 오만한 힘과 우리의 오만한 자신감으로, 경계가 무너지고 매듭이 풀어져서 우리의 뇌는 『리어왕King Lear』이나 『맥베스Macbeth』로 쩌렁쩌렁 울리고, 제아무리 콜리지라 해도 멀리서 쥐처럼 찍찍댈 뿐이다.

하지만 셰익스피어는 그쯤 해두고 — 오거스터스 헤어[20]에게로 시선을 돌려 보자. 아무리 병석에서라도 이런 급변은 있을 수 없다고, 『위대한 두 생애의 이야기』의 저자는 보즈

---

20 Augustus Hare(1834~1903). 영국의 전기 작가. 그의 『위대한 두 생애의 이야기The Story of Two Noble Lives』는 캐닝 백작 부인과 워터퍼드 후작 부인의 생애를 그린 작품이다. 워터퍼드 후작 헨리 베리스퍼드(1811~1859)는 패륜아였으나 개심했고, 캐닝 백작 찰스 존(1812~1862)은 초대 인도 총독이었다. 이하 등장하는 인물들은 모두 헤어의 『위대한 두 생애의 이야기』에 나온다.

웰[21]의 맞수가 되지 못한다고, 만일 우리가 최상의 문학이 없어서 최악을 좋아한다고 주장한다면 — 혐오스러운 것은 그 범용함이니 — 자기들은 그중 어느 쪽도 택하지 않겠다고 말하는 사람들도 있을 것이다. 그러라고 하자. 법은 정상인들의 편이다. 하지만 약간의 열이 있는 사람들에게는 헤어와 워터퍼드, 캐닝 같은 이름들이 호의적인 광채를 띠고 빛날 것이다. 처음 1백 페이지에서는 그렇지만도 않은 것이 사실이다. 두꺼운 책들에서 흔히 그러듯이, 우리는 너무나 많은 아저씨와 아주머니들 가운데 허우적대며 빠져 버릴 것만 같다. 우리는 분위기라는 것이 있음을, 대가들도 종종 그 무엇에든 — 놀라움에든 놀라움의 부재에든 — 우리 마음을 준비시키는 동안 참을 수 없이 기다리게 한다는 것을 상기해야만 한다. 그러니까 헤어도 뜸을 들이는데, 그 매력은 은연중에 우리를 사로잡는다. 우리는 차츰 가족의 일원이 되다시피해서 — 그 모든 것이 얼마나 이상한가 하는 느낌이 계속 남는 것을 보면 아주 그렇지는 않지만 — 이제 막 무도회가 열리려는데 스튜어트 경이 방을 나설 때면 — 그의 다음 소식은 아이슬란드에서나 들려올 터인데 — 가족이 느끼는 실망을 함께하게 된다. 파티는 지겹다고 그는 말한다. 지성과의 결혼으로 그들 정신의 고유성이 오염되기 전의 영국 귀족들

---

21 James Boswell(1740~1795). 스코틀랜드 전기 작가. 그가 쓴 『새뮤얼 존슨의 생애 *Life of Samuel Johnson*』는 영문학에서 가장 뛰어난 전기로 평가된다.

은 그러했던 것이다. 그들은 파티가 지겹다면서 아이슬란드로 간다. 이어, 성 짓기에 대한 벡퍼드[22]풍의 열광에 사로잡혀, 영불 해협 건너편에 프랑스식 성을 지어야 하며 하인들의 침실로 쓸 첨탑과 탑들을 지어야 한다며 막대한 경비를 들인다. 그것도 무너져 가는 벼랑 가장자리에 말이다. 그래서 하녀들은 자신들의 빗자루가 솔렌트강을 따라 헤엄쳐 내려오는 것을 보며, 스튜어트 영부인은 좌절하지만 그 상황을 최선으로 이용하여 고귀한 영부인답게 폐허 맞은편에 상록수를 심는다. 그러는 동안 딸들인 샬럿과 루이자는 비할 데 없이 아름답게 성장하여 손에 연필을 든 채 언제나 스케치를 하거나, 춤을 추거나, 솜사탕 같은 박사(薄沙) 옷을 걸치고 구애자들과 시시덕거리거나 한다. 그들의 모습은 별로 뚜렷하지 않은 것이 사실이다. 사실 샬럿과 루이자의 삶이라는 것은 없다. 그것은 가족의, 집단의 삶이다. 그것은 넓게 펼쳐지면서 별의별 사촌과 하인과 옛 가신들을 끌어넣는 그물이다. 아주머니들 — 캘리던 숙모, 멕스버러 숙모 — 할머니들 — 스튜어트 할머니, 하드윅 할머니 — 이 모여 합창을 하고, 애환을 나누며 크리스마스 만찬을 함께하고, 아주 늙어서도 여전히 멀쩡하다가 덮개 있는 의자에 앉아 꽃을 — 아마도 색지로 만든 꽃이겠지만 — 자른다. 샬럿은 캐닝과 결혼해

---

22 William Beckford(1760~1844). 영국 고딕 소설 작가. 오랜 외국 여행 후 고향으로 돌아와 자신이 직접 설계한 저택 짓기에 몰두했다.

서 인도로 가고, 루이자는 워터퍼드 경과 결혼해서 아이슬란
드로 간다. 그러고는 편지들이 느릿느릿 항해하는 배편으로
광대한 거리를 가로지르며, 오가는 사연은 여전히 길고 장황
해서, 그 빅토리아 시대 초기의 공간과 여가에는 끝이 없어
보인다. 신앙을 잃었다가, 헤들리 비카스[23]의 생애 덕분에 되
찾는다. 아주머니들은 감기에 걸리지만 회복되고, 사촌들은
결혼하며, 아일랜드 기근과 인도 반란이 일어나고, 두 자매
는 대를 이을 자식이 없다는 슬픔을 말없이 견딘다. 루이자
는 워터퍼드 경과 함께 아이슬란드에 남겨져서 온종일 사냥
을 하며 종종 매우 외롭다. 하지만 그녀는 자신의 입장에 충
실하게 가난한 자들을 돌아보고 위로의 말을 하며 ─ 〈앤서
니 톰슨이 정신을 또는 기억을 잃었다니 유감이에요. 하지만
오로지 주님을 믿을 만큼만 정신이 있다면 그걸로 된 거죠〉
─ 스케치를 하고 또 한다. 수천 권의 노트가 저녁나절의 펜
화로 채워지며, 목수는 그녀를 위해 시트를 펼치고, 그녀는
교실을 위해 프레스코화를 디자인한다. 살아 있는 양을 침실
에 들이고, 사냥터 관리인에게 담요를 둘러 주며, 끝도 없이
성가족을 그려, 위대한 와츠가 여기 티치아노의 맞수요 라파
엘의 스승이 있다고 외치기에 이른다. 그 말에 레이디 워터
퍼드는 웃으며(그녀는 너그럽고 온화한 유머 감각을 갖고

23 Hedley Shafto Johnstone Vicars(1826~1855). 크리미아 전쟁에서
죽은 장교. 1851년에 전격적인 개종을 겪었고, 그의 이야기는 『헤들리 비카스
대위의 연대기 *The Memorials of Captain Hedley Vicars*』로 출간되었다.

있다) 말한다. 자기한테는 스케치밖에 없다고. 평생 제대로 배워 본 적이 없다고. 그녀가 그린 천사 날개가 미완성이라는 사실이 그 점을 증명한다. 게다가 그녀 아버지의 집은 여전히 바닷속으로 추락 중이라 그녀는 그것을 다시 끌어 올려야만 하고, 친구들을 대접해야 하고, 온갖 자선 활동으로 나날을 채워야 한다. 남편이 사냥에서 돌아오기까지. 그가 돌아오면 종종 한밤중에 그녀는 그 곁의 램프 아래 스케치북을 들고 앉아서 수프 볼에 반쯤 가려진 그의 기사다운 얼굴을 스케치한다. 그는 또 말을 타고 나간다. 십자군처럼 당당하게. 만일 이번이 마지막이 되면 어쩌나? 그리고 그 겨울 아침에 실제로 그렇게 되었다. 그는 타고 있던 말이 고꾸라지는 바람에 죽었다. 그녀는 소식을 듣기 전에 이미 알았다. 존 레슬리 경은 결코 잊지 못했다. 장례식 날 그가 아래층으로 달려 내려갔을 때, 운구 행렬이 떠나는 것을 지켜보며 서 있던 위대한 부인의 아름다움을. 또 그가 돌아왔을 때, 어떻게 묵직한 커튼이 — 빅토리아 시대 중엽이었으니 아마도 플러시로 된 — 떨어져 있고, 그녀가 괴로움 가운데 그것을 비틀고 있었던가를.

가스[1]

상황을 자세히 설명할 필요는 아마도 없을 터이다. 언제 고 한 번쯤 가스로 마취를 하고 이를 뽑아 보지 않은 사람은 별로 없을 테니까. 의사는 새하얀 긴 가운 차림으로 아주 깔 끔하고 무표정하게 서 있다. 다리를 꼬지 말라 이르고는 턱 밑에 턱받이를 둘러 준다. 그러고는 마취사가 가방을 들고 들어오는데, 치과 의사만큼이나 깔끔하고 무표정하되, 한 사 람은 흰옷, 한 사람은 검은 옷일 뿐이다. 둘 다 유니폼을 입 은 모양새가 인류의 별도의 계층에, 제3의 성에 속하는 것만

---

1 울프 사후 레너드 울프가 펴낸 『대령의 임종 자리 외The Captain's Death Bed and Other Essays』(1950)에 수록된 글("Gas", *Essays VI*, pp. 451~453). 1929년 6월에 쓴 원고가 남아 있으나, 애초의 발상은 1919년 3월 7일 치과에 다녀온 후의 일기에서 찾아볼 수 있다. 〈어제 이를 하나 뺐다. 커다란 고름 주 머니가 달려 있었다. 해리슨은 그걸 불 속에 던지기 전에 내게 보여 주면서, 그 때문에 그렇게 아팠던 거라고 말했다. 가스 마취라는 어두운 세계로의 기 묘하고 짧은 여행은 항상 흥미롭다. 지하철을 타고 돌아오면서, 거기 있는 사 람들 중에도 그 세계를 아는 이가 있을까 하는 의문이 들었다. 나는 거기서부 터 깨어나는, 아니 거기서부터 걸어 나오는 듯하다.〉

같다. 보통의 관습들은 더 이상 유효하지 않다. 보통의 삶에서는 알지도 못하는 사람과 악수를 한 다음 대번에 입을 벌리고 망가진 이를 보여 주지는 않는다. 이 제3의 성과의 새로운 관계는 냉담하고 무표정하고 무색이지만, 그럼에도 인간적이다. 이들은 인간 정신의 이륙과 착륙을 관장하는 자들이며, 삶과 죽음의 경계에서 깔끔하고 무표정하고 살균된 손으로 인간 정신을 이쪽에서 저쪽으로 안내하는 자들이다. 〈좋아요, 당신에게 맡기지요〉라고 말하며 나는 꼬았던 다리를 풀고, 그가 시키는 대로 입으로 숨 쉬기를 그치고 코로 숨을 쉰다. 깊이 숨 쉬고 조용히 숨 쉬라고, 아주 잘하고 있다고 안심시키는 그의 말이 작별 인사가 된다. 착륙의 예식을 주재하는 담당관의 인사이다. 곧 우리는 그의 관할에서 벗어난다.

한 번씩 숨 쉴 때마다 혼돈으로 빠져든다. 마치 구름이 잿빛 눈송이들로 흩날리듯이, 어둠 속으로 산산이 부서져 내린다. 바다로 나아가는 것 같기도 하다. 한 번씩 숨 쉴 때마다, 해안을 떠나 무엇인가 새롭고 유황내 나는 어두운 실존의 뜨거운 파도를 헤치며 나아간다. 그 안에서는 아무 의지할 것도 없이 허우적대며, 다만 오래된 기억들의 기이한 유물들만이 길쭉하게 늘어나 그것들이 원래 속해 있던 세계를 희화화하는 것 같다. 그 늘어난 기억들로 여전히 그 세계와의 유대를 붙들어 보려 애쓴다. 마치 장터의 곡면 거울이 몸의 어느 부분은 가늘게, 어느 부분은 부풀게 비추는 것과도 비슷하다. 해안에서 떨어져 깊이, 더 깊이 빠져 들어감에 따라, 우리는 무엇인가 빠르게 날아 사라져 가는 검은 물체를 쫓아 계속 앞쪽으로 끌려가는 듯하다. 우리는 다른 세계에서는 결코 볼 수 없었던 무엇인가를 알게 된다. 우리는 그 무엇인가를 찾도록 보내진 것이다. 모든 해묵은 확실성들이 뭉개지고 흩어진다. 이 새로운 것에 비하면 그것들은 전혀 중요하지 않다. 그것들은 구겨져 쌓이는 낡은 옷과도 같으니, 이 추적, 이 추구에서는 벌거벗어야 하기 때문이다. 우리의 가장 소중한 믿음과 확실성과 사랑도 그와 같이 된다. 낮고 어둡게 깔린 하늘 아래 질주하며 우리는 이 진실의 자취를 따라 날아간다. 그것을 잡을 수만 있다면, 우리는 그 빛으로 영원히 밝혀질 것이다. 우리는 점점 더 빨리 돌진하고, 온 세상이 선회하며 우리 주위에 빙글빙글 휘몰아친다. 점점 더 바짝 다가와 그 압력으로 우리를 한복판의 구멍으로, 너무 좁아서 다치지 않고는 통과하기 어려운 구멍으로 몰아넣고, 우리 머리에 압력을 가해 쥐어짜듯 통과시키는 것만 같다. 정말이지 우리는 위쪽 세계와 아래쪽 세계 사이에서 짓눌려 터지는 듯하다가, 갑자기 압력이 줄어든다. 모든 틈이 벌어지고, 우리는 협곡 사이를 지나 날빛 속으로 떠오른다. 유리 접시가 보이고 말소리가 들린다. 〈입을 헹궈요. 입을 헹구세요〉 하는 소리와 함께, 입술 사이에서 따뜻한 피가 주르륵 새어 나온다. 그리하여 우리는 다시 담당관들에 의해 맞아들여진다. 그토록 빠르게 우리를 앞질러 가던 진실은 사라진다.

이와 같은 것은 아주 흔한 경험이다. 누구나 겪는 일이다. 하지만 그것은 가령 3등 기차간에서 아주 흔히 보게 되는 어떤 일을 설명해 주는 듯하다. 그 길고 좁다란 기차간에 그렇게 각양각색의 사람들이 마주 앉아 있는 것을 보노라면 절로 떠오르는 의문들이 있으니 말이다. 세 살배기 어린아이를 보며 생각하게 된다. 만일 저 사람들도 원래는 이 아이 같았다면, 그들을 저렇게 바꿔 놓는 과정은 무엇일까? 서류 가방을 든 중후한 노인을, 또는 잔뜩 차려입은 붉은 얼굴의 여자를 바라보며 묻게 된다. 무엇이 저렇게 엄청난 변화를 일으키는 걸까? 어떤 광경이, 어떤 경험이? 아주 드문 경우가 아니라면, 지나간 6, 70년의 세월이 부드러운 분홍빛 얼굴에 더없이 끔찍한 징벌을 가한 것처럼 보이니 말이다. 그 세월이 무엇인가 아주 기이한 정보를 주기나 한 듯, 생김새가 아무리 다르더라도 노인들의 눈은 항상 같은 표정을 띠고 있다.

그 정보란 대체 어떤 걸까? 어쩌면 이 모든 사람들이 수차 가스 마취를 경험한 게 아닐까? 그래서 그들은 차츰 눈앞에 일어나는 일이 별로 실체가 없다고 생각하게 되었을 것이다. 그들은 돈 몇 푼으로 눈앞의 현실을 제거할 수 있음을 안다. 그러면 또 다른 것, 더 중요한 것을, 어쩌면 물속을 지나가는 것을 볼 수 있을 것이다. 하지만 그들 중 누구도 거의 알지 못하는 것은 그 또는 그녀가 현실을 제거하기를 원하는가이다. 저기 그들이 앉아 있다. 납 코일을 가진 연관공, 서류 가방을 가진 남자, 셀프리지 백화점 꾸러미를 가진 중류층 여자─이 모든 사람들이 저 다른 세계에 비하면 이 세계에 무슨 의미가 있을까를, 물속에서 휙 앞질러 가던 진실은 무엇이었을까를 무의식적으로 곱씹고 있다. 그들은 그것을 미처 붙잡지 못한 채 깨어난다. 다른 세계는 사라진다. 그리고 아마도 그것을 잊기 위해, 덮어 버리기 위해, 그들은 술집에 가고 옥스퍼드가로 나가 모자를 샀을 터이다. 3등 기차간을 둘러보노라면, 스무 살 이상의 모든 남녀가 종종 가스 마취를 겪었음을 알 수 있다. 다른 무엇보다도 바로 이것이 그들의 표정을 바꿔 놓은 것이다. 그렇게 바뀌지 않은 얼굴은 거의 백치처럼 보일 것이다. 하지만 물론 몇몇 얼굴은 물속을 뚫고 질주하던 그것을 붙잡은 듯이 보이기도 한다.

태양과 물고기[1]

　재미난 놀이가 하나 있다. 특히 어두운 겨울 아침에 해볼
만하다. 자신의 눈에게 아테네, 세게스타,[2] 빅토리아 여왕이
라고 말해 보는 거다. 그리고 가능한 한 얌전하게 기다려 무
슨 일이 일어나는지 보면 된다. 어쩌면 아무 일도 일어나지
않을지도 모르고, 어쩌면 아주 많은 일이 일어날지도 모르지
만, 기대했던 일들은 아닐 것이다. 뿔테 안경을 쓴 노부인 ——
우리의 선대 빅토리아 여왕 —— 은 사뭇 생생하지만, 무슨 영
문인지 피커딜리에서 동전을 주우려고 몸을 굽힌 병정이 뒤
따라 나오고, 켄징턴 가든의 아치 길을 건들건들 지나가는
누런 낙타가 나오고, 부엌 의자와, 모자를 휘두르는 점잖은

　1　1928년 2월 3일 『타임 앤드 타이드Time and Tide』에 실린 글("The Sun
and the Fish", *Essays IV*, pp. 519~524). 1927년 6월 27일 태양의 개기 일식을
보려고 노스 요크셔의 리치먼드에 갔던 일에 대해 쓰고 있다. 이 일식은 브리
튼섬의 중심을 비스듬히 가로지르는 띠 모양 지역에서 관찰될 전망이어서, 수
십만 명의 영국인들이 일식이 보이는 곳으로 여행을 갔었다.
　2　시칠리아 북서부에 있는 고대 그리스 도시의 유적.

노신사까지 연이어 등장한다. 여러 해 전에 우리 머릿속에 들어온 그녀는 별의별 엉뚱한 것들과 뒤엉켜 버렸다. 빅토리아 여왕이라고 하면 온갖 잡다한 것들이 떠올라서, 정리하는 데 일주일은 좋이 걸릴 것이다. 반면, 자신을 향해 〈새벽의 몽블랑〉이라든가, 〈달밤의 타지마할〉이라고 말해 보면, 머릿속은 텅 빈 채로 있다. 왜냐하면 어떤 광경이 우리가 기억을 저장해 두는 기묘한 웅덩이 속에서 살아남는 것은 그것이 보존될 만한 다른 감정과 연결될 때뿐이기 때문이다. 광경들은 결혼하여 기묘한 한 쌍을 이루며 — 여왕과 낙타처럼 — 서로서로를 살아 있게 한다. 몽블랑이나 타지마할처럼 우리가 모처럼의 여행에서 구경한 것들은 짝을 이룰 만한 것이 없기 때문에 시들고 부서져서 사라져 버린다. 우리는 죽음의 침상에서 기껏해야 고양이와 차양 모자를 쓴 노부인 이상의 대단한 것을 보지 못할지도 모른다. 많은 위대한 광경들이 짝이 없어 죽어 버렸을 것이다.

그러니까 이 어두운 겨울 아침, 진짜 세계가 지워져 있는 이 시간에, 눈이 우리를 위해 무엇을 할 수 있을지 보기로 하자. 〈일식을 보여 다오〉라고 우리는 우리 눈에게 말한다. 〈그 신기한 광경을 다시 보게 해다오.〉 그러면 대번에 우리는 보지만, 마음의 눈이란 예의상 눈일 뿐이며, 실은 듣고 냄새를 맡는 것도, 열기와 냉기를 전달하는 것도, 뇌에 연결되어 마음을 부추겨 구별하고 추론하게 하는 것도 신경의 작용이다.

그러니 우리가 밤의 기차역을 대번에 〈본다〉고 말하는 것은 간결성을 위해서이다. 군중이 개찰구에 모여 있다. 얼마나 진기한 군중인지! 팔에는 방수 코트가 걸쳐져 있고, 손에는 작은 가방이 들려 있다. 다들 시간에서 잠시 벗어난 듯한, 임시적인 태도이다. 그들은 (이쯤에서 〈우리는〉이라고 하는 것이 더 낫겠지만) 모두 공통의 목표가 있다는 의식에서 나오는 감동적이고도 당혹스러운 단결심을 지니고 있다.[3] 그 6월 밤에 우리를 유스턴 역에 집합시킨 것보다 더 이상한 목적은 없었다. 우리는 새벽[4]을 보러 모인 것이었다. 우리가 탄 것과 같은 기차들이 영국 전역에서 같은 시각에 새벽을 보려고 출발하고 있었다. 모두들 코를 북쪽으로 향하고 있었고, 기차가 잠시 시골 한복판에 정지했을 때 보니 자동차들의 희미한 노란 불빛들도 모두 북쪽을 향하고 있었다. 그날 밤 영국에서는 아무도 잠들지 않았고, 아무도 가만히 머물러 있지 않았다. 모두들 북쪽으로 이동하고 있었다. 모두들 새벽만 생각하고 있었다. 밤이 서서히 흘러가면서 무수한 상념들의 대상인 하늘은 평소보다 더 확고하고 중요해 보였다. 시간이

---

3 여기까지는 겨울 아침에 〈일식을 보여 다오〉라고 스스로에게 말할 때 눈앞에 떠오르는 광경을 현재 시제로 묘사한 것이고, 다음 문장부터 과거 시제로 본격적인 회상이 시작된다. 울프 부부 외에 일행은 조카 퀜틴 벨, 비타 새크빌웨스트 부부와 아들, 색슨 시드니터너 등이었다.

4 일식을 보러 간 것을 〈새벽을 보러〉 갔다고 하니 이상하게 들리지만, 일단 해가 뜬 후 오전 6시 20분에 24초 동안 일식이 있으리라고 예고되어 있었다.

갈수록 우리 머리 위의 희고 부드러운 천장에 대한 의식이 비중을 더해 갔다. 이른 아침의 냉기 속에서 요크셔의 길가로 나섰을 때, 우리의 감각은 평소와는 다른 방향성을 띠었다. 우리는 사람들과 집들과 나무들에 대해 더 이상 같은 관계 속에 있지 않았다. 우리는 전 세계와 연관되어 있었다. 우리는 여관방에 묵으러 온 것이 아니라, 잠시나마 육신을 벗어나 하늘과 소통해 보려고 온 것이었다.

모든 것이 아주 창백했다. 강도 창백했고, 들판은 풀이 무성하고 분명 붉은빛일 꽃들이 우거져 있는데도 아무 빛깔 없이 술렁이며 펼쳐진 채, 빛깔 없는 농가들을 둘러싸고 있었다. 이윽고 한 농가의 문이 열리더니 농부와 그의 가족이 마치 언덕 위 교회에라도 가려는 듯이 말끔한 차림으로 말없이 나타나, 엄숙한 태도로 행렬에 끼어들었다. 때로는 2층 창턱에 기대선 여자들이 재미있다는 듯 행렬이 지나가는 것을 잠자코 내려다보기도 했다. 〈이 사람들은 대체 뭘 보려고 수백 마일씩 온 걸까?〉 그녀들은 그렇게 말하는 듯했다. 우리는 마치 어느 배우와 약속이라도 지키러 온 듯한 기묘한 느낌이 들었다. 그는 너무나 스케일이 커서 소리 없이 사방에서 다가오는 것만 같았다.

집합 장소는 저 아래 물결치는 갈색 황야 위로 언덕들이 사지를 뻗고 있는 높다란 고지[5]였다. 그곳에 당도할 때쯤에

5 바든 고지.

는 우리도 — 비록 추웠고 습지의 붉은 물 속에 서 있느라 발은 점점 더 차가워졌으며, 일행 중 몇몇은 방수 코트를 펼쳐 놓고 쭈그려 앉아 컵이니 접시를 꺼내 뭔가를 먹고 있었고, 또 몇몇은 괴상한 차림이라 아무도 최상의 상태가 아니었지만 — 모두 일종의 위엄을 띠고 있었다. 아니, 그렇다기보다는 각기 개성의 작은 배지며 표식들을 떼어 버린 터였다. 하늘을 배경으로 윤곽을 드러내며 선 우리는 세계의 가장자리에 서 있는 석상들과도 같은 모습이었다. 우리는 아주아주 옛날, 새벽에 경의를 표하러 온 원시 세계의 남녀들이었다. 스톤헨지의 경배자들이 더부룩한 풀숲과 비바람에 씻긴 바위들 사이에서 필시 그런 모습이었을 터였다. 갑자기 어느 요크셔 향사의 자동차로부터 네 마리의 크고 여윈 붉은 개들, 고대 세계로부터 온 듯한 사냥개들이 뛰쳐나와 코를 땅에 처박는 것이 마치 멧돼지나 사슴의 자취라도 찾는 듯이 보였다. 그러는 사이 해가 뜨고 있었다. 구름 한 송이가 마치 하얀 등갓 뒤에서 천천히 불이 켜지는 것처럼 빛나기 시작했다. 그러더니 금빛 쐐기 모양의 빛줄기가 구름에서 쏟아져 나와 골짜기의 나무들을 녹색으로, 마을을 청갈색으로 물들였다. 우리 등 뒤 하늘은 연청색 호수에 하얀 섬들이 떠다니는 듯했다. 하늘은 활짝 열리고 개었지만, 우리 눈앞에는 희고 부드러운 눈의 둔덕이 쌓여 있었다. 하지만 우리가 바라보는 사이에 그것은 점차 닳아져 얇은 띠로 풀려 나갔다. 잠시 금빛이 강해져 순백을 녹이고 불타는 너울처럼 보이게 하더니, 이마저도 점차 엷어져서, 한순간 우리는 태양의 온전한 광휘를 바라보았다. 그러고는 모든 것이 정지했다. 마치 경주 직전과도 같은 긴장의 순간이었다. 출발을 알리는 이가 손에 시계를 들고 초를 세었다. 자, 시작되었다.

태양은 구름들 사이로 달려 나가 그 신성한 몇 초가 끝나기 전에 결승점에 도달해야만 했다. 결승점이란 오른쪽에 있는 엷은 투명함이었다. 태양은 출발했다. 구름들이 그가 가는 길에 온갖 장애물을 던져 놓았다. 들러붙고 가로막았다. 그는 그것들을 뚫고 질주했다. 그가 보이지 않을 때도 번개처럼 날아가는 것이 느껴졌다. 굉장한 속도였다. 잠깐 나와 밝게 빛나는가 하면, 다음 순간 구름 뒤로 없어져 버렸다. 하지만 여전히 그가 결승점을 향해 그 먹장을 헤치고 나아가는 것을 느낄 수 있었다. 한순간 그는 나타나서 우리의 안경[6]을 통해 텅 빈 태양, 반월형 태양을 보여 주었다. 그것은 그가 우리를 위해 최선을 다하고 있다는 증거일 터였다. 이제 그가 마지막 힘을 쓸 때였다. 그는 완전히 지워져 버렸다. 순간들이 지나갔다. 저마다 손에 시계를 들고 있었다. 신성한 24초가 시작되었다. 마지막 1초가 지나기 전에 이기고 나오지 못한다면 그는 지고 마는 것이었다. 여전히 그가 구름 뒤에서 몸부림치며 달려 나가는 것이 느껴졌지만, 구름들이 그

6 일행은 검댕을 바른 안경을 쓰고 있었다.

들 물들고 있었다. 어듬장늘이 퍼져 나가며 누꺼워지고 느슨해져서 그의 속력에 제동을 걸었다. 24초 중에 5초밖에 남지 않았건만, 그는 여전히 가려져 있었다. 그리고 그 치명적인 순간들이 지나고 〈태양이 지고 있구나, 정말로 경주에서 졌구나〉 하고 실감했을 때, 황야에서 모든 빛깔이 사라지기 시작했다. 푸른빛은 보랏빛이 되었고, 흰빛은 격렬하지만 바람 없는 폭풍이 다가올 때처럼 납빛이 되었다. 분홍빛 얼굴들이 녹색이 되었고, 갑자기 더 추워졌다. 〈그러니까 이것이 태양의 패배로군, 이게 다로군〉 하고 우리는 실망해서 우리 앞쪽의 음울한 구름 담요로부터 등 뒤의 황야를 향해 돌아섰다. 황야는 납빛이었고, 보랏빛이었다. 하지만 갑자기 뭔가가 더 일어나려 한다는 느낌이 들었다. 뭔가 예기치 않았던 무섭고 피할 수 없는 것이 닥쳐 오고 있었다. 황야를 뒤덮은 그늘이 점점 더 어두워지는 것이, 마치 배가 위기의 순간에 균형을 되찾는 대신 조금씩 더 기울다가 돌연 전복되고 마는 것과도 같았다. 그렇게 빛이 차츰 기울다가 완전히 나가 버렸다. 그것이 끝이었다. 세상의 피와 살이 죽고 해골만 남겨졌다. 세상은 우리 발밑에 힘없이 매달려 갈색으로 시든 채 죽어 있었다. 그러더니 뭔가 미세한 움직임과 함께 이 빛의 철저한 굴복이, 모든 광휘의 항복과 굴욕이 끝났다. 가볍게, 세상의 반대편에서, 그것은 다시 떠올랐다. 마치 그 한 움직임이, 한 순간의 무시무시한 정지 후에, 이전의 움직임을 완성하거나 하는 듯이 튀어 올랐고, 여기서 죽었던 빛이 저기서 다시 떠올랐다. 일찍이 없던 재생과 회복의 느낌이었다. 모든 소생과 재기의 느낌이 한 덩이가 된 것만 같았다. 하지만 처음에는 너무나 창백하고 희미하고 이상한 빛이 무지개처럼 색환(色環)을 이루며 흩뿌려졌기 때문에, 대지는 그처럼 엷은 색조로는 살아남을 수 없을 듯이 보였다. 빛은 우리 발아래에 새장처럼, 테[環]처럼, 유리 구(球)처럼 걸려 있었다. 혹 불면 꺼질 듯이, 누르면 찌그러질 듯이. 하지만 천천히 그리고 확실하게 우리의 안도감은 퍼져 나갔고, 커다란 붓이 숲과 깊은 골짝과 그 위쪽 푸른 언덕들을 칠하고 채워 나감에 따라 우리의 안전감도 자리 잡아 갔다. 세상은 점점 더 견고해졌고, 사람들로 채워졌으며, 무수한 집과 마을과 철도가 자리한 곳이 되어 마침내 문명의 얼개 전체가 짜 맞추어졌다. 하지만 우리가 서 있는 땅이 빛깔들로 만들어졌으며, 그 빛깔들이 꺼질 수 있다는, 그러면 우리는 죽은 이파리 위에 서 있게 된다는 기억은 남았다. 우리는 땅에 확고히 발 딛고 서 있지만, 그것이 죽은 것도 보았던 것이다.

하지만 눈은 아직 우리를 놓아주지 않는다. 자기 나름의 어떤 논리, 우리가 즉각적으로 따를 수 없는 논리에 의하여, 그것은 이제 우리에게 뜨거운 여름날 런던의 그림 내지는 막연한 인상을 보여 준다. 소음과 혼돈의 느낌으로 보아 한창 제철인 런던이다. 우리가 어느 공원에, 아스팔트와 사방에

156

널린 종이 봉지들로 보아 동물원에 있다는 것을 알아차리는 데는 잠깐 시간이 걸린다. 그러고는 다짜고짜 우리 눈앞에 도마뱀 두 마리가 완벽한 실물대로 나타난다. 파괴 뒤에 평온, 붕괴 뒤에 안정이라는 것이 아마도 눈의 논리인 듯하다. 하여간 도마뱀 한 마리가 다른 한 마리의 등에 올라탄 채 꼼짝도 하지 않는다. 그것들이 청동으로 만든 게 아니라 살아 있다는 증거는, 금빛 눈까풀이 떨리고 녹색 옆구리가 줄어들었다 부푼다는 것뿐이다. 그 부동의 황홀경에 비하면 인간의 모든 정념이 덧없고 들뜬 것으로 보인다. 시간이 정지하고 우리는 불멸성의 면전에 있는 것만 같다. 세상의 소란이 마치 허물어지는 구름장처럼 떨어져 나간다. 한결같은 어둠 속, 칸막이한 수조들 안에 정방형의 불멸이, 비도 구름도 없이 일정한 조명을 받는 세계들이 들어 있다. 그 안에 사는 것들은 영구한 선회(旋回)를 수행하는데, 그 복잡성은 이유가 없는 만큼 한층 더 숭고해 보인다. 푸른 무리, 은빛 무리가 그 쏜살같은 민첩함에도 불구하고 완벽한 거리를 유지하며 이쪽저쪽으로 움직여 다닌다. 완벽한 절제, 완벽한 통솔이지만 거기에는 아무 이유도 없다. 인간의 가장 웅대한 안무도 물고기들의 움직임에 비하면 빈약하고 흐트러진 것으로 보인다. 가로 4피트, 세로 5피트의 세계 각각에 완벽한 질서와 방식이 들어 있다. 여남은 개의 대쪽이 숲이 되고, 모래 언덕이 산이 되며, 조개껍질의 굴곡과 주름이 그들에게는 모험과 로맨스의 터전이다. 다른 데서라면 하찮을 물거품 하나가 이는 것도 여기서는 굉장한 일이 된다. 은빛 방울이 물속을 뚫고 나선형 계단을 올라가다가 꼭대기에 평평하게 덮여 있는 유리에 부딪혀 터진다. 아무것도 불필요하게 존재하지 않는다. 물고기들도 의도적으로 그런 모양을 띠고서 오직 자기 자신이 되기 위하여 세상으로 미끄러져 들어온 듯하다. 그들은 일하지도 눈물을 흘리지도 않는다. 그들의 형태에 그들의 존재 이유가 있다. 완벽한 실존이라는 충분한 목적 외에 다른 어떤 목적으로 그렇게 만들어졌겠는가? 어떤 것은 통통하게, 어떤 것은 얄팍하게, 어떤 것은 등성이에 지느러미를 활짝 펼치고, 어떤 것은 전기를 띤 빨간 줄무늬를 하고, 어떤 것은 프라이팬 위의 새하얀 팬케이크처럼 너울거리고, 또 어떤 것은 푸른 갑옷을 입고, 어떤 것은 엄청난 집게발을 달고, 어떤 것은 거대한 구레나룻을 잔뜩 달게끔 말이다. 인류 전체보다도 대여섯 마리 물고기에게 더 많은 정성이 쏟아진 것만 같다. 우리의 트위드와 실크 밑에는 단조로운 분홍빛 맨살밖에 없다. 시인들도 이 물고기들만큼 뼛속까지 투명하지는 않다. 은행가들도 집게발은 갖지 못했으며, 왕과 왕비들도 주름 목깃이나 프릴 장식을 달고 태어나지는 않았다. 요컨대 만일 우리가 맨몸으로 수족관에 넣어진다면 — 아니, 이쯤 해두자. 이제 눈이 감긴다. 눈은 우리에게 죽은 세계와 불멸의 물고기를 보여 주었다.

나방의 죽음[1]

낮에 날아다니는 나방은 나방이라 불리는 것이 어울리지 않는다. 그것들은 커튼 그늘에 잠들어 있는 흔하디흔한 노랑 뒷날개나방이 어김없이 환기하는 어두운 가을밤과 담쟁이꽃의 기분 좋은 느낌을 불러일으키지 않는다. 그것들은 잡종으로, 나비처럼 화사하지도 않고 자신의 동류인 나방답게 칙칙하지도 않다. 하여간 좁다란 건초 빛깔 날개와 같은 빛깔 술이 둘린 이 나방은 살아 있는 것에 만족하고 있는 듯했다. 9월 중순의 기분 좋은 아침, 공기는 부드럽고 온화하지만 여름날보다는 선득한 바람결이 느껴졌다. 창문 저편 들판에서는 이미 쟁기가 자국을 내고 있었고, 보습이 지나간 땅은 평평하게 골라져 습기를 머금은 채 빛나고 있었다. 들판과 그 너머 언덕에서부터 전해져 오는 활기 때문에 눈은 가만히 책만 들여

1 1927년 9월 몽크스 하우스에서 쓴 것으로 추정되는 글. 울프 사후에 레너드 울프가 펴낸 『나방의 죽음 외』(1942)에 수록되었다("The Death of the Moth", *Essays VI*, pp. 442~445).

다보고 있기 어려웠다. 떼까마귀들도 연례행사를 벌이는지, 나무들의 우듬지 주위로 날아오르는 것이 마치 수천 개의 검은 매듭이 있는 커다란 그물이 공중에 던져지는 듯했다. 그러다 잠시 후에는 천천히 나무 위로 내려앉아, 나뭇가지 끝마다 검은 매듭이 진 것처럼 보였다. 그러다 또 갑자기 이번에는 더 큰 원을 그리며 그물이 펼쳐지고 일제히 퍼덕거리며 깍깍대는 것이, 그렇게 공중에 던져졌다가 천천히 나무 꼭대기에 내려앉는 것이 엄청나게 신나는 경험이기나 한 것 같았다.

떼까마귀들과 쟁기질하는 사람들과 말들, 그리고 심지어 풀이 말라 민둥한 언덕에까지 활기를 불어넣는 동일한 에너지가 나방을 네모난 유리창의 이쪽에서 저쪽으로 파닥여 가게 했다. 그에게서 눈을 뗄 수가 없었다. 정말이지 묘한 동정심이 드는 것이었다. 그날 아침에는 즐거움의 가능성들이 너무나 크고 다양해 보였으므로, 고작 한 마리 나방, 그것도 낮에 다니는 나방 몫의 생명을 가졌다는 것이 가혹한 운명이라 생각되었다. 그런데도 그 오죽잖은 기회를 최대한 즐기려는 그의 열의가 비장하게 느껴졌다. 그는 자신이 갇힌 유리창의 한쪽 구석으로 힘차게 날아가, 거기서 잠시 기다렸다가 또 다른 구석을 향해 가로질러 날아갔다. 세 번째, 네 번째 구석으로 날아가는 것 말고는 그에게 달리 무슨 수가 있었겠는가? 언덕들이 아무리 크고, 하늘이 아무리 넓고, 집들의 연기가 아무리 멀리까지 올라가고, 바다에 나가 있는 증기선들이 이따금 아무리 로맨틱한 소리를 낸다 해도, 그가 할 수 있는 것은 그게 전부였다. 그는 자신이 할 수 있는 것을 했다. 그를 지켜보노라니, 마치 세계가 지닌 거대한 에너지의 아주 가늘지만 순수한 한 가닥이 그 작고 연약한 몸속에 밀어 넣어진 듯했다. 그가 유리창을 이리저리 가로지를 때마다, 내게는 활기 찬 빛 가닥이 보이는 것만 같았다. 그는 기의 생명 그 자체였다.

하지만, 그는 그토록 작고 그토록 단순한 형태의 에너지로서 열린 창문 안으로 들어와 나나 다른 인간들의 두뇌 속에 있는 그토록 많은 좁고 복잡한 복도들을 지나왔으므로, 그에게는 비장한 동시에 경이로운 무엇인가가 있었다. 마치 누군가가 순수한 생명의 작은 구슬을 가지고 솜털과 깃털로 가능한 한 가볍게 꾸며서, 우리에게 생명의 진정한 본질을 보여 주기 위해 춤추거나 지그재그로 움직이게 한 것만 같았다. 그렇게 제시된 것의 낯설음을 극복하기 어려웠다. 우리는 그것이 둥그스름하고 오톨도톨하고 거추장스럽게 꾸며져서 극도의 조심성과 위엄을 가지고 움직여야 하는 것만을 보고, 생명에 대해서는 잊기 쉽다. 만일 그가 다른 형태로 태어났더라면 어떤 삶이 되었을지 생각하니, 그의 단순한 움직임을 연민 어린 눈으로 바라보게 되었다.

잠시 후 그는 춤추기에 지친 듯 양지바른 창턱에 내려앉았고, 그 진기한 구경이 끝났으므로 나는 그에 대해 잊어버렸다. 그러다 문득 고개를 드니 그가 다시 눈에 들어왔다. 그는 다시금 춤추려 애쓰고 있었지만, 몸이 굳어져 움직이기가 거북한지 유리창 바닥으로 퍼덕여 가는 게 고작이었고, 창문을 가로질러 날아가려 했으나 실패하고 말았다. 나는 다른 일들에 몰두한 채, 잠시 별생각 없이 그 헛된 시도들을 바라보면서, 무의식적으로 그가 다시금 날아오르기를 기다리고 있었던 모양이다. 마치 기계가 고장 난 원인은 생각지도 않고 다시 작동하기만을 기다리듯이 말이다. 대략 일곱 번쯤 시도한 끝에 그는 나무로 된 창틀에서 미끄러져 날개를 퍼덕이며 떨어져 창턱에 널브러졌다. 뒤로 나가떨어진 그의 무력한 자세가 나를 자극했다. 그가 곤경에 처해 있다는 생각이 스쳤다. 다리를 버둥거려 봤자 더는 일어나지 못할 것이었다. 하지만 그가 바로 서도록 도우려고 연필을 뻗어 주려다 말고, 나는 문득 그렇게 떨어져 몸을 가누지 못하는 것이 죽음의 시작이라는 생각이 들었다. 나는 연필을 도로 내려놓았다.

다리들이 한차례 더 버둥거렸다. 나는 그가 맞싸우는 적을 찾기라도 하듯 주위를 둘러보았다. 문밖을 내다보았다. 거기서 무슨 일이 일어났던가? 정오경인 듯, 밭일은 멈춰 있었다. 조금 전의 활기 대신 적막과 고요가 자리하고 있었다. 새들도 먹이를 찾아 개울가로 날아가고 없었다. 말들은 조용히 서 있었다. 하지만 그래도 거기에는 여전히 힘이, 특별히 아무것에도 괘념치 않는 무심하고 비개성적인 힘이 있었다.

그 힘이 작은 건초 빛깔 나방과 맞서고 있었다. 무엇을 하려 해도 소용없었다. 그 작은 다리들이 다가오는 숙명에 맞서 최대한 노력하는 것을 지켜볼 수 있을 뿐이었다. 그 숙명은 마음만 먹으면 온 도시를, 도시만이 아니라 인류 전체라도 잠기게 하려면 할 수 있을 것이었다. 아무것도 죽음에 맞설 수 없음을 나는 알고 있었다. 잠시 지쳐 정지했던 빌이 또다시 버둥거렸다. 이 최후의 항거는 훌륭했고, 너무나 필사적이라 그는 마침내 바로 서는 데 성공했다. 나는 물론 전적으로 생명의 편을 들 수밖에 없었다. 또한 이 작은 나방의 이 거대한 노력, 아무도 돌아보지도 알아주지도 않건만 그처럼 엄청난 힘에 맞서서, 다른 아무도 높이 평가하거나 간직하려 하지 않는 것을 애써 지키려는 노력은 이상하게 감동적이었다. 다시금 생명이, 그 순수한 구슬이 보이는 듯했다. 나는 다시 연필을 들었다. 소용없을 줄 알면서도. 하지만 바로 그 순간, 죽음의 틀림없는 징후들이 나타났다. 나방의 몸이 풀어지더니 즉시 뻣뻣해졌다. 싸움은 끝났다. 그 작은 생물이 이제 죽음을 맛보았다. 죽은 나방을 바라보노라니, 그토록 하찮은 적수에 맞선 그토록 큰 힘의 대수롭잖은 승리가 나를 경이감으로 휩쌌다. 조금 전에는 삶이 기이했듯이, 이제 죽음이 기이해 보였다. 나방은 몸을 바로 하여 단정하게, 아무 불평 없이 침착하게 누워 있었다. 〈오, 그렇다〉라고 그는 말하는 듯했다. 〈죽음은 나보다 강하다〉라고.

런던 거리 쏘다니기[1]

연필 한 자루에 대해 열정을 품어 본 이는 아마도 없을 것이다. 하지만 연필 한 자루를 갖는 것이 더없이 바람직해 보이는 상황도 있다. 티타임과 저녁 식사 사이에 런던을 쏘다닐 핑계로 뭔가를 사야 한다고 스스로 둘러대는 순간들 말이다. 여우 사냥꾼이 말의 종자를 보존하기 위해 사냥하듯이, 골프 치는 이가 야외 공간을 개발자들로부터 보호하기 위해 골프를 치듯이, 길거리를 마냥 쏘다니고픈 마음이 들 때는 연필 한 자루가 구실이 되어, 우리는 〈정말이지 연필을 사야 해〉라면서 자리에서 일어난다. 그런 핑계 뒤에 숨어 겨울날 도시 생활의 가장 큰 기쁨, 런던의 길거리를 쏘다니는 기쁨을 안전하게 누릴 수 있기라도 한 듯이 말이다.

1 1927년 10월 『예일 리뷰*The Yale Review*』에 게재. 〈Street Haunting〉이라는 제목의 느낌에 가장 가까운 번역은 〈가두 몽유(街頭夢遊)〉쯤이 아닐까 생각하지만, 편하게 우리말로 〈런던 거리 쏘다니기〉로 풀어 옮긴다("Street Haunting: A London Adventure", *Essays IV*, pp. 480~491).

시간은 저녁, 계절은 겨울이라야 한다. 왜냐하면 겨울이라야 샴페인처럼 밝게 빛나는 대기와 길거리의 화기애애함이 고맙게 느껴지기 때문이다. 겨울에는 여름에 그랬던 것처럼 그늘과 고독과 건초 널린 들판에서 불어오는 달콤한 바람에 대한 동경에 도발당하지 않는다. 저녁이라는 시간 또한 우리에게 무책임함을 허락하는 것이, 어둠과 가로등 덕분이다. 우리는 더 이상 자기 자신이 아니다. 날씨 좋은 저녁 4시에서 6시 사이에 집을 나서면서, 우리는 친구들이 아는 우리 자신을 떨쳐 버리고 익명의 보행자들로 이루어진 저 거대한 군중의 일부가 된다. 그들과의 어울림은 자기만의 방에서 누린 고독 끝이라 한층 더 유쾌하다. 방에서 우리는 자신의 독특한 기질을 끊임없이 드러내며 자신의 경험에 대한 기억을 되살리게 하는 물건들에 둘러싸여 앉아 있다. 가령, 벽난로 선반 위의 저 대접은 어느 바람 불던 날 만토바에서 산 것이다. 우리가 가게를 나서려는데, 음침한 인상의 노파가 우리 치맛자락을 부여잡으며 굶어 죽을 지경이라고, 〈제발 가져가!〉라고 소리치며 그 희고 푸른 도자기 대접을 우리 손에 억지로 들려 주었다. 마치 자신의 어이없는 관대함을 결코 다시는 생각하고 싶지 않다는 듯한 태도였다. 그래서 우리는 죄의식을 느끼면서, 하지만 얼마나 심하게 바가지를 썼을지 의심하면서, 그것을 들고 작은 호텔로 돌아왔다. 그 호텔에서는 한밤중에 호텔 주인이 부부 싸움을 어찌나 심하게 하는 시, 모무 안플로 봄을 내빌고 내다보았는데, 포도 넝쿨이 기둥들 사이로 레이스처럼 얽혀 있고 하늘에는 새하얀 별들이 보였다. 그 순간은 정지하여, 미처 알아채지 못하는 사이에 빠져나간 수백만 개 중에 지워질 수 없는 단 한 개의 동전처럼 뇌리에 찍혀 있다. 그 호텔에는 우울한 영국 남자가 한 사람 있어서, 그는 커피 잔들이 놓인 작은 철제 탁자들 사이에서 일어나 — 여행자들이 종종 그러듯이 — 자기 영혼의 비밀을 드러내곤 했다. 그 모든 것 — 이탈리아, 바람 불던 날, 기둥들 사이에 얽혀 있던 포도 넝쿨, 영국 남자와 그의 영혼의 비밀 — 이 벽난로 선반 위 도자기 대접으로부터 뭉게뭉게 피어난다. 그리고 바닥을 내려다보면, 양탄자 위에 갈색 얼룩이 있다. 로이드 조지[2] 때문에 생긴 얼룩이다. 〈그 남자는 악마요〉라고 말하며, 커밍스 씨가 티 포트에 물을 부으려고 들었던 쇠 주전자를 털썩 내려놓는 바람에 양탄자가 타서 그 둥그런 갈색 얼룩이 남은 것이다.

하지만 등 뒤로 문이 닫히면, 그 모든 것이 사라진다. 우리 영혼이 그 안에 들어 살기 위해, 스스로 다른 사람들과는 다른 모습을 갖기 위해, 자기 분비물로 만들어 낸 갑각(甲殼) 같은 외피가 부서지고, 그 모든 거칠거칠함과 주름살로부터 굴[石花] 같은 지각의 중추만이 거대한 눈[目]처럼 남는다.

---

2 David Lloyd George(1863~1945). 영국 정치가. 1916~1922년에 수상을 지냈다.

겨울 길거리는 얼마나 아름다운지! 모든 것이 드러나 있는
동시에 가려져 있다. 여기서는 문들과 창문들이 대칭을 이루
며 똑바로 이어진 길거리들을 흘긋 들여다볼 수 있는가 하
면, 저기서는 가로등 아래 섬처럼 떠 있는 창백한 불빛들을
바삐 통과해 가는 사람들의 모습을 볼 수 있다. 빛 속에 드러
난 그들은 허름하고 초라한데도 어딘가 비현실적인 표정을,
마치 인생을 슬쩍 따돌린 듯 득의한 태도를 하고 있다. 인생
은 그렇듯 먹잇감을 놓치고 허둥대며 따라가는 듯하다. 하지
만 어쨌든 우리는 그저 표면을 부드럽게 스쳐 갈 뿐이다. 눈
은 갱부도 잠수부도 아니며 숨겨진 보화를 찾는 탐사자도 아
니다. 눈이 우리를 흐름 따라 부드럽게 실려 가게 한다. 여기
서 쉬고 저기서 머물며 실려 가게 하는 동안 뇌는 눈뜬 채 잠
들어 있는 듯하다.

그럴 때 런던 거리는 얼마나 아름다운지! 여기저기 섬 같
은 불빛들이 떠 있고, 길고 어두운 가로수길들이 뻗어 있고,
그 한옆에는 아마도 나무들이 몇 그루인가 심기고 잔디가 깔
린 공간이 있어, 밤이 거기서 자연스레 몸을 접고 잠들리라.
철책을 지나노라면 들려오는 나뭇잎과 작은 나뭇가지들의
바스락거림과 스적임이, 주위 들판의 침묵에, 부엉이 울음소
리에, 그리고 멀리 골짜기를 지나가는 기차의 덜컹거림에 귀
를 열게 한다. 하지만 〈여기는 런던〉이라고 우리는 새삼 상
기한다. 나목들 사이로 높직이 달려 있는 직사각형의 불그레

한 노란 불빛들은 창문들이고, 나지막한 별들처럼 꾸준히 타는 밝은 점들은 가로등들이다. 온 나라와 그 평화를 품어 안고 있는 이 빈터는 런던의 어느 광장으로, 그 주변의 사무실들과 집들에서는 이 시간에도 맹렬한 빛이 지도와 문서들을 비추며 타고 있고, 그런 서류들이 널린 책상에서는 사무원들이 앉아 침 바른 손가락으로 끝없는 왕복 서신 더미를 넘기고 있다. 혹은 저기 좀 더 번져 보이는 빛은 팔락거리는 난로 불빛이거나 램프 불빛으로, 어느 개인 거실의 안락의자와 종이와 도자기와 상감한 탁자를, 그리고 정확한 티스푼 수를 헤아리는 어느 여성의 모습을 비춘다. 그녀가 문 쪽을 바라보는 것이, 마치 아래층에서 벨이 울리고 그녀가 집에 있는지 묻는 소리라도 들려온 듯하다.

하지만 여기서 우리는 단호히 멈추어야 한다. 우리는 눈이 허용하는 이상으로 파고들 위험에 처해 있다. 어느 나뭇가지나 뿌리를 붙들고 매달려서는 부드럽게 흐름에 실려 갈 수가 없다. 잠자는 군대가 언제라도 쑤석여 일어나 우리 안에 수천 대의 바이올린과 트럼펫의 화답을 일깨울 수 있다. 인간의 군대가 깨어 일어나 그 모든 기이함과 괴로움과 추접스러움을 주장할지도 모른다. 조금 더 어슬렁대면서 표면만으로 만족하기로 하자 — 버스들의 윤나는 번쩍임, 누런 양지살 덩어리와 불그죽죽한 스테이크를 걸어 놓은 정육점의 육(肉)적인 화려함, 꽃집 유리창을 통해서도 당당히 타오르는 붉고 푸른 꽃다발들 같은.

눈에는 이상한 속성이 있다. 눈은 아름다움에만 머문다. 마치 나비와도 같이, 빛깔을 찾아다니며 온기를 쬔다. 자연이 스스로 한껏 갈고 닦아 모양을 낸 이런 겨울밤에도, 눈은 가장 어여쁜 전리품들을 골라내며, 마치 온 지구가 보석들로 이루어지기나 한 것처럼 자잘한 에메랄드와 산호 조각들을 떼어 낸다. 눈이 할 수 없는 것은(보통의, 비전문적인 눈 말이다) 이 전리품들을 배열하여 좀 더 섬세한 각도와 관계를 도출하는 일이다. 그리하여 이 소박하고 달콤한 식사를, 순수하고 아무것도 섞이지 않은 아름다움을 오래 즐긴 후에 우리는 포만감을 의식하게 된다. 우리는 구둣방 문 앞에서 걸음을 멈추고, 길거리의 화려한 잡동사니를 접어 넣고 존재의 좀 더 어둑한 방으로 물러나기 위해, 진짜 이유와는 무관한 뭔가 사소한 변명을 한다. 가령, 왼발을 들어 받침대 위에 순순히 올려놓으며 〈그런데, 난쟁이가 된다면 어떤 기분일까?〉 하고 물어볼 수도 있을 것이다.

그녀는 두 여자의 호위를 받으며 들어왔다. 이들은 정상적인 체구였는데, 그녀 옆에 있으니 마음씨 좋은 거인들처럼 보였다. 점원들에게 미소 지으며, 그들은 그녀가 자신의 기형에 대해 아무 책임도 없음을 보증하는 동시에 자신들이 그녀를 보호하고 있음을 확신시키는 듯했다. 그녀는 기형을 지닌 이의 얼굴에서 흔히 보이는 까다로우면서도 변명하는 듯한 표정을 짓고 있었다. 보호자들의 친절을 필요로 하는 동시에 내심 원망하는 듯한 표정이었다. 하지만 점원 아가씨가 불려 오고 거인 여자들이 너그러운 미소를 띠며 〈이 숙녀분〉을 위한 신발을 보여 달라고 하자, 점원은 그녀 앞에 작은 받침대를 밀어 놓았고 난쟁이 여자는 발을 내밀었는데, 그 조급함에는 우리의 주의를 끄는 무엇이 있었다. 〈이것 봐요! 이것 보라니까!〉 그녀는 발을 내놓으면서 우리 모두에게 요구하는 듯했다. 아닌 게 아니라 그것은 잘 자란 성인 여성의 완벽하게 균형 잡힌, 모양 좋은 발이었다. 발바닥이 둥글게 휘어진, 귀족적인 발이었다. 받침대 위에 놓인 자기 발을 바라보는 그녀는 태도가 완연히 달라졌다. 마음이 누그러진 듯 흐뭇해 보였다. 그녀의 태도는 자신감으로 가득 찼다. 그녀는 계속해서 다른 신발을 가져오게 했고, 한 켤레씩 차례로 다 신어 보았다. 그러고는 자리에서 일어나 거울 앞에서 빙 돌았다. 그 거울은 노란 구두, 새끼 사슴 가죽 구두, 도마뱀 가죽 구두 등등을 신은 그녀의 발만을 비춰 주었다. 그녀는 조그만 스커트를 들추고 가느다란 다리를 내보였다. 〈어떻든 사람한테서 가장 중요한 건 발이지〉 하고 생각하고 있었다. 〈여자는 발만으로도 사랑받아 왔어〉 하고 그녀는 내심 생각했다. 오로지 발만 보면서, 그녀는 아마도 자신의 나머지 몸도 그 아름다운 발과 조화를 이루리라고 상상했다. 비록 옷차림은 허름했지만, 신발에는 얼마든지 돈을 쓸 용의가 있었다. 남의 이목을 끄는 것이 두렵지 않을 뿐 아니라 오히려 남들이 바라봐 주기를 바라는 것은 오로지 이때뿐이었으므로, 그녀는 시착(試着)과 선택의 시간을 연장하기 위해 어떤 술수라도 쓸 용의가 있었다. 이쪽으로 한 걸음, 저쪽으로 한 걸음 내디디면서, 〈내 발 좀 봐요〉 하고 그녀는 말하는 듯했다. 점원 아가씨가 친절하게도 뭔가 칭찬하는 말을 해준 듯, 갑자기 그녀의 얼굴이 황홀한 기쁨으로 빛났다. 하지만 결국, 거인 여자들이 아무리 너그럽다고는 해도 각기 제 볼일도 있었으므로, 그녀는 마음을 정해야만 했다. 어느 구두를 택할지 결정해야만 했다. 마침내, 구두를 골랐다. 이윽고 손가락에 대롱거리는 구두 꾸러미를 든 채 보호자들의 호위를 받으며 걸어 나갈 때, 그녀의 얼굴에서는 황홀함이 시들고 현실이 되살아났다. 예의 까다롭고도 변명하는 듯한 표정이 돌아왔고, 다시 길거리로 나섰을 때 그녀는 그저 일개 난쟁이 여자가 되어 있었다.

하지만 그녀는 분위기를 바꿔 놓았다. 그녀가 불러낸 분위기는, 우리가 그녀를 따라 길거리로 나섰을 때, 실제로 등이 굽고 몸이 비틀어진 기형인들을 만들어 내는 것만 같았다. 필시 형제간인 듯한 수염 난 남자 둘이, 완전히 눈이 먼 듯, 자기들 사이에 있는 작은 소년의 머리 위에 한 손을 올려놓고서 몸을 지탱한 채 길거리를 지나가고 있었다. 그 꼿꼿하면서도 떨리는 맹인 특유의 걸음걸이에서는 그들을 사로잡은 운명의 공포와 불가피함이 엿보이는 듯했다. 그들이 줄곧 그렇게 붙들고 지나갈 때, 그 작은 행렬은 그 침묵과 적나라함과 불행의 기세로 인파를 뿔뿔이 내몰아 가르는 듯했다. 이제 그 난쟁이가 절뚝거리며 기괴한 춤을 추기 시작하여 길거리의 모든 사람의 주의가 그쪽으로 쏠려 간 터였다. 윤나는 물개 가죽 옷을 꼭 끼게 입은 건장한 숙녀, 지팡이의 은색 손잡이를 핥고 있는 정신 박약 소년, 문간에 주저앉아 있는 노인 — 그는 마치 인간들이 벌이는 광경의 부조리함에 압도된 나머지 그렇게 앉아서 우두커니 바라보는 듯했다 — 이들 모두가 난쟁이의 절뚝거리는 춤과 발장구에 가담하고 있었다.

이 사람들은, 이 절뚝발이와 맹인이라는 불구의 무리는 도대체 어느 틈새, 어느 틈바구니에 살고 있는 걸까 하는 의문도 떠오를 법하다. 어쩌면 여기 호번과 소호 사이 이 좁고 오래된 집들의 꼭대기 방에 사는지도 모른다. 그런 방들에서는 기묘한 이름을 가진 사람들이 온갖 신기한 생업을 꾸려 간다. 금박(金箔)을 만드는 이, 아코디언의 주름을 잡는 이, 싸개 단추를 만드는 이, 좀 더 색다르게는 찻잔과 받침 접시, 우산의 도자기 손잡이, 진하게 색칠된 순교 성인들의 그림 같은 것을 거래하는 이도 있을 것이다. 그들은 거기서 산다. 물개 가죽 재킷을 입은 부인은 아코디언 주름 잡는 이나 싸개 단추 만드는 이와 함께 낮 시간 한때를 보내며 인생은 그런대로 견딜 만하다고 생각하기도 할 것이다. 그토록 색다른 인생이 그저 비극적이기만 할 수는 없는 것이다. 〈우리가 가진 자라고 해서 우리에게 원한을 품고 있지는 않겠지〉 하고 우리는 생각하며, 모퉁이를 돌아가다 문득 웬 수염 기른 유대인과 마주친다. 그는 거칠고 굶주린 듯 비참한 눈길로 쏘아본다. 또 아니면 공공건물의 계단에 한 노파가 죽은 말이나 당나귀에 급히 덮어씌운 거적 같은 외투를 들쓴 채 웅크리고 있다. 그런 광경을 보면 척추의 신경이 곤추서고, 우리 눈에서는 갑작스러운 불꽃이 튀며, 결코 대답할 수 없는 질문이 압도해 온다. 이런 부랑자들은 극장에서 엎어지면 코 닿을 곳, 손풍금 소리가 들리는 곳, 밤이 다가오면 외식이나 무도회를 위해 외출한 이들의 반짝이 외투와 눈부신 다리들이 거의 손에 닿을 만한 곳을 짐짓 골라 드러눕는다. 그들은 상점 진열창의 지척에 눕는다. 문간 계단에 웅크린 노파나 맹인들이나 절뚝거리는 난쟁이들의 세계를 향해, 이 가게들은 펼쳐 보인다 ― 고고한 백조의 금칠한 목으로 떠받친 소파, 색색의 과일 바구니가 상감된 탁자, 멧돼지 머리나 도금한 바구니며 촛대 따위의 무게를 더 잘 지탱하기 위해 녹색 대리석을 깐 식당용 협탁, 세월과 더불어 빛깔이 바랜 나머지 카네이션 꽃들이 연푸른 바다 속으로 거의 사라져 버린 듯한 양탄자를.

이렇게 흘긋거리며 지나가노라니, 모든 것에 우연하고도

기적적인 아름다움이 흩뿌려진 것만 같다. 마지 일정한 시각에 단조롭게 옥스퍼드가 연안에 짐을 부려 놓는 무역의 조수(潮水)가 오늘 밤에는 온통 보물만을 밀어 올린 것 같다. 물건을 살 생각이 전혀 없는데도 눈은 활기차고 관대해져서, 창조하고, 장식하고, 고양시킨다. 길거리에 나와 서 있노라면, 상상 속 집 한 채의 모든 방을 짓고 소파며 탁자, 양탄자 같은 것들로 그 방들을 꾸밀 수 있을 것만 같다. 〈저 깔개는 이 복도에 맞겠는걸. 저 설화 석고 항아리는 창가의 조각된 탁자에 올려 두면 되겠다. 우리의 즐거운 모습이 저 둥글고 두꺼운 거울에 비쳐 보이겠지.〉 그러나 집을 짓고 가구를 갖추기는 했지만, 다행히도 그것을 소유할 의무는 없다. 눈 깜빡하는 사이에 우리는 그것을 해체하고 또 다른 집을 짓고 다른 의자와 거울들로 꾸밀 수 있다. 아니면 골동 보석상에 들어가 쟁반에 담긴 반지들이나 걸려 있는 목걸이들에 탐닉해 볼 수도 있다. 가령 저 진주들을 골라 보자. 그러고는 만일 그걸 걸친다면 인생이 어떻게 달라질까를 상상해 보는 거다. 대번에 시간은 새벽 2시와 3시 사이가 되고, 인적 끊긴 메이페어 거리에는 가로등 불빛이 창백하다. 이 시간에는 자동차들만 길에 나와 있어서 텅 빈 느낌, 탁 트인 느낌, 남 모르게 즐거운 느낌이 든다. 비단옷에 진주를 걸치고, 잠든 메이페어가 내려다보이는 발코니에 서본다. 궁에서 돌아온 고관대작들과 비단 양말을 신은 하인들, 그리고 정치가들과 악수를 나누던 노부인들의 침실에 몇몇 불빛이 남아 있다. 고양이 한 마리가 살금살금 정원 담장을 따라간다. 저 두꺼운 녹색 커튼으로 가려진 방의 어둑한 곳에서는 소곤거리며 유혹적으로 정사가 이루어지고 있다. 마치 온 영국의 주와 현들이 햇볕을 쬐며 드러누운 것이 내려다보이는 테라스 위를 거닐기라도 하듯 묵직한 걸음을 떼어 놓으며, 나이 든 수상은 곱슬머리에 에메랄드로 치장한 아무개 귀부인에게 나랏일의 몇몇 큰 위기들의 진짜 속내를 들려준다. 우리는 가장 큰 선박의 가장 높은 돛대 꼭대기에 올라타고 있는 것만 같다. 그러면서도 이런 종류의 일이 전혀 중요치 않다는 것도 안다. 사랑은 이런 식으로 증명되지 않고, 위대한 업적도 이런 식으로 성취되지는 않는다. 그러니 우리는 순간을 즐기며 기분을 낼 뿐이다. 발코니에 서서 달빛 속에서 고양이가 살금살금 메리 공주[3]의 정원 담장을 따라가는 것이나 지켜보면서.

하지만 이 얼마나 터무니없는 일인가? 실은 저녁 6시 종이 치는 겨울 저녁이고, 우리는 연필을 사러 스트랜드[4]에 나온 길이다. 그러니 어떻게 6월에 진주를 걸치고 발코니에 서 있을 수 있겠는가? 이보다 더 터무니없는 일이 있을까? 하지

---

3 Princess Mary(1897~1965). 조지 5세의 딸. 그녀의 집이 메이페어에 있었다.
4 Strand. 런던 중심부의 주요 도로로, 서쪽의 시티 오브 웨스트민스터와 동쪽의 시티 오브 런던을 잇는 고급 상업 지역이자 문화 예술 거리이다.

176

만 그건 자연의 어리석음이지 우리 탓이 아니다. 자연은 인간이라는 걸작을 만들기에 착수했을 때, 단 한 가지만을 생각했어야 했다. 그런데 그 대신 자연은 고개를 돌려 어깨 너머를 돌아봄으로써, 우리 한 사람 한 사람 안에 자신의 주된 존재와는 전혀 맞지 않는 본능과 욕망 들이 기어들도록 내버려 둔 것이다. 그래서 우리는 얼룩덜룩 줄이 지고 색깔들이 흘러내려 온통 잡탕이 되어 버렸다. 1월의 보도에 서 있는 이것이 참된 자아인가, 아니면 6월의 발코니에서 내려다보는 저것이 참된 자아인가? 나는 여기 있는가, 아니면 저기 있는가? 또는 참된 자아란 이것도 저것도 아니고 여기도 저기도 있지 않으며 너무나 잡다하고 헤매는 무엇이라, 그 소원들을 멋대로 풀어 주고 매인 데 없이 돌아다니게 할 때만 우리는 진정 우리 자신이 되는 것인가? 상황은 단일성을 요구하며, 한 사람은 편의상 하나의 전체라야 한다. 선량한 시민은 저녁에 자기 집 문을 열 때, 은행가, 골프 치는 사람, 남편이자 아버지인 한 사람이라야지, 사막을 헤매는 유목민이자 하늘을 바라보는 신비가, 샌프란시스코 빈민가의 난봉꾼, 혁명을 이끄는 군인, 회의주의와 고독으로 울부짖는 천민이기도 해서는 안 된다. 자기 집 문을 열 때, 그는 머리칼에 손 빗질을 하고 우산을 우산 꽂이에 다른 우산들과 함께 꽂아야 한다.

하지만 여기 마침 헌책방이 있다. 여기서, 마구 밀려드는 이 존재의 흐름 가운데서, 우리는 정박할 곳을 발견한다. 길거리의 영광과 비참을 맛본 후에, 여기서 우리는 자신을 가다듬는다. 문 저쪽에서 책방 주인의 아내가 난로 울타리에 발을 올려놓고서 잘 타는 석탄불을 쬐고 있는 모습만 보아도 마음이 차분하고 명랑해진다. 그녀는 아무것도 읽지 않거나, 기껏해야 신문이나 읽는다. 그녀가 책 파는 이야기를 기꺼이 접고 펼쳐 놓는 다른 이야기는 모자에 관한 것이다. 그녀는 실용적인 모자를 좋아한다. 물론 예쁘기도 해야겠지만. 아니, 가게에서 살지는 않는다. 살림집은 브릭스턴[5]에 있다. 조금이라도 바라볼 녹지가 있어야 하니까. 여름이면 자기 뜰에서 키운 꽃이 담긴 화병이 먼지투성이 책 더미 위에서 가게에 생기를 불어넣는다. 사방이 책이고, 언제 봐도 한결같은 모험심이 우리 마음을 가득 채운다. 헌책들은 집 없는 책, 야성적인 책들이다. 그것들은 온갖 빛깔의 깃털을 지닌 방대한 무리 속에 섞여 왔으며, 길들여진 도서관 책들에는 없는 매력을 지니고 있다. 게다가, 이 아무렇게나 뒤섞인 무리 가운데서, 우리는 전혀 모르던 이를 만나기도 하고, 운이 좋으면 그는 세상에서 가장 좋은 벗이 되기도 한다. 위쪽 서가에 꽂힌 회백색 책의 허름하고 버림받은 듯한 태도에 마음이 끌려 손을 뻗칠 때면 항상 희망에 부푼다. 누가 알겠는가. 1백 년 전쯤에 미들랜드와 웨일스의 양모 시장을 돌아보기 위해 말

5 런던 남부 교외 지역. 당시까지 녹지가 많은 곳이었다.

을 타고 떠났던 어떤 사람을 만나게 되는지. 여관들에 묵으며 술을 마시고, 예쁜 여자들과 진지한 관습에 주목하고, 그모든 것을 뻣뻣한 문체로, 하지만 그저 좋아서(책은 자비로 출판되었다) 열심히 써 내려간 여행자는 끝없이 평범하고 다망하고 실제적이라, 그의 글에는 본인도 모르는 사이에 접시꽃과 건초의 향기가 흘러들었고, 그렇게 하여 그려지는 그 자신의 초상은 그를 위해 마음의 화롯가에 따뜻한 구석 자리 하나를 영구히 마련해 둘 만한 것이 된다. 그는 지금 18펜스만 주면 살 수 있다. 가격은 3실링 6펜스로 매겨져 있지만, 책방 주인의 아내는 표지가 얼마나 낡았으며 서픽[6] 어느 신사의 장서 매각 때 사 온 이후로 얼마나 오랫동안 그 자리를 지키고 있었던가를 감안하여 그 값이면 팔 것이다.

그렇듯 책방을 둘러보면서, 우리는 또 다른 낯선 이들과 갑작스러운 우정을 맺는다. 가령 이 작은 시집, 너무나 깔끔하게 인쇄되고 섬세하게 새겨진 저자의 초상화까지 들어 있는 이 책은 사라진 시인의 유일한 기록이다. 그는 시인이었고 불시에 물에 빠져 죽었으며, 그의 시는 비록 온건하며 형식적이고 훈계조일망정, 어느 뒷골목에서 울려 나는 손풍금 소리 — 코르덴 재킷을 걸친 늙은 이탈리아인 악사가 체념한 듯 연주하는 손풍금 말이다 — 와도 같은 여리고 맑은 음조를 띠고 있다. 또한 여행자들이 줄지어 있으니, 그중에는

6 런던 북동부의 주.

빅토리아 여왕이 아직 소녀였던 시절에 자신들이 그리스에서 보고 감탄했던 일몰과 자신들이 감내했던 노정의 불편을 여전히 증언하는 불굴의 노처녀들도 있다. 콘월 여행 때 주석 광산을 방문한 것은 두꺼운 책으로 기록할 만큼 가치 있게 여겨졌다. 사람들은 라인강을 느릿느릿 거슬러 올라가 밧줄을 사려 놓은 갑판 위에 앉아 책을 읽으며, 먹물로 서로의 초상화를 그려 주기도 했다. 그들은 피라미드를 측량했고, 여러 해씩이나 문명 세계를 등진 채 열병이 창궐하는 늪지에서 흑인들을 개종시켰다. 그렇듯 짐을 꾸려 떠나는 것, 사막을 탐험하고 열병에 걸리는 것, 평생토록 인도에 정착하거나 중국까지 건너갔다가 에드먼턴의 교구로 돌아오는 것, 이 모든 것이 먼지투성이 바닥 위에 마치 요동치는 바다에서인 양 뒤범벅이 되어 흩어져 있다. 영국인들은 문 앞까지 밀려드는 파도 탓인지 정말이지 가만있지를 못한다. 서점 바닥에 둘쭉날쭉한 기둥을 이루며 서 있는 진지한 노력과 평생에 걸친 근면함의 작은 섬들에 여행과 모험의 물살이 밀어닥치는 것만 같다. 책등에 금박 문자를 찍은 이 적갈색 장정본들의 무더기 속에서 사려 깊은 성직자들은 복음을 개진하며, 학자들은 에우리피데스와 아이스킬로스의 고대 문전들을 망치와 끌로 쪼아 내듯 해석한다. 사색하고, 주석을 달고, 자세히 설명하는 일이 우리 주변 사방에서, 온갖 것들에 대해 엄청난 속도로 진행된다. 마치 끊임없고 영속적인 조수처럼 장구한

허구의 바다를 씻어 낸다. 무수한 책들이 아서가 어떻게 로라를 사랑하게 되었는지,[7] 그러다 헤어져서 불행하게 되고, 어떻게 다시 만나 — 빅토리아 여왕이 이 섬들을 다스리던 시절의 방식으로 — 내내 행복하게 되었는지를 이야기한다.

세상에는 무한히 많은 책들이 있다. 따라서 흘긋 바라보고 고개를 끄덕이고 몇 마디 나눈 후에는 다음 책으로 나아가야만 한다. 그럴 때 스치는 섬광과도 같은 이해는 마치 바깥 길거리에서 사람들을 지나쳐 가며 주워듣는 한두 마디, 그 우연한 문구가 한 평생을 만들어 내는 것과도 같다. 그들은 케이트라는 여성에 대해 이야기하고 있었다. 〈간밤에는 그녀에게 노골적으로 말했어. 만일 당신이 나를 1페니 우표만 한 값어치도 없다고 여긴다면, 나는……〉 하지만 케이트가 누구인지, 1페니 우표가 그들의 우정에 닥친 어떤 위기를 말하는지, 우리는 결코 알지 못할 것이다. 왜냐하면 케이트는 그들의 수다 밑으로 가라앉고, 여기 길모퉁이의 가로등 아래서 의논하는 두 남자의 모습은 인생이라는 책의 또 다른 페이지를 펼쳐 보이기 때문이다. 그들은 신문의 속보란에서 뉴마켓[8]의 최신 기사를 확인하고 있다. 그들은 행운이 자기들의 누더기를 모피와 우단으로 바꿔 놓고, 회중시계를 채워 주고, 지금은 다 해진 셔츠를 풀어 헤친 그 자리에 다이아몬

---

7 아서와 로라는 울프가 자주 인용하는 새커리의 소설 『펜데니스』의 주인공들.

8 서퍽주의 도시로, 경마가 많이 열렸다.

드 핀이라도 꽂아 주리라고 생각하는 걸까? 하지만 이 시간 보행자들의 인파가 워낙 빠른 속도로 지나가기 때문에 우리는 그런 질문을 할 틈이 없다. 그들은 책상 앞에서 벗어나 뺨에 신선한 공기를 느끼며 일터에서 집으로 가는 이 짧은 노정 가운데, 뭔가 몽롱한 꿈에 취해 있다. 그들은 온종일 걸어 두고 잠가 두어야 했던 저 밝은 빛깔 옷들을 꺼내 입고, 위대한 크리켓 선수, 유명한 여배우, 절체절명의 순간에 조국을 구한 군인이 된다. 꿈꾸면서, 손짓 발짓을 하면서, 때로는 몇 마디 말을 소리 내어 중얼거리면서, 그들은 스트랜드를 휩쓸고 워털루 다리를 건너 덜컹거리는 기차의 긴 행렬에 몸을 싣고서 반즈나 서비턴[9]의 어느 깔끔한 작은 집을 향해 간다. 집에 들어서서 복도의 시계를 보는 순간, 지하실에서 올라오는 저녁 식사의 냄새를 맡는 순간 꿈은 흩어져 버린다.

하지만 우리는 이제 스트랜드에 당도했고, 도로의 경계석에서 망설이는 사이에, 손가락 길이 정도의 가느다란 막대기가 삶의 속도와 풍요를 가로막기 시작한다. 〈정말이지 나는 해야만 해, 정말이지 해야만 해.〉 바로 이것이다. 그 요구를 제대로 따져 보지도 않은 채, 마음은 익숙해진 폭군 앞에 움츠러든다. 항상 뭔가를, 이것 또는 저것을 해야만 하는 것이다. 그저 즐기는 것은 허용되지 않는다. 얼마 전 우리가 변명거리를 만들어 낸 것은, 뭔가 사야만 한다고 지어낸 것은 바

9 반즈, 서비턴, 모두 런던 남부 교외 지역.

로 이 때문이 아니었던가? 아, 그래, 생각났다, 연필이었지. 그러면 가서 연필을 사기로 하자. 하지만 그 명령에 순종하려고 돌아서는 순간, 또 다른 자아가 폭군의 권리를 주장하며 나선다. 평소의 갈등이 되돌아온다. 의무의 막대기 뒤에 템스강 전체가 드넓고 애잔하고 평화롭게 펼쳐져 있는 것이 보인다. 이윽고 우리는 어느 여름 저녁 세상 시름을 잊은 채 강둑 너머를 내려다보는 이의 눈을 통해 강을 바라본다. 연필 사는 것은 미루기로 하자. 이 사람을 찾으러 가자(이내 명백해지는 것은 이 사람이 바로 우리 자신이라는 사실이다). 우리가 여섯 달 전에 서 있었던 저 자리에 서 있을 수 있다면, 다시 그때의 우리로 돌아가 고요하고 초연하고 만족할 수 있지 않겠는가? 한번 해보기로 하자. 하지만 강은 우리가 기억하는 것보다 더 거칠고 잿빛이다. 조수가 바다로 밀려 나가고 있다. 그 물살에 예인선 한 척과 바지선 두 척이 실려 온다. 바지선에는 방수포 밑에 단단히 묶은 밀짚이 잔뜩 실려 있다. 저기, 우리 바로 옆에도, 한 커플이 난간 너머로 몸을 내밀고 있다. 마치 자신들이 몰두해 있는 일의 중요성이 온 인류의 양해를 구할 수 있기라도 하다는 듯, 주위를 의식하지 않는 연인들 특유의 태도이다. 지금 우리 눈에 보이는 광경과 우리 귀에 들리는 소리는 지난날의 것과 전혀 다르고, 지금 우리가 서 있는 바로 이 자리에 여섯 달 전에 서 있던 사람의 평온함도 전혀 공유할 수 없다. 그는 죽음의 행복감을 느꼈건만, 우리는 삶의 불안정함을 느끼고 있다. 그는 미래가 없었건만, 이제 미래는 우리의 평화를 침범하고 있다. 우리가 완벽한 평화를 누릴 수 있는 것은 과거를 바라보며 거기에서 불확실성의 요소를 제거할 때뿐이다. 지금으로서는, 우리는 뒤돌아 스트랜드를 다시 건너가야 하고, 이 시간에 우리에게 기꺼이 연필을 팔 용의가 있는 가게를 찾아내야만 한다.

새로운 방에 들어가는 것은 항상 모험이다. 왜냐하면 그 방에는 소유자들의 삶과 인품이 무르녹아 있기 때문이다. 우리는 방에 들어서자마자 새로운 감정의 파도에 맞닥뜨린다. 여기, 문방구에서, 사람들은 분명 말다툼을 하고 있었을 것이다. 그들의 분노가 공기 중에 남아 있다. 부부임이 분명한 그들은 싸움을 멈추었고, 나이 든 여자는 뒷방으로 사라졌다. 둥그런 이마와 뒤룩뒤룩한 눈망울이 엘리자베스 시대의 어느 2절판 책 권두 삽화에라도 어울림 직한 노인이 남아서 우리를 맞이했다. 〈연필, 연필이라.〉 그는 되씹었다. 〈물론, 물론이지요.〉 그는 격하게 일어났던 감정을 다잡는 사람 특유의 들뜨고 산만한 어조로 말했다. 그는 이 상자 저 상자를 열어 보고 도로 닫고 했다. 워낙 잡다한 물건을 취급하다 보니 뭔가를 찾아내기가 쉽지 않다는 것이었다. 그는 아내의 행실 탓에 곤경에 처했던 어느 법조인의 이야기를 시작했다. 자기는 그 사람을 안 지 여러 해가 되었으며, 반세기 동안이나 템플[10]과 관련이 있었다고 했다. 마치 뒷방에 있는 아내가 자기 말을 엿듣기를 바라기라도 하는 듯한 말투였다. 그러다 그는 고무줄이 든 상자를 뒤엎었다. 결국 자신의 무능함에 짜증이 난 듯, 그는 뒷방으로 통하는 반회전문을 왈칵 열어 젖히며 거칠게 소리쳤다. 〈연필을 어디다 뒀누?〉 마치 아내가 그것들을 감춰 두기라도 한 것처럼 말이다. 그리자 노부인이 들어왔다. 그녀는 아무에게도 눈길을 주지 않은 채, 엄격하고도 자신 있는 태도로 상자 하나를 열었다. 거기 연필이 들어 있었다. 이러니 아내 없이 무슨 일을 하겠는가? 그녀는 그에게 없어서는 안 될 존재가 아닌가? 그들을 거기 붙들어 두려면, 어쩔 수 없이 중립적인 태도로 나란히 서 있게 하려면, 우리는 연필을 까다롭게 골라야만 했다. 이건 너무 무르고, 저건 너무 딱딱하고. 그들은 말없이 지켜보며 서 있었다. 그렇게 서 있는 시간이 길어질수록 그들은 차분해졌다. 열기가 가라앉고 분노가 가셨다. 이제, 어느 쪽에서도 한마디 말도 건네지 않은 채, 말다툼은 수습되었다. 벤 존슨[11]의 책 표지에 내놓아도 손색이 없었을 노인이 상자를 제자리에 돌려놓은 뒤, 우리에게 깊이 고개 숙여 인사를 했다. 그러더니 그들은 사라졌다. 그녀는 바느질감을 꺼내 들 테고, 그는 신문을 읽을 것이다. 카나리아는 그들에게 공평하게 씨앗을

10 런던의 법학원 중 하나. 여기서는 법조계를 가리킨다.
11 Ben Jonson(1572~1637). 영국 극작가.

흩뿌릴 테고, 말다툼은 끝났다.

유령 하나를 찾아다니는 이 짧은 시간 동안, 말다툼이 수습되었고, 연필을 샀으며, 길거리는 완전히 텅 비었다. 삶은 꼭대기 층으로 물러났고, 가로등이 켜졌다. 인도는 물기 없이 단단했으며, 길은 망치로 두드려 편 듯한 은빛이었다. 그 황량함을 지나 집으로 걸어가면서, 난쟁이와, 맹인과, 메이페어 저택의 파티와, 문구점의 말다툼을 되새겨 볼 수 있다. 그 각각의 삶을 우리는 그저 조금 뚫고 들어가 볼 수 있을 뿐이지만, 사람이 하나의 마음에만 묶이지 않으며 잠시나마 다른 사람들의 몸과 마음을 취할 수 있다는 환상을 가져 보기에 충분하다. 세탁부도, 술집 주인도, 거리의 가수도 되어 볼 수 있다. 자아라는 곧은 길을 벗어나, 검은딸기나무와 굵은 나무둥치들 아래로 이끄는 저 오솔길들을 따라서 저 야생의 짐승들, 곧 우리 동료 인간들이 사는 숲 한복판으로 들어서는 것보다 더 큰 기쁨과 경이가 있겠는가?

사실 그렇다. 도피는 가장 큰 즐거움이다. 겨울 길거리를 쏘다니는 것은 가장 멋진 모험이다. 하지만 그래도 우리는 자신의 집 문간에 다가갈 때, 오래된 소유물과 오래된 편견들이 우리를 감싸는 듯할 때, 아늑함을 느낀다. 그렇게 많은 길모퉁이를 떠돌던 자아는, 그렇게 많은 도달할 수 없는 등불의 불길에 불나방처럼 애꿎게 몸을 부딪던 자아는, 이제 제집에 돌아와 푸근히 감싸인다. 여기에 다시 평상시의 문이 있나. 여기에 우리가 일어나 나갈 때 방향이 돌려졌던 의자가 그대로 있고, 도자기 대접과 양탄자의 갈색 얼룩이 있다. 그리고 여기 — 조심히 살펴보자, 경건하게 만져 보자 — 도시의 모든 보물로부터 건져 온 단 하나의 전리품, 연필이 있다.

서식스의 저녁: 자동차 안에서 한 생각들[1]

저녁은 서식스[2]에게 친절하다. 서식스는 더 이상 젊지 않으니, 저녁의 베일이 고마울 것이다. 마치 노부인이 램프에 드리워진 갓 덕분에 얼굴의 윤곽만 드러나는 데에 안도하듯이 말이다. 서식스의 윤곽은 여전히 꽤 멋지다. 연이은 절벽들이 바다에 면해 있다. 이스트본 전체, 벡스힐 전체, 세인트레너즈 전체가,[3] 그 광장과 하숙집들, 구슬 가게와 사탕 가게, 현수막과 상이용사와 유람 버스가 다 지워진다. 남는 것은 10세기도 전에 윌리엄[4]이 프랑스에서 건너올 때 있던 것

1   울프 사후에 레너드 울프가 펴낸 『나방의 죽음 외』(1942)에 수록된 글. 1927년, 1928년, 1930년 등 쓰인 시기에 대한 추정이 다양하다("Evening over Sussex: Reflections in a Motor Car", *Essays VI*, pp. 453~456). 울프 부부는 1927년에 자동차를 샀다.

2   영국 남쪽 바닷가의 주. 브라이턴을 경계로 이스트서식스와 웨스트서식스로 나뉘는데, 울프의 몽크스 하우스가 있는 로드멜은 이스트서식스에 있다.

3   로드멜에서 바다 쪽으로 내려가 시계 반대 방향으로 해안을 따라 도는 코스에 유명한 백악질 절벽들the Seven Sisters이 늘어서 있고, 그 너머에 이스트본, 벡스힐, 세인트레너즈가 있다.

4   노르망디 공작이었다가 잉글랜드 왕이 된 정복자 윌리엄을 말한다.

— 바다를 향해 내달리는 절벽의 행렬뿐이다. 그리고 절벽으로 이어지는 들판들도 눈에 들어온다. 해안을 따라 점점이 붉은 별장들에 엷고 투명한 갈색 공기의 호수가 밀려와, 별장들도 그 붉은빛도 그 안에 잠긴다. 가로등이 켜지려면 멀었고, 별들이 뜨려면 한참 더 멀었다.

하지만 내 생각에 지금처럼 아름다운 순간에는 항상 일말의 초조함이 깔려 있는 것 같다. 심리학자들에게나 설명을 구해야 할 일이다. 문득 쳐든 눈길이 기대를 한참 넘어서는 아름다움에 압도될 때 — 지금은 배틀[5] 위로 분홍 구름들이 지나가고, 들판에는 대리석처럼 얼룩무늬가 져 있다 — 우리의 감각은 마치 공기를 불어넣어 팽창한 풍선처럼 급속히 부풀었다가, 모든 것이 최고조로 부풀어 아름다움, 아름다움, 아름다움으로 팽팽할 때에, 바늘에 살짝 찔리듯이 터져 버리고 만다. 하지만 무엇이 바늘인가? 내가 말할 수 있는 것은 그 바늘이 자신의 무력감과 연관이 있다는 것뿐이다. 나는 아름다움을 파악할 수 없고, 표현할 수도 없고, 그저 압도될 뿐이다. 그 어디쯤에 불만이 도사리고 있다. 그것은 사람의 본성이 자신에게 주어지는 모든 것에 대한 지배력을 요구한다는 생각과 연결되어 있다. 여기서 지배력이란 지금 서식스 위쪽 하늘에서 보이는 것을 다른 사람도 공유할 수 있게끔 전달하는 능력을 뜻한다. 또다시 바늘이 찔러 오고, 또다

5 세인트레너즈 북쪽의 타운.

시 기회를 놓치고 만다. 왜냐하면 아름다움이 오른쪽에, 왼쪽에, 뒤쪽에도 펼쳐져 있었기 때문이다. 그것은 항상 달아나기만 했다. 욕조를, 호수를 가득 채울 만한 급류에 기껏해야 골무 정도를 내밀 수 있을 뿐이었다.

하지만 〈포기해〉 하고 나는 말했다(이런 상황에서 자아가 쪼개진다는 것, 한 자아는 갈망하고 만족하지 못하는 반면 다른 자아는 엄격하고 철학적이라는 것은 잘 알려진 사실이다). 이 불가능한 열망들을 포기하도록 해. 우리 앞에 있는 광경으로 만족하고, 그저 가만히 앉아서 잠겨 드는 것이 제일 좋다는 내 말을 믿어. 수동적으로 받아들이는 거야. 자연이 네게 고래의 덩치를 토막 내기 위해 고작 주머니칼 여섯 개밖에 주지 않았다고 해서 속 끓이지 마.

이 두 자아가 아름다움의 면전에서 취해야 할 현명한 태도에 대해 토론을 벌이는 동안, 나는(이제 세 번째 자아가 모습을 드러낸다) 생각했다. 그처럼 단순한 소일거리를 즐기는 저들은 얼마나 행복한가. 저들은 달리는 차 안에 앉아서 모든 것을 눈여겨본다. 건초 더미, 붉게 녹슨 지붕, 연못, 자루를 짊어지고 집에 가는 노인, 저들은 앉아서 자신들의 물감 통에서 하늘과 땅의 모든 색깔에 맞는 색깔을 찾아내어, 1월의 음울함에 어울릴 붉은빛으로 서식스의 헛간과 농가들의 작은 모형을 칠해 나간다. 하지만 나는 좀 다르게, 울적한 기분으로 떨어져 앉아 있다. 저들이 그렇게 바삐 움직이는 동안, 나는 속으로 중얼거린다. 〈가버렸어, 이미 지나가 버렸어, 사라져 버렸다고, 다 끝났어, 끝나 버렸다고.〉 나는 길이 뒤에 남겨지듯이 삶도 뒤에 남겨졌다고 느낀다. 〈우리는 저 길을 지나왔지, 그리고 이미 잊힌 거야.〉 저기 창문들은 우리가 켠 등불로 잠시 밝아졌지만, 그 불빛은 이제 꺼졌다. 우리 뒤에 다른 이들이 온다.

그때 갑자기 네 번째 자아가(매복해 있던 이 자아는 잠든 것처럼 보이다가 불시에 달려든다. 그가 하는 말은 일어나고 있던 일과 전혀 무관할 때도 많지만, 그 돌연함 때문에 주의해야 한다) 말한다. 〈저것 좀 봐.〉 그것은 빛이었다. 찬란하고 이상하고 설명할 수 없는 빛. 순간 나는 그것을 이름 지을 수 없었다. 〈별〉이라고 불러 보는 순간, 그것은 예기치 않았던 반짝임으로 명멸하며 춤추고 빛났다. 〈네 말뜻을 알겠다〉하고 나는 말했다. 〈너, 변덕스럽고 충동적인 자아여, 너는 언덕 위로 떠오르는 저 빛이 미래에 매달려 있다고 느끼는 거지. 어디 이해해 보자꾸나. 따져 보자꾸나. 나는 갑자기 과거가 아니라 미래에 속한 것처럼 느낀다. 5백 년 후의 서식스를 생각해 본다. 많은 조악함이 사라졌을 것이다. 많은 것이 초토화되고 제거되었을 것이다. 마법의 문들이 있을 것이다. 전기로 불어 내는 바람이 집들을 청소할 것이다. 강력하고 확실하게 조준된 빛들이 온 땅을 훑으며 소임을 다할 것이다. 저 언덕에 움직이는 빛을 보아라. 저것은 자동차의 전

조등이다. 5세기 후에 서식스는 밤낮으로 매력적인 생각들, 빠르고 효과적인 광선들로 가득할 것이다.〉

이제 해가 지평선 아래로 가라앉았다. 어둠이 빠르게 퍼졌다. 내 자아들 중 어느 것도 산울타리에 비치는 우리 차 전조등의 가늘어지는 빛 너머를 보지 못한다. 나는 그들을 불러 모았다. 〈자, 마감할 때가 됐어. 이제 우리는 한데 모여 하나의 자아가 되어야 해. 더는 아무것도 보이지 않아. 우리 불빛에 거듭 드러나는 길과 제방의 모퉁이밖에는. 우린 부족한 게 없어. 따뜻한 무릎 덮개에 감싸여 비바람으로부터 보호받고 있지. 우리끼리야. 이제 결산할 때가 됐어. 내가 대표가 되어 우리 모두가 거둬들인 전리품들을 정리해 볼게. 어디 보자, 오늘 거둬들인 아름다움이 아주 많네. 농가들, 바다를 향해 깎아지른 절벽들, 대리석 무늬처럼 어룽진 들판들, 얼룩덜룩한 들판들, 깃털처럼 붉게 물든 하늘들, 이 모든 것. 또 개인의 소멸과 죽음도 있었지. 사라지는 길, 잠시 밝아졌다 어두워진 창문도. 그러고는 갑자기 춤추는 빛, 미래에 매달린 빛이 있었어. 그러니까 오늘 우리가 만들어 낸 건 이거야.〉 나는 말했다. 〈저 아름다움, 개인의 죽음, 그리고 미래. 자, 봐, 너희를 위해 작은 형상을 만들게. 여기 그가 오네. 아름다움과 죽음을 뚫고 나아가, 집들이 열풍으로 청소되는 경제적이고 강력하고 효과적인 미래에 이르는 이 작은 형상이 마음에 드는지? 그를 봐, 여기 내 무릎 위에.〉 우리는 앉아서 우리가 그날 만든 형상을 바라보았다. 거대한 암벽들이, 무성한 나무들이 그를 둘러쌌다. 그는 한순간 아주, 아주 엄숙했다. 정말이지 사물의 실재가 거기 무릎 덮개 위에 펼쳐지는 듯했다. 격렬한 전율이 일었다. 마치 감전된 것만 같았다. 우리는 일제히 소리쳤다. 〈그래, 그렇지〉 하고, 마치 뭔가를 깨닫고 확인하듯이.

그러자 지금껏 잠잠하던 몸이 자기 노래를 하기 시작했다. 처음에는 바퀴가 구르는 것처럼 나직한 소리였다. 〈달걀과 베이컨, 토스트와 차, 난로와 목욕, 난로와 목욕, 토끼 고기 스튜.〉 노래는 계속되었다. 〈까치밥 젤리, 포도주 한 잔, 그리고 커피, 그리고 커피, 그다음엔 자러 가야지, 자러 가야지.〉

〈이제 가봐.〉 나는 모여든 내 자아들에게 말했다. 〈너희 할 일은 끝났어. 해산이야. 잘 자.〉

그리하여 이 여행의 나머지는 내 몸과의 즐거운 동행으로 이루어졌다.

순간: 여름밤[1]

밤이 내리고 있었다. 나무들 사이 정원의 테이블은 점점 더 희어졌고, 그 주위에 둘러앉은 사람들의 모습은 더 희미해졌다. 부엉이 한 마리가 둔하고 한물간 모양새로 묵직하게, 발톱 사이에 뭔가 검은 점을 쥐고, 저무는 하늘을 가로질러 갔다. 나무들이 수런거렸다. 비행기 한 대가 당겨진 전선 가닥처럼 붕붕거렸다. 멀리 길에서는 모터사이클의 폭발음이 길을 따라 점점 더 멀어져 갔다. 그런데, 현재의 순간을 구성하는 건 뭘까? 만일 당신이 젊다면, 미래가 현재 위에 한 조각 유리처럼 얹혀 현재의 순간을 떨고 진동하게 한다. 만일 당신이 늙었다면, 과거가 현재 위에 두꺼운 유리처럼 얹혀 현재의 순간을 뒤틀고 요동하게 한다.[2] 그럼에도, 누구나

1 울프 사후 레너드 울프가 펴낸 『순간 외』(1947)에 수록되었다. 1938년 4월에 쓴 글이다("The Moment: Summer's Night", *Essays VI*, pp. 509~514).
2 이 비유의 의미는 수정 전의 문장에서 잘 드러난다. 〈두꺼운 유리처럼 얹혀…… 요동하게 한다〉로 고쳐지기 전의 문장은 이렇다. 〈(과거가 현재 위

현재란 존재하는 어떤 것이라고 믿으며, 그 진실을, 그 전체를 구성하기 위해 이 상황 속의 잡다한 요소들을 찾아내려한다.

우선, 그것은 주로 시각적 인상들과 감각적 인상들로 구성된다. 낮은 무척 더웠다. 열기를 쐬면, 몸의 표면이 열린다. 마치 모든 땀구멍이 열리고 모든 것이 노출되는 듯하다. 추운 날씨에 밀봉되고 수축되는 것과는 딴판이다. 스쳐 가는 바람이 옷 속 살갗 위에 선득하다. 슬리퍼 안의 발바닥은 험한 길을 걸은 후라 부르터 있다. 빛이 어둠 속으로 다시금 가라앉아 가는 느낌이 우리 눈 속의 빛깔들을 축축한 스펀지로 부드럽게 지우는 듯하다. 이따금 나뭇잎들이 후르르 흔들린다. 마치 저항할 수 없는 어떤 느낌의 파문이 퍼져 나가듯이. 말[馬]의 잔털에 문득 떨림이 퍼져 나가듯이.

하지만 이 순간은 또한 의자 다리가 비옥한 정원 흙을 뚫고 들어가 지구 중심으로 가라앉는 듯한 느낌으로도 구성된다. 무겁게 가라앉는다. 이윽고 하늘은 눈에 띄게 제빛을 잃고, 여기저기 별이 점 찍듯 빛을 낸다. 그러고는 낮에는 보이지 않던 변화들이 연이어 다가오며, 하나의 질서를 분명히 하는 듯하다. 우리는 관객이며 야외극의 수동적인 참가자들임을 알게 된다. 아무것도 그 질서를 방해할 수 없는 만큼,

에) 두께와 질(質)이 다른 유리처럼 얹혀, 현재는 그것을 통해 홈이 지고 심화되고 왜곡되어 보인다.)

우리는 그저 받아들이고 지켜보는 수밖에 없다. 이제 작은 불꽃들이, 일정하지 않고 마치 긴가민가하는 듯 단속적인 불꽃들이 들판을 건너온다. 등불을 켤 시간인가? 농부의 아낙들이 묻는 듯하다. 아직은 불을 안 켜도 바느질을 할 수 있잖아? 불빛이 수그러들다가 다시 타오른다. 모든 의심이 지나갔다. 그래, 이제 모든 농가에, 모든 농장에, 불을 켤 시간이 되었다. 그리하여 순간은 이 오락가락하는 짜임, 이 불가피한 가라앉음과 비상, 등불 켜는 일로 수놓아진다.

하지만 그런 것은 순간의 좀 더 너른 둘레이다. 여기 중심에는 한 무리의 의식(意識)이 있다. 네 개의 머리, 여덟 개의 다리, 여덟 개의 팔, 네 개의 분리된 몸으로 나뉘는 중심핵이다. 그것들은 태양과 부엉이와 등불의 법칙에 속해 있지 않다. 그것들은 그 질서에 저항한다.[3] 때로는 손 하나가 테이블 위에 놓이기도 하고, 때로는 다리 하나가 다른 다리 위에 꼬아지기도 한다. 이제 순간에는 사람들이 입에서 날려 보내는 놀라운 화살이 메겨져, 누군가 입을 연다.

〈그가 건초 일은 제대로 할 거야.〉

말(言)들은 그렇게 툭 씨앗을 떨군다. 하지만 그 어슴푸레한 얼굴과 입과 그토록 개성적으로 담배를 든 손에서부터 나온 말들은 또한 그 소리 다발로 마음을 치고, 향처럼 폭발하

---

3 레너드 울프가 펴낸 『순간 외』에는 They assist it, *Essay VI*(2011)에는 They resist it으로 되어 있다.

여 마음의 반구 전체에 그 향기를 퍼뜨린 다음, 그 모호한 포장으로부터 젊음의 자신감을, 또한 찬사와 자기 확신에 대한 다급한 욕망을 떨구어 낸다. 만일 그들이 말한다면 ─〈하지만 자네도 다른 사람들보다 못생기지 않았어. 자네도 다르지 않아. 사람들이 특별히 자네를 골라내 비웃지는 않는다네〉─ 그가 그토록 의기양양하고 그토록 어쭙잖다는 것이 그 순간을 웃음으로, 그리고 다른 사람들의 동기를 간파하고 그들이 숨긴 것을 보는 데서 오는 악의로 진동케 할 것이다. 그리하여 편을 들게 된다. 그는 성공할걸, 아니 못할 거야. 그런데 그 성공이란, 내 실패를 뜻하는 걸까? 아닐까? 이 모든 것이 그 순간을 관통하면서, 그 순간을 악의와 재미로, 관찰하고 비교하는 느낌으로 떨게 한다. 그 떨림이 기슭에 닿으며 ─ 마침 부엉이가 날아오르고 ─ 이 판단과 간파에 종지부를 찍을 때, 우리도 날개를 펼치고 날아오른다. 부엉이와 함께 대지 위로 날아올라, 잠든 것들의 정적을, 몸을 구부리고 곯아떨어져 광대한 어둠 속으로 팔을 뻗치고 손가락을 빨기도 하면서 잠들어 있는 다정다감하고 순진한 자들을 내려다본다. 한숨이 터져 나온다. 우리도 넓은 날개로 유유히 날 수는 없을까. 모두 하나의 날개가 되어 모든 것을 감싸고 모든 것을 모으며, 이 경계들과 이 울타리 너머 감추어진 색색의 구획들을 엿보는 것을 날갯짓 한 번으로, 한 빛깔로 쓸어버릴 수는 없을까. 그리하여 찬란하게, 장엄하게 정상을 방문하고, 그 느높은 곳에서 발가벗은 채 등 대고 누워, 떠오르는 차가운 달빛을 받을 수는 없을까? 그리고 달이 뜨면, 홀로 외롭게, 달만이 우리를 내려다보는 것을 바라볼 수는 없을까?

아, 그래, 우리가 날 수만 있다면, 날 수만⋯⋯. 여기서 몸은 옥죄이고 뒤흔들리며, 목은 뻣뻣해지고, 콧구멍은 욱신거린다. 마치 사냥개에 쫓긴 생쥐처럼 재채기를 한다. 온 우주가 뒤흔들린다. 산과 눈[雪]과 초원과 달이 거꾸로 뒤집히고, 지저깨비들이 날아다니고, 머리는 위아래로 뒤틀린다. 〈건초열이야. 왜 이리 시끄럽담! 약도 없어. 건초를 만드는 철에는 배에서 지내는 수밖에, 앓는 것보다 더하지. 실제로 그랬던 사람이 있었다는 거야. 여름 내내 배를 타고 오락가락했대.〉

나무 아래 기대 누워 흑백의 얽힘 가운데 휘늘어진 나뭇가지들과 한몸이 된 듯한 기다란 형체의 하얀 팔에서 나온 그 목소리, 조소하는 듯하면서도 지각 있는 목소리가 겁먹은 사냥개에게 그 자체의 무의미함을 드러낸다. 더 이상 눈[雪]의 일부도 산의 일부도 아니고, 다른 인간 존재에게 전혀 존경받을 만하지 못한, 우스꽝스러운, 작은 우연. 비웃음을 사고 차별당할 만한 것, 확연히 구별되는, 재채기, 재채기를 하는, 판단받고 비교당하는 무엇. 그리하여 그 순간 속으로 자기 확신이 스며든다. 아, 다시 재채기를, 확신을 가지고 대담하게 재채기를 하고픈 욕망이 인다. 확실하게 들리도록, 느껴지도록, 동정받지 못한다면 최소한 큰 소리는 낸 다음 자리를 털고 가버리는 거다. 하지만 아니다, 다른 형체가 또 다른 화살을 쏘아 가느다란 실 가닥으로 얽어맨다. 〈내 바펙스[4]를 가져올까?〉 그녀, 관찰력이 뛰어나고 분별이 있는 그녀는 항상 다른 경우들을 염두에 두고 있어서, 어떤 특수한 경우에도 이상한 일은 생기지 않는다. 갑자기 터무니없는 짓을 하지도 않고, 게다가 너무 회의적이라 기적을 믿지 못하며, 오히려 거기서 헛된 노력을 본다. 그러니 여기서 시도해 보는 것이 좋겠다. 하지만 만일 그녀가 거대한 안개로부터 각각의 경우를 분리시킨다면, 거기 있는 것을 한층 더 분명히 볼 것이다. 그녀는 현혹되기를 거부하지만, 분명한 식별 가운데서도 어느 정도 폭을 보여 준다. 그 때문에 순간은 더 단단해지고, 강화되고, 좁아들어, 뭔가 개성의 표현으로 물들기 시작한다. 사랑받고 싶다는 욕망, 다른 형체에 다가가고 싶다는, 어둠의 베일을 걷어 내고 불타는 눈을 보고 싶다는 욕망으로.

이윽고 불이 켜진다. 불빛 속에, 그을고, 여위고, 푸른 눈을 한 얼굴이 나타난다. 성냥불이 꺼지자 화살이 날아간다.

〈그는 토요일마다 그녀를 때린대. 심심해서 그러는 모양

---

4 손수건에 묻혀 흡입하는 형태의 감기약. 재채기를 하는 상대에게 약을 갖다 줄까 묻는 것이다.

이야. 술 때문이 아니라. 달리 할 게 없으니까.〉

순간은 수은처럼 경사진 판자 위를 굴러 시골집 거실로 떨어진다. 테이블 위에는 차 도구가 놓여 있고, 딱딱한 원저의자들, 선반 위에는 장식용 차통(茶桶)들, 유리 케이스 안에는 메달, 냄비에서는 야채의 훈김이 피어오르고, 아이 둘이 바닥을 기어다닌다. 리즈기 들이오고, 존은 자기 곁을 지나가는 그녀의 옆통수를 후려갈긴다. 지저분하게 머리가 흐트러지고 머리핀 하나가 빠져나와 떨어지려 하는 채로, 그녀는 늘 그렇듯 짐승처럼 울부짖는다. 아이들이 쳐다보고는 자기들이 깃발 사이로 쫓아다니던 기관차 소리처럼 울어 젖힌다. 존은 테이블에 털썩 주저앉아 빵 한 덩이를 잘라 우걱우걱 씹어 먹는다. 달리 할 일이 없어서다. 그의 양배추 조각에서는 김이 오른다. 이만 끝내기로 하자, 이 끔찍한 순간은. 이더러운 부엌과 이 누추함과 이 신음하는 여자와 깃발에 달린 장난감 딸랑이와 빵을 씹는 남자를 비추어 주는, 이 그럴싸하게 번쩍이는 순간은 여기서 — 그만. 성냥개비라도 부러뜨려 끝내자.

그러고 나자 들판에서 소들의 음매 소리가 들려온다. 왼쪽에서 또 다른 소가 화답한다. 모든 소가 들판을 가로질러 조용히 이동하는 듯하다. 부엉이는 그 축축한 거품 같은 소리로 운다. 하지만 해는 지평선 저 아래 있다. 나무들은 더 묵직해지고 더 검어지고, 아무런 질서도 감지되지 않는다.

이 외침들, 이 움직임들에는 아무런 순서가 없다. 외치고 움직이는 형체가 없다. 사방에서 소리는 들려오지만, 아무것도 보이지 않는다. 우리 자신도 검은 윤곽선으로만 보인다. 시체 같고 조각 같다. 목소리가 이 어둠을 뚫고 나아가기는 더 어렵다. 어둠은 화살에서 깃을, 그것이 우리를 뚫고 지나갈 때 붉은 전율로 일어나는 진동을 뽑아 버렸다.

그리하여 공포가, 환희가 온다. 아무도 모르게, 홀로 질주하고 소진되는 힘이다. 휩쓸려 나가 마구 불어닥치는 바람, 펄럭이는 바람을 타는 힘이다. 짓밟고 힝힝대는 바람, 갈기를 휘날리고 요동치며 먹이를 찾는 말을 타고서 정처 없이, 무심히, 영원히 질주한다. 눈 없는 어둠의 일부가 되어, 파문을 일으키고 몰아치면서, 등뼈를 타고 오르는, 사지로 흘러내리는 영광을 맛보며, 밝게 타올라 바람이 뒤흔드는 파도를 뚫는다.

⟨온통 젖었어. 풀잎에서 이슬이 떨어지네. 들어갈 시간이야.⟩

이윽고 하나의 형체가 들썩이며 출렁이며 일어난다. 우리는 오솔길을 따라 불 켜진 창문들, 나뭇가지 뒤의 희미한 불빛을 향해 내려가서 문 안으로 들어선다. 네모난 공간이 우리를 둘러싼다. 여기에는 의자, 여기에는 테이블, 그리고 유리컵, 나이프 — 그렇게 우리는 상자 안에, 집 안에 가두어진다. 이제 곧 소다수 한 잔을 청할 것이고, 침대에서 읽을거리를 찾을 것이다.

존재의 순간들[1]

그런 [기억 속의 어떤] 순간들은 여전히 현재의 순간보다 더 생생하게 느껴지곤 한다. 조금 전에도 그런 경험을 했다. 아침에 일어나서 정원을 지나가는데, 퍼시는 아스파라거스 밭을 일구고, 루이즈[2]는 침실 문 앞에서 매트를 털고 있었다. 하지만 나는 그들을 내게 떠오른 [지난날의] 풍경 — 세인트 아이브스의 아이들 방이나 바다로 내려가는 길 — 을 통해서 보고 있었다. 때로는 오늘 아침보다 훨씬 더 완벽하게 세인트아이브스로 돌아갈 수도 있다. 나는 마치 그곳에 있는 것처럼 눈앞에서 벌어지는 일들을 보는 듯한 상태에 이를 수 있다. 말하자면 내가 잊어버렸던 어떤 일을 떠올리는 경우, 사실상 내가 그 일이 일어나게 하는 것인데도, 마치 그 일이

---

1   울프 사후 『존재의 순간들』이라는 책으로 편집, 출간된 자전적인 글 중 「과거의 스케치」에서 발췌한 글(*Moments of Being*, pp. 67, 69~73).
2   원문의 Luie는 Luise의 오식으로 보인다. 퍼시와 루이즈는 울프의 시골집 몽크스 하우스의 정원사와 파출부였다.

내 의지와 상관없이 독자적으로 일어나는 듯이 느껴지는 것
이다. 그럴 만한 분위기만 되면, 잊고 있던 추억들은 표면으
로 떠오른다. 그러고 보면, 우리가 강렬하게 느꼈던 일들은
우리 정신과는 상관없이 독자적으로 존재하는 것이 가능하
고 또 실제로 여전히 존재하는 것이 아닐까? 만일 그렇다면,
언젠가는 그런 추억들을 불러일으키는 장치를 발명하는 것
도 가능하지 않을까? 내게는 과거라는 것이 우리 등 뒤에 뻗
어 있는 대로(大路), 장면들과 감정들로 이어진 긴 띠와도 같
이 보인다. 그 대로의 끝에는 여전히 정원과 아이들 방이 있
다. 여기서 어떤 장면, 저기서 어떤 소리를 기억하는 대신,
나는 벽에 플러그를 꽂고 지난날에 귀를 기울일 것이다.
1890년 8월을 크게 켤 것이다. 나는 강렬한 감정은 반드시
그 흔적을 남긴다고 느낀다. 우리 자신을 다시금 그 감정에
연결할 방법을 발견하는 것이 문제일 뿐이다. 그 방법을 발
견하기만 하면 우리는 자신의 삶을 처음부터 다시 살 수 있
을 것이다. [중략]

　하지만 물론 우리가 기억하지 않는 것들도 그만큼 중요하
고 어쩌면 더 중요할지도 모른다. 만일 내가 어느 하루를 온
전히 기억할 수 있다면, 아이로서의 삶이 어떠했는지 적어도
피상적으로는 묘사할 수 있을 것이다. 그런데 불행하게도,
사람은 예외적인 것만을 기억한다. 왜 어떤 사건은 예외적이
고 다른 사건은 그렇지 않은지 딱히 이유도 없는 것 같다. 내

가 지금 기억하는 것보다 더 기억할 만했으리라 생각되는 많은 것들을 잊어버린 이유는 무엇일까? 바닷가로 내려가는 정원에서 꿀벌들이 잉잉대던 소리는 기억하면서, 아버지가 발가벗은 나를 바다에 던진 일(스와닉 부인이 보았다고 한다)은 완전히 잊어버린 이유는 무엇일까?

여기서 좀 다른 이야기를 하게 되는데, 그것은 아마도 나 자신의 심리에 대해, 그리고 어쩌면 다른 사람들의 심리에 대해서도 다소 설명이 될 수 있을 것이다. 이른바 소설이라는 것을 쓸 때면, 나는 종종 같은 문제 때문에 난감해지곤 했다. 즉, 내 식으로 간단히 〈비존재non-being〉라고 부르는 것을 어떻게 묘사하느냐 하는 문제가 그것이다. 하루하루는 〈존재being〉보다 비존재로 이루어지는 부분이 더 많다. 예를 들면, 어제 4월 18일 화요일은 비교적 좋은 날이었다. 〈존재〉에서 평균 이상이었기 때문이다. 날씨도 좋았고, 나는 이 글의 첫머리를 쓰는 것이 즐거웠다. 로저에 대해 써야 하는 중압감에서 풀려나 머리가 사뭇 가벼웠다.[3] 마운트 미저리[4] 너머로, 그리고 강을 따라 산책을 했는데, 조수가 빠져나간 것을 제외하면 온 일대가 — 나는 늘 아주 자세히 살펴보는데 — 내가 좋아하는 빛깔과 음영을 띠고 있었다. 버드나무

---

3   로저 프라이는 블룸즈버리 그룹의 일원이었고, 울프는 1940년에 그의 전기를 썼다.
4   사우스이즈와 피딩호 사이의 구릉지에 있던 두 채의 농가가 〈마운트 미저리〉라는 이름으로 불렸다.

들이 온통 깃털이 난 듯 연녹색과 보랏빛을 띠고, 푸른 하늘을 배경으로 서 있던 것이 기억난다. 또 초서[5]의 책을 즐겁게 읽었고, 또 한 권 — 라파예트 부인[6]의 회고록 — 을 시작했는데 재미있었다. 그러나 이런 개별적인 존재의 순간들은 훨씬 더 많은 비존재의 순간들 속에 묻혀 있다. 나는 레너드와 점심을 먹으면서, 또 차를 마시면서 했던 이야기를 벌써 다 잊어버렸다. 어제는 좋은 하루였는데도 그 좋았던 것이 일종의 솜 같은 두루뭉술한 것 안에 묻혀 버렸다. 언제나 그런 식이다. 하루하루의 상당 부분은 의식적으로 살아지지 않는다. 산책하고, 식사하고, 이런저런 것들을 보고, 해야 할 일들을 처리한다. 고장 난 진공청소기, 저녁 식사 지시하기, 메이블에게 지시할 사항을 적어 두기, 빨래, 요리, 책 제본 등. 좋지 않은 날이라면 비존재의 비중이 훨씬 더 커진다. 지난주에는 약간 열이 있었고, 거의 종일 비존재였다. 진짜 소설가는 그 두 가지 존재를 어떻게인가 전달할 수 있다. 제인 오스틴[7]이 그랬고, 트롤럽[8]도 그랬다고 생각한다. 나로서는 그 두 가지를 다 전달할 수 있었던 적이 아직 없었다. 『밤과 낮』과 『세월 *The Years*』에서 시도는 해보았지만. 하지만 여기서는 문학

---

5 Geoffery Chaucer(1343?~1400). 중세 영국 작가.

6 Madame de La Fayette(1634~1693). 프랑스 작가. 대표작인 『클레브 공작 부인 *La Princesse de Clèves*』 외에 『1688년과 1689년 프랑스 궁정의 회고록 *Mémoires de la cour de France pour les années 1688 et 1689*』을 썼다.

7 Jane Austen(1775~1817). 영국 소설가.

8 Anthony Trollope(1815~1822). 영국 소설가.

적인 면은 건드리지 않겠다.

어린 시절의 하루하루는, 지금도 그렇지만, 이 솜, 즉 비존재로 이루어진 부분이 많았다. 세인트아이브스에서 보낸 그 많은 날들이 내게는 별다른 흔적을 남기지 않았다. 그러다가 딱히 무엇 때문이었는지는 모르지만, 갑작스럽고 격렬한 충격이 있었다. 무엇인가가 너무나 격렬하게 일어났기 때문에 나는 그것을 평생 기억했다. 몇 가지 예를 들어 보겠다. 첫 번째 예는 내가 잔디밭에서 토비와 다투고 있을 때였다. 우리는 서로 주먹으로 치고받고 있었다. 그런데 그를 치려고 주먹을 드는 순간, 이런 느낌이 스쳤다. 〈왜 다른 사람을 아프게 해?〉 나는 제풀에 손을 떨구고 서서 그가 나를 때리도록 내버려 두었다. 그 느낌을 아직도 기억하고 있다. 가망 없는 슬픔의 느낌이었다. 마치 무엇인가 무시무시한 것을, 그리고 나 자신의 무력함을 알아 버린 것만 같았다. 나는 끔찍하게 풀이 죽어서 슬그머니 자리를 피해 버렸다. 두 번째 예도 세인트아이브스의 정원에서였다. 나는 현관 앞 화단을 바라보고 있다가 〈저게 전체야〉라고 말했다. 그때 나는 널따랗게 잎을 펼친 어떤 식물을 보고 있었는데, 어느 한순간 그 꽃 자체가 대지의 일부라는 것, 어떤 고리가 그 꽃을 에워싸고 있다는 것, 그 꽃은 진짜 꽃이고 일부는 대지이고 일부는 꽃이라는 것 등이 갑자기 명백해졌다. 나는 그런 생각을, 나중에 아주 유용할 것 같아서, 간직해 두었다. 세 번째 예도 세인트아이브스에서였다. 밸피라는 이름의 어떤 사람이 세인트아이브스에 머물다 떠난 적이 있었다. 어느 날 우리가 저녁 식사를 기다리는데, 아버지였는지 어머니였는지가 밸피 씨가 자살을 했다고 말하는 소리가 들려왔다. 내가 기억하는 그다음 일은 밤에 정원에서 사과나무 옆 오솔길을 걷던 것이다. 내게는 그 사과나무가 밸피 씨의 자살이라는 무시무시한 일과 연관된 것처럼 보였다. 나는 그 나무 곁을 지나가지 못했다. 나는 나무껍질의 푸른빛 도는 회색 주름들을 — 달 밝은 밤이었다 — 바라보며 겁에 질린 채 서 있었다. 도저히 빠져나올 수 없는 절망의 구렁텅이로 가망 없이 끌려 들어가는 것만 같았다. 나는 온몸이 마비된 듯 꼼짝할 수 없었다.

이상이 예외적인 순간들을 보여 주는 세 가지 예이다. 나는 종종 이 기억들에 대해 이야기한다. 아니, 그 기억들이 난데없이 표면으로 떠오르는 것만 같다. 하지만 그것들에 대해 처음으로 글을 쓰는 지금, 나는 이전에 미처 깨닫지 못했던 것을 깨닫고 있다. 그 순간들 중 둘은 절망의 상태로 끝났고, 다른 하나는 반대로 만족의 상태로 끝났다. 꽃을 보면서 〈저게 전체야〉라고 말할 때, 나는 무엇인가를 발견했다고 느꼈다. 내가 되돌아가야 할, 자주 찾고 또 거듭 들추며 탐구해야 할 무엇인가를 마음속에 간직했다고 느꼈다. 지금에야 이것이 깊은 차이라는 생각이 든다. 우선 그것은 절망과 만족의 차이였다. 이 차이는 내가 사람들이 서로를 아프게 한다는 것, 내가 본 어떤 사람이 자살을 했다는 것을 알았을 때 느낀 고통을 제대로 다룰 수 없었다는 사실에서 비롯되었던 것 같다. 공포감이 나를 무력하게 만들었다. 하지만 꽃의 경우에는 내가 나름대로 이유를 발견했으며, 따라서 그 감정을 다룰 수 있었다. 즉, 나는 무력하지 않았다. 때가 되면 — 멀리서라도 — 그것을 설명하게 되리라는 것을 알고 있었다. 꽃을 보았을 때의 내가 다른 두 가지 일을 경험했을 때의 나보다 더 나이가 많았는지 여부는 알 수 없다. 내가 아는 것이라고는 이런 예외적인 순간 중 상당수가 독특한 공포와 육체적 탈진을 몰고 왔다는 사실뿐이다. 그런 순간들이 나를 지배하고, 나 자신은 수동적이었던 것 같다. 이런 설명은 사람이 나이가 들수록 이성을 통해 설명하는 힘이 커지며, 설명이 타격의 쇠뭉치 같은 힘을 완화시켜 준다는 점을 시사해 준다. 나는 그것이 사실이라고 생각한다. 왜냐하면 나는 특이하게도 여전히 이런 충격을 받지만, 이제 그런 타격들을 반기게되었기 때문이다. 최초의 놀라움이 가시고 나면, 나는 그런 타격들이 얼마나 소중한가를 즉시 깨닫는다. 그렇듯 충격을 흡수하는 능력이 나를 작가로 만들었던 것 같다.

　내 경우에는 충격에 뒤이어 그것을 설명하려는 욕구가 일어난다는 설명도 해본다. 나는 마치 한 대 얻어맞은 듯한 느낌이었다. 하지만 그것은 내가 어릴 때 생각했던 것처럼 그저 일상생활의 솜 뒤에 숨어 있는 어떤 적으로부터의 타격이 아니라, 어떤 질서의 현현이거나 장차 그 현현이 될 것이다. 그리고 나는 그것을 말로 표현함으로써 현실로 만든다. 오로지 그것을 말로 표현함으로써 온전하게 만들며, 이때 온전하다는 것은 곧 그것이 나를 아프게 할 힘을 잃었다는 의미이다. 그렇게 나뉜 부분들을 하나로 합치는 것은 — 아마 그렇게 함으로써 고통을 없애기 때문인 듯한데 — 내게 큰 기쁨을 안겨 준다. 그것은 아마 내가 아는 가장 큰 기쁨일 것이다. 그것은 내가 글을 쓰면서 무엇이 무엇에 속하는지 발견하고, 어떤 장면을 제대로 표현하고, 어떤 인물을 온전히 드러나도록 만들 때 느끼는 황홀경이다. 이를 통해 도달하게 되는 경지를 철학이라 불러도 될는지. 하여간 그것은 나 자신이 갖고 있는 변함없는 생각이다. 즉, 삶의 이면에는 어떤 패턴이 숨어 있고, 우리는 — 모든 인간 존재는 — 이 패턴과 연관된다는 생각, 세계 전체는 하나의 예술 작품이고, 우리도 이 예술 작품의 일부라는 생각이다. 『햄릿*Hamlet*』이나 베토벤의 사중주곡은 우리가 세계라고 부르는 이 거대한 덩어리에 관한 진리이다. 하지만 거기에는 셰익스피어도 없고, 베토벤도 없고, 더더구나 신은 없다. 우리가 말이고, 우리가 음악이고, 우리가 물자체(物自體)이다. 나는 충격을 받을 때 이 사실을 확인한다.

세인트아이브스의 현관 옆 화단에서 꽃을 본 이후로, 내 이런 직관은 — 그것은 너무나 본능적이었기 때문에 내가 얻은 것이 아니라 내게 주어진 것처럼 보였다 — 내 삶에 분명한 척도를 제시해 주었다. 만일 내가 나 자신을 그림으로 그린다면, 나는 무엇인가를, 자(尺)라고나 할까, 그 관념을 상징할 무엇인가를 찾아내야 할 것이다. 그것은 어느 한 사람의 삶은 그의 육체나 그가 말하고 행하는 것에 한정되지 않으며, 그 사람은 언제나 그 배후에 있는 척도들 내지 관념들에 준하여 살고 있음을 증명한다. 내 관념은 솜 뒤에 어떤 숨겨진 원형이 있다는 것이다. 이 관념은 날마다 나에게 영향을 미친다. 나는 산책을 하거나, 가게를 운영하거나, 아니면 전쟁이 발발할 경우에 유익할 무엇인가를 배울 수도 있었을 오늘 아침에 글을 쓰는 것으로 이를 증명하고 있다. 나는 글을 씀으로써 나 자신이 다른 무엇보다 더 중요한 일을 하고 있다고 느낀다.

짐작건대 모든 예술가들이 이와 같은 무엇인가를 느낄 것이다. 그것은 지금까지 충분히 논의된 바 없는, 삶의 눈에 띄지 않는 요소 중 하나이다. 거의 모든 전기와 자서전이, 심지어 예술가들의 전기와 자서전도 그 점에 대해 언급하지 않는다. 디킨스는 왜 평생 이야기를 썼을까? 여기서 내가 디킨스를 끌어들이는 이유는 부분적으로는 마침 내가 『니콜라스 니클비Nicholas Nicklby』를 읽고 있기 때문이고, 또 부분적으로는 어제 산책할 때 떠오른 생각, 즉 내 그런 존재의 순간들이 배경에서 비계(飛階)처럼 나를 떠받치고 있다는 생각 때문이기도 하다. 그런 순간들이 어린 시절 내 삶의, 눈에 보이지 않는, 말 없는 부분이었던 것이다.

공습 중 평화에 관한 생각들[1]

독일인들은 간밤에도 그 전날 밤에도 이 집 상공에 있었다. 오늘 또 그들이 왔다. 어둠 속에 누워 말벌이 붕붕거리는 소리를 들으며 〈저 침에 쏘이면 언제라도 죽을 수 있겠구나〉 하는 기분이 드는 것은 묘한 경험이다. 그것은 평화에 대해 차분하게 생각을 이어 갈 수 없게 하는 소리이다. 하지만 그것은 — 기도나 찬송가 소리보다는 훨씬 더 — 평화에 대해 생각하지 않을 수 없게 하는 소리이기도 하다. 평화를 도래케 할 방안을 생각할 수 없다면 우리는 — 이 하나의 침대에 누운 이 하나의 육체만이 아니라 아직 태어나지도 않은 수백만의 육체가 — 같은 어둠 속에 누워 같은 죽음이 머리맡에서 우르릉대는 소리를 듣게 될 것이다. 언덕 위에서 쿵 쿵 쿵 포성이 울리고, 탐조등이 구름장 사이를 훑고, 이따금씩, 때

---

1 1940년 10월 뉴욕의 『뉴 리퍼블릭 *The New Republic*』에 게재 ("Thoughts on Peace in an Air Raid," *Essays VI*, pp. 242~248).

로는 아주 가까이서, 때로는 멀리서 폭탄이 떨어지는 동안, 우리는 유일하고도 효과적인 공습 대피소를 만들기 위해 무엇을 할 수 있을지 생각해 보자.

저 위 하늘에서는 영국 청년들과 독일 청년들이 서로 싸우고 있다. 방어자도 남성들이고, 공격자도 남성들이다. 영국 여성들에게는 적군과 싸우기 위해서든 자신을 지키기 위해서든 무기가 주어지지 않았다. 그녀는 오늘 밤 무기 없이 누워 있어야 한다. 하지만 저 위 하늘의 싸움이 자유를 수호하려는 영국인들과 자유를 파괴하려는 독일인들 사이에 벌어지고 있다고 믿는다면, 그녀는 할 수 있는 한 영국인들 편에서 싸워야 할 것이다. 무기 없이 자유를 위해 싸우는 것이 얼마나 가능할까? 무기나 옷이나 식량을 만들 수도 있을 것이다. 하지만 무기 없이 자유를 위해 싸우는 또 다른 길이 있으니, 우리는 정신으로 싸울 수 있다.[2] 우리는 저 위 하늘에서 싸우고 있는 영국 청년들을 도울 만한 아이디어들을 낼 수 있다.

하지만 아이디어가 효과를 발휘하게 하려면, 그것을 발사해야만 한다. 행동에 옮겨야만 하는 것이다. 상공의 말벌은

---

2   But there is another way of fighting for freedom without arms; we can fight with the mind. 이 글이 울프의 말로 자주 인용되는 〈생각하는 것이 나의 싸움이다Thinking is my fighting〉의 출처로 언급되곤 하는 것은 이 대목 때문일 터이다. 실제로 그 구절은 1940년 5월 15일 일기 ― 이 글의 단초가 되었음 직한 ― 의 마지막 말이다.

머릿속에 또 다른 말벌을 일깨운다. 오늘 아침 『더 타임스』에도 그런 말벌의 붕붕거림이 하나 있었다 — 한 여성의 목소리가 〈여성들은 정치에 대해 입도 뻥끗 못 한다〉고 말하고 있었다. 내각에는 여성이 한 명도 없고, 책임 있는 어떤 직책에도 여성이 없다. 아이디어가 효과를 발휘하게 할 만한 위치에 있는 모든 아이디어 메이커들은 남자들이라는 것이다.[3] 그런 생각을 하면 생각할 힘이 빠져 버리고, 될 대로 되라는 심정이 들기도 한다. 왜 머리를 베개에 파묻고, 귀를 틀어막고, 아이디어를 만드는 따위의 헛짓을 그만두어 버리지 않는가? 왜냐하면 장교 테이블이나 회담 테이블 말고도 다른 테이블들이 있기 때문이다. 만일 우리가 개개인이 생각하는 일, 티 테이블을 둘러싸고 생각하는 일이 부질없어 보인다고 해서 포기해 버린다면, 영국 청년들에게 어쩌면 소용이 될지도 모르는 무기 하나를 주지 않고 내버려 두는 셈이 되지 않겠는가? 우리가 우리의 무능력을 강조하는 것은 능력을 발휘해 봤자 비난과 경멸을 당하기 때문이 아닌가? 〈나는 정신적인 싸움을 그치지 않겠다〉고 블레이크[4]는 썼다. 정신적 싸

---

3 1940년 8월 22일 『더 타임스』에 실린 레이디 애스터의 글 「여성 능력의 낭비: 명확한 방향에 대한 요구Waste of Woman Power: Demands for Clearer Direction」. 레이디 애스터Nancy Astor(1879~1964)는 영국 최초의 여성 하원 의원(1919~1945)이었다.

4 William Blake(1757~1827). 영국 시인. 인용된 구절은 그의 서사시 『밀턴Milton』의 서문(흔히 〈예루살렘Jerusalem〉로 알려진)에 나오는 것으로, 제1차 세계 대전 중 패리Hubert Parry(1848~1918)의 곡에 붙여져 널리 알려졌다.

움이란 시류에 휩쓸리지 않고, 오히려 시류에 역행하여 사고하는 것을 의미한다.

그 시류가 급하고 세차게 흐르고 있다. 확성기와 정치가들로부터 말의 홍수가 쏟아져 나오고 있다. 그들은 날마다 우리에게 말하기를, 우리는 자유민이며 자유를 지키기 위해 싸우고 있다고 한다. 그것이 젊은 비행사를 하늘로 말아 올려 구름 사이에서 선회하게 만드는 급류이다. 이 아래 땅에서, 우리를 덮어 주는 지붕 밑에서, 방독 마스크를 준비하고 앉아 있는 우리의 임무는 가스 주머니에 펑크를 내고[5] 진리의 씨앗을 발견하는 것이다. 우리가 자유롭다는 것은 진실이 아니다. 오늘 밤은 어느 쪽도 죄수이다. 그는 총을 준비한 채자기 기계에 갇혀 있고, 우리는 방독 마스크를 준비한 채 어둠 속에 누워 있다. 만일 우리가 자유롭다면, 저 밖에 나가 춤추고 놀거나 창가에 앉아 함께 이야기할 것이다. 그러지 못하는 이유가 무엇인가? 〈히틀러!〉라고 확성기는 한목소리로 외친다. 히틀러가 누구인가? 무엇인가? 〈공격성과 폭정과 광적인 권력욕의 화신〉이라고 그들은 대답한다. 〈그것을 파괴하라, 그러면 자유를 얻으리라!〉라고 말이다.

비행기들이 우르릉대는 소리가 이제 머리 위쪽의 나뭇가지를 톱질하는 듯이 들린다. 그 소리는 집 바로 위에서 나뭇

5 여기서 〈가스 주머니gas bag〉란 말만 많은 허풍선이, 즉 앞에서 언급한 정치가들을 가리킨다.

가지를 톱으로 켜고 또 켜면서 빙빙 돈다. 머릿속에서는 또 다른 소리가 톱질을 시작한다. 오늘 아침 『더 타임스』에서 레이디 애스터가 말하는 소리이다. 〈능력 있는 여성들은 남성들의 마음속에 잠재하는 히틀러주의 때문에 억압당하고 있다.〉 확실히 우리는 억압당하고 있다. 우리는 오늘 밤 똑같이 죄수이니, 영국 남성들은 비행기에, 영국 여성들은 침대에 갇혀 있다. 만일 그가 잠시라도 생각에 잠긴다면 죽임을 당할 것이고, 우리도 같은 운명을 겪게 될 것이다. 그러니 우리가 그를 위해 생각해 보자. 우리를 억압하는 잠재의식적 히틀러주의를 의식으로 끌어올려 보기로 하자. 그것은 공격적인 욕구, 지배하고 노예화하려는 욕구이다. 어둠 속에서조차 우리는 그것을 명백히 볼 수 있다. 휘황하게 불 밝힌 가게 진열창들, 들여다보는 여성들, 화장을 하고 차려입은 여성들, 새빨간 입술에 새빨간 손톱을 한 여성들을 볼 수 있다. 그녀들은 노예를 만들고자 하는 노예들이다. 만일 우리가 예속으로부터 자신을 해방할 수 있다면, 우리는 자유로운 남성들을 폭군의 상태로부터 해방하게 될 것이다. 세상의 히틀러들은 노예들이 키워 낸다.

폭탄이 하나 떨어진다. 모든 창문이 덜컹거린다. 고사포들이 활동을 개시하고 있다. 저기 언덕 위에 가을 낙엽 빛깔처럼 보이도록 녹색과 갈색 천 조각들을 이어붙인 그물 아래 고사포들이 숨겨져 있다. 이제 일제히 불을 뿜는다. 9시 라

디오에서 우리는 듣게 될 것이다. 〈지난밤 마흔두 대의 적기가 격추되었습니다. 그중 열 대는 고사포에 의한 것입니다.〉 그리고 평화의 조건 중 하나는 무장 해제라고, 확성기들은 말한다. 앞으로는 대포도, 육군도, 해군도, 공군도 있어서는 안 된다고. 청년들이 무기를 들고 훈련하는 일도 더는 없으리라고. 그 말은 머릿속에 또 다른 생각의 말벌을 ─ 또 다른 인용을 ─ 일깨운다. 〈진정한 적과 싸우고, 생면부지의 상대를 총 쏘아 죽임으로써 불멸의 명예와 영광을 얻고, 메달과 훈장을 잔뜩 달고 집에 돌아오는 것, 그것이 내 최고의 희망이었다. 지금껏 내 생애는 오로지 이를 위해 바쳐져 왔다. 내 교육과 훈련과 모든 것이…….〉[6]

이것은 지난 전쟁에서 싸운 한 영국 청년의 말이다. 그런 말 앞에서도, 오늘날 생각하는 이들은 회담 테이블에서 종잇장에 〈무장 해제〉라고 씀으로써 필요한 모든 일을 했다고 정직하게 믿을 수 있겠는가? 오셀로는 소임이 끝났다 해도 여전히 오셀로인 것이다. 저 하늘 위 젊은 비행사는 확성기 소리에만 움직인 것이 아니라 자기 안의 목소리들에도 움직였으니, 그 목소리들이란 곧 오래된 본능들, 교육과 전통에 의해 양육되고 간직되어 온 본능들이다. 그런 본능들이 있다고 해서 그가 비난받아야 하는가? 정치가들이 모여 앉은 테이

<hr>

6 프랭클린 러싱턴Franklin Lushington(1892~1964)의 『젊은이의 초상 *Portait of a Young Man*』(1940)에서 인용.

블의 명령에 따라 모성 본능의 스위치도 끌 수 있겠는가? 평화의 조건 중에 〈출산은 극소수의 선택된 여성들에게만 국한되어야 한다〉는 요구 사항이 있다면, 우리는 승복하겠는가? 우리는 〈모성 본능이란 여성의 영광이다. 내 생애는 이를 위해 바쳐져 왔다. 내 교육과 훈련과 모든 것이⋯⋯〉라고 말하지 않겠는가? 히지만 인류를 위해서나 세계 평화를 위해서나 출산을 제한하는 것이, 모성 본능을 억제하는 것이 필요하다면, 여성들은 이를 시도할 것이다. 남성들도 여성들을 도울 것이다. 남성들은 여성들이 아이를 갖지 않기로 한 것을 치하하며, 그녀들에게 창조적 능력의 다른 돌파구들을 마련해 줄 것이다. 자유를 위한 우리 싸움에도 이런 노력이 포함되어야 한다. 우리는 영국 청년들이 메달과 훈장에 대한 사랑을 떨쳐 버릴 수 있도록 도와야 한다. 우리는 자기 안의 전투 본능을, 잠재의식적 히틀러주의를 정복하고자 하는 청년들을 위해 좀 더 명예로운 활동거리를 만들어 주어야 한다. 우리는 남성이 총을 버린 것을 보상해 주어야 한다.

　머리 위 톱질 소리가 더 커졌다. 탐조등들이 일제히 위를 향했다. 그 빛줄기들은 바로 이 지붕 위 한 지점을 포착한다. 언제라도 바로 이 방에 폭탄이 떨어질 것만 같다. 1초, 2초, 3초, 4초, 5초, 6초⋯⋯ 시시각각이 지나간다. 폭탄은 떨어지지 않았다. 하지만 그 몇 초의 긴장 동안 모든 사고가 정지했다. 무딘 두려움 한 가지 말고는 모든 느낌이 그쳤다. 못한 개가 전 존재를 딱딱한 판자에 박아 버렸다. 그러므로 공포와 증오는 무익한 불모의 감정이다. 공포심이 지나가자마자 마음은 기지개를 켜고, 본능적으로 창조하고자 되살아난다. 방이 어둡기 때문에 마음은 기억으로부터만 창조할 수 있다. 마음은 다른 8월의 기억들에게로 손을 뻗친다. 바이로이트에서 바그너를 듣던 일, 로마에서 캄파냐를 걷던 일, 런던에서의 추억들. 친구들의 음성이 떠오른다. 시 구절들이 떠오른다. 그런 생각들은 기억 속에서일망정 공포와 증오로 이루어진 무딘 두려움보다 훨씬 더 긍정적이고, 원기를 북돋고, 치유를 가져오며, 창조적이다. 그러므로 우리가 청년에게 영광과 총을 잃어버린 데 대해 보상해 주고자 한다면, 우리는 그가 창조적인 감정으로 나아가게 해주어야 한다. 우리는 행복을 만들어야 한다. 우리는 그를 기계로부터 해방해야 한다. 우리는 그를 감방에서 끌어내, 드넓은 바깥으로 데리고 나와야 한다. 하지만 독일 청년, 이탈리아 청년이 여전히 노예라면, 영국 청년만 해방한들 무슨 소용이 있겠는가?

평지 위를 오락가락하던 탐조등들이 이제 적기를 포착했다. 여기 이 창에서 보면 빛줄기 속에 작은 은빛 곤충이 몸을 뒤틀며 맴도는 것만 같다. 고사포가 쿵 쿵 쿵 울린다. 그러고는 그쳤다. 아마 침입자가 언덕 너머에서 격추된 모양이다. 일전에는 조종사 한 명이 들판에 안전하게 착륙했다. 그는 자기를 잡으러 온 이들에게, 꽤 훌륭한 영어로 〈싸움이 끝나서 얼마나 기쁜지요!)라고 말했다고 한다. 그래서 한 영국 남자가 그에게 담배를 주었고, 한 영국 여자는 그에게 차를 대접했다는 것이다. 이런 이야기는 만일 그를 기계로부터 해방한다면 씨앗이 그저 돌짝밭에 떨어지지만은 않으리라는 것을 보여 주는 듯하다. 그 씨앗은 열매를 맺을지도 모른다.

마침내 모든 포성이 그쳤다. 모든 탐조등이 꺼졌다. 여름밤의 자연스러운 어둠이 돌아온다. 전원의 무구한 소리들이 다시금 들려온다. 사과가 툭, 땅에 떨어진다. 부엉이 한 마리가 후후 소리 내며 나무에서 나무로 날아다닌다. 한 옛날 영국 작가가 한, 이제는 반쯤 잊힌 말이 기억에 되살아난다. 〈미국에서는 사냥꾼들이 일어났다.〉[7] 미국에서 일어나 있는 사냥꾼들에게, 아직은 기관총 소리에 잠을 방해받지 않은 사람들에게, 이 짧은 글을 보내도록 하자. 그들이 관대하고 자비로운 마음으로 이 글을 숙고하여 무엇인가 유용한 것으로 만들어 주리라 믿으면서. 그리고 이제, 세계의 그늘진 반구(半球)에서, 잠을 청하기로 하자.

---

7 울프가 즐겨 읽었던 토머스 브라운Thomas Browne(1605~1682)의 『사이러스의 정원The Garden of Cyrus』 말미에 나오는 말. 저자는 이제 자러 갈 시간이라고 하면서 〈미국에서는 사냥꾼들이 일어났다. 페르시아에서는 이미 잠든 지 오래다〉라고 했다. 브라운은 지구가 도는 방향을 거꾸로 생각한 셈인데, 그래도 〈잘 시간이 되었다, 미국에서는 일어날 시간이다〉라고 하는 것이 관용적 표현이 되었다.

삶에 대한 비전을 찾아

본서 제2권의 해설에서 이미 언급했듯이, 울프는 소설 이외에 자신이 쓴 대부분의 기고문을 〈에세이〉라 부르기도 했지만 특정하여 〈에세이〉라 일컫는 것은 개인적 에세이personal essay이다. 에세이란 〈대문자 I로 시작하여 나는 느낀다, 나는 생각한다, 로 이어지는 자기본위적인 글〉, 그러면서도 〈물처럼 순수하고 포도주처럼 순수〉하여 오로지 〈즐거움을 위해〉 읽게 되는 글이라는 것이다. 울프 자신도 많지는 않지만 개인적인 에세이들을 썼으니, 본서 제4권에는 그런 글들과 자전적인 글의 일부를 엮어 보았다. 자전적인 글이란 울프 사후에 『존재의 순간들Moments of Being』(1976)이라는 제목으로 편집 발간된 미발표 원고들로, 「회상Reminiscences」, 「과거의 스케치A Sketch of the Past」, 「회고록 클럽에서 읽은 글들 The Memoir Club Contributions」의 세 부분으로 이루어지는데, 특히 「과거의 스케치」에는 발췌하여 개별적인 에세이로 읽어도 무방할 만한 대목들이 꽤 있다. 개인적 에세이들은 자연스럽게 그녀의 생애와 연결되므로 그런 자전적인 글들과 함께 엮으면, 이어지는 글들을 통해 그녀의 생애를 떠올려 볼 수 있을 것이다.

버지니아 스티븐이 처음으로 공개적인 지면을 위해 쓴 글은 아버지에 대한 것이었다. 1904년 레슬리 스티븐이 작고한 후 그의 친구 메이틀런드Frederic William Maitland (1850~1906)로부터 레슬리의 전기에 실을 〈자녀들의 아버지에 대한 회고〉를 요청받았던 것이다. 이 회고의 글은 그녀가 이미 다른 지면에 글을 발표하기 시작한 후인 1906년 『레슬리 스티븐의 생애와 업적Life and Letters of Leslie Stephen』에 〈레슬리 스티븐의 인상들Impressions of Sir Leslie Stephen〉이라는 제목으로 실렸다. 그 후 울프는 레슬리 스티븐 탄생 1백 주년을 맞이하여 다시 한번 아버지를 회고하는 「레슬리 스티븐: 집 안에서의 철학자Leslie Stephen, the Philosopher at Home」(1932)를 썼다. 먼저 글에서 주로 어린 시절의 아버지, 어린 자식들과 함께 놀아 주던 아버지를 그렸다면, 나중 글에서는 좀 더 나아가 그 자신이 어떤 사람이었던가를 그렸고, 특히 언니에게는 미술 공부를, 자신에게는 방대한 서재를 마음대로 드나드는 것을 허락해 주었던 아버지의 대범한 면모를 회고하고 있다.

이런 글들에서 보면, 울프에게 아버지에 대한 추억은 단연 어린 시절의 행복한 기억과 연결되어 있었던 듯하다. 비록 현격한 나이 차가 있었다고는 하지만, 그녀가 기억하는 어린 시절의 아버지는 아이들의 만만한 놀이 동무였다. 그 아버지와 함께했던 여름휴가, 매년 여름 온 가족이 대대적인 이동을 감행하며 찾아가 서너 달씩 머물곤 했던 세인트아이브스의 탤런드 하우스는 울프에게 평생 가장 소중한 기억으로 남아 있었다. 「세인트아이브스」는 『존재의 순간들』 중 「과거의 스케치」(1939~1940)에서 발췌한 것인데, 시작과 끝이 분명하여 따로 독립된 글로 읽어도 좋을 것이다. 활발한 개구쟁이였던 〈지니아〉, 그리고 그녀가 그 안에서 마음껏 뛰놀던 자연이 생생히 그려져 있다. 이 글에서 산과 바다, 숲을 쏘다닌 체험이나 「나비와 나방: 9월의 곤충들Butterflies and Moths: Insects in September」(1916)에서 갖가지 나비와 나방에 대해 말하는 것을 보면, 어린 시절의 그녀가 얼마나 자연과 가까웠던가를 알 수 있다. 런던 한복판에서 태어나 자란 그녀에게 그토록 풍부한 자연에 대한 추억이 있다는 것은 남다른 축복이라 하겠다. 어머니의 죽음과 함께 그 시절은 끝나고 말았지만, 스티븐 남매들은 아버지가 돌아가신 후 세인트아이브스를 다시 찾았으며, 「밤 산책A Walk by Night」(1905)은 그때의 일을 쓴 글이다.

하지만 울프에게 아버지는 그렇게 행복한 추억만을 남기지 않았으며 오히려 그 반대였으니, 1928년의 일기에서는 이런 기록도 찾아볼 수 있다.

아버지 생신. 살아 계셨다면 오늘 96세가 되셨을 것이다. 사실 남들처럼 96세가 되실 만도 했다. 하지만 정말 다행하게도 그런 일은 일어나지 않았다. 그의 삶은 내 삶에 마침표를 찍었을 테니까. 어떻게 되었을까? 글도 못 쓰고, 책도 못 내고 — 생각할 수도 없는 일이다.[1]

레슬리 스티븐은 아내를 잃은 후 갈수록 자기중심적이고 편협한 노인이 되어 사춘기의 딸들에게 큰 부담이 되었다. 버지니아는 유독 아버지를 사랑하고 따랐던 만큼 심한 애증에 시달렸고, 아버지를 여읜 후에는 그 충격으로 인해 정신병의 재발을 겪기까지 했다. 그녀가 40대 중반에 쓴 『등대로』(1927)가 부모에 대한 복잡한 감정을 극복하기 위해 쓴 작품이라는 것은 잘 알려진 사실이다. 하지만 그로부터 다시 10여 년이 지나서 쓴 「과거의 스케치」에서 그녀는 아버지를 한 인간으로 이해하려는 노력을 보여 준다. 〈얼마 전 처음으로 프로이트를 읽으면서 비로소 그 격렬하고 혼란스러운 애증이 일반적인 감정, 이른바 양가감정이라는 것을 발견했다〉면서, 젊은 날의 아버지는 어떤 사람이었던가를 애정과 자랑을 담아 묘사하고, 하지만 딸들에게는 얼마나 견디기 힘

1 1928년 11월 28일 일기.

든 폭군이었던가를 술회하는 데 이어, 아버지의 그런 태도가 단순히 부모 자식 간의 문제라기보다는 남성 대 여성의 문제, 여성에 대해 전횡적인 동시에 의존적이던 그의 세대 남성들의 여성관에 있었음을 분석하며, 마침내 아버지와 자신들 간의 세대 차이를 객관화하기에 이른다.

하지만 이제 이렇게 세월이 지나고 보면, 그 무렵 우리에게는 보이지 않던 것들이 눈에 들어온다. 즉, 아버지와 우리의 나이 차 때문에 가로놓여 있던 심연 말이다. 하이드 파크 게이트의 응접실에는 서로 다른 두 시대, 즉 빅토리아 시대와 에드워드 시대가 대치하고 있었다. 우리는 그의 자식이 아니라 손자뻘이었다. 우리 사이에는 그 간격을 채워 줄 한 세대가 있어야만 했다. 그가 격노할 때 우리 눈에 왠지 우스꽝스럽게 비쳤던 것은 그 때문이었다.

이런 진술, 〈이렇게 세월이 지나고 보면〉이라는 진술은 『등대로』의 말미에서 릴리 브리스코가 세월의 원근법을 통해 비로소 지난날 완성하지 못했던 그림을 완성하는 것을 생각나게 한다. 1940년 6월에 쓴 이 글 ─「과거의 스케치」 중 아버지에 관한 대목만을 〈나의 아버지〉라는 제목으로 엮어 보았다 ─ 에 이어, 그해 연말 일기에서 그녀는 부모에 대해 이렇게 회고하고 있다.

그들은, 그 노친네들은 얼마나 아름다웠는지 ─ 내 아버지와 어머니 말이다 ─ 얼마나 단순하고, 얼마나 맑으며, 얼마나 담담한지. 묵은 편지들과 아버지의 회고록을 훑어보았다. 그는 그녀를 사랑했고 ─ 오 얼마나 솔직하고 분별 있고 투명한지 ─ 그토록 까다롭고 섬세한, 교양 있고 명징한 정신을 지녔다. 그들의 삶은 얼마나 평화롭고 명랑하게 읽히는지. 진흙탕이나 웅덩이라고는 없다. 그러면서 또 얼마나 인간적인지 ─ 어린 자식들하며 아이들 방의 콧노래 소리하며.[2]

「과거의 스케치」에는 세인트아이브스의 탤런드 하우스뿐 아니라 어린 시절과 그 힘겨운 사춘기를 보냈던 런던의 〈하이드파크 게이트 22번지〉에 대한 회고도 들어 있다. 하지만 울프가 살았던 집들을 차례로 소개하는 것은 지루한 일이 될 듯하여, 「회고록 클럽에서 읽은 글」 중 두 번째 글인 「옛 블룸즈버리Old Bloomsbury」(1921)의 전반부를 〈블룸즈버리 그룹의 탄생〉이라는 제목으로 옮겨 보았다. 이것은 아버지가 돌아가신 후 블룸즈버리 지역의 〈고든 스퀘어 46번지〉로 이사하여 (오빠 토비가 죽고) 언니 버네사가 결혼하기 전까지, 〈블룸즈버리의 첫 챕터〉에 해당하는 글로, 20대 버지니아의 활기 찬 새로운 출발을 보여 준다.

2 1940년 12월 22일 일기.

그 후 그녀는 동생 에이드리언과 함께 블룸즈버리 지역 내의 다른 주소로 이사했고, 한동안 더 몰리 칼리지에 출강하면서 글을 썼다. 소설을 쓰기 시작했으며, 여성 참정권 운동에 참여했다. 여행 중에 몸져누운 버네사의 간병을 위해 터키까지 다녀왔으며 ── 갈 때는 증기선, 돌아올 때는 오리엔트 특급 열차를 탔다 ── 바이로이트의 바그너 축제에도 참석했다. 블룸즈버리 그룹의 몇 명과 더불어 아비시니아 왕족으로 변장을 하고 드레드노트함에 승선하는 장난을 치기도 했고, 후기 인상파 전시회에는 고갱의 타히티 여인으로 분장하기도 했다. 물론 여러 사람으로부터 청혼을 받았으며, 마침내 1912년 레너드 울프와 결혼했다. 널리 알려진 스무 살 때 사진 속의 섬약한 이미지와는 사뭇 다르게 활동적인 시기였다. 「바이로이트에서의 인상들Impressions at Beyreuth」(1909)은 개인적 에세이라기보다 신문의 리포터로서 쓴 글이지만, 그 시절의 발랄함을 보여 주는 글이라 함께 싣는다.

결혼 후에, 그리고 첫 소설 『출항』의 출간을 앞두고, 과도한 스트레스 때문에 정신적으로 불안정한 시기를 겪기는 했으나,[3] 『밤과 낮』, 『제이컵의 방Jacob's Room』의 연이은 출

3 레너드 울프의 회고에 따르면 그녀는 중요한 작품의 완성 내지 출간 후에 크게 탈진하여 정신적으로 불안정해지곤 했다고 한다. 특히 『출항The Voyage Out』은 적어도 다섯 번 이상을 처음부터 끝까지 고쳐 썼으며, 첫 작품의 출간을 앞둔 긴장과 불안이 극에 달했었다.

간은 그녀가 잘 이겨 냈다는 증거일 것이다. 「스페인으로To Spain」(1923)는 신혼여행 후 두 번째 스페인 방문 때 쓴 것으로, 일상에서 벗어난 여행길의 활기와 고조된 기분을 느끼게 한다. 『댈러웨이 부인』 출간 이후 한동안 다시 건강이 악화되기는 했지만, 「병에 대하여On Being Ill」(1925)는 병이라는 것에 대해 상당히 여유 있는 시선을 보여 준다. 본문 주석에도 썼듯이, 1918~1920년의 인플루엔자, 일명 스페인 독감은 전 세계적으로 5천만 명의 목숨을 앗아 간 엄청난 사건으로, 역사와 문명을 진보의 과정으로 보는 시각을 회의하게 했다. 질병도 전쟁 못지않게 인생과 세계에 대한 기존의 의미 부여를 거부하는 모더니즘의 파급에 기여했던 셈이다. 울프는 질병이 상식적으로 통용되는 가치의 이면을 보게 하는 계기가 될 수 있다고 주장한다. 서서 행진하는 자들의 군대에 맞서, 누워 있는 자들은 탈영병의 자유를 선언한다. 왜 〈독감에 대한 소설, 장티푸스에 대한 서사시, 폐렴에 대한 송가, 치통에 대한 서정시〉가 쓰이면 안 되겠는가? 특유의 위트로, 그녀는 병이 열어 주는 새로운 세계, 누워서 바라보는 세계를 묘사한다. 그것은 새로이 발견하는 자연이며, 시의 세계, 고전적인 평가에서 밀려난 작품 속에서 만나게 되는 삶의 한순간이다. 글이 다소 엉뚱한 방식으로 끝맺음하는 것도 기존의 완결된 형식에 대한 도전일 터이다.

이처럼 상식적인 삶의 배후 또는 너머에 있는 세계에 대한 울프의 관심은 일찍이 「밤 산책」에서도 비쳤던 것이지만, 「가스Gas」(1929)는 좀 더 그 암중모색을 보여 준다. 그녀는 몇 차례 치과에서 이를 뽑았는데, 당시 치과에서는 마취 가스를 이용했던 듯, 마취로 인해 의식이 잠들어 있는 동안의 꿈(?)을 그녀는 빠른 물살 속에서 앞질러 가는 무엇인가를 잡으려다 놓치고 미는 정신적 질주로 묘사한다. 그 무엇을 그녀는 〈진실truth〉이라 부르며, 그것이야말로 사람들이 삶의 세월 가운데 저마다 경험하는 무엇, 비록 의식하지 못할지언정 그로 인해 근본적인 변화를 겪는 무엇이 아니겠는가고 자문한다. 〈하지만 물론 몇몇 얼굴은 물속을 뚫고 질주하던 그것을 붙잡은 듯이 보이기도 한다.〉 일기에서 그녀는 이 마지막 문장을 이렇게 썼다. 〈만일 그 대신 깨어나 신이 옆에 있는 것을 발견하게 된다면 어떨까! 크리스천들은 그렇게 믿고 있을 터이다.〉

울프의 글은 드물지만 간혹 그렇게 종교적 내지는 형이상학적인 순간들을 느끼게 하는데, 「태양과 물고기The Sun and the Fish」(1928)나 「나방의 죽음The Death of the Moth」(1927) 같은 글은 그 예가 될 것이다. 1927년 6월 27일 새벽의 개기일식을 구경하고서 쓴 「태양과 물고기」에서는 일식이라는 우주적 사건에 이어 곧바로 수족관의 물고기들을 보여 준다. 일식이 그야말로 〈무한한 우주의 영원한 침묵〉을 체험하게 했다면, 수조 속 물고기들은 이유를 알 수 없이 완벽한 생명체들이다. 열린 하늘과 갇힌 수조, 영겁의 흑암과 달리 목적을 알 수 없는 생명이라는 대비를 울프는 그저 목도할 뿐이다. 마찬가지로, 「나방의 죽음」에서는 나방이라는 미물의 생명과 죽음의 거대한 힘이 드잡이하는 것을 지켜보면서 〈이상하게 감동적이었다〉라고 쓰지만, 그 감동을 더 파헤치고 삶과 죽음에 대해 더 생각하기 전에 그녀는 글을 마친다. 불가지론자였던 아버지의 모더니스트 딸다운 마무리인 셈이다. 이런 예는 그 무렵의 일기에서도 찾아볼 수 있다. 그녀는 자기 안에 해결되지 않는 질문이 내내 〈떠돌고〉 있음을 알면서도, 이내 또 구체적인 일상으로 돌아오고 마는 것이다.

나는 거의 모든 것을 즐긴다. 그런데도 내 안에는 가만 있지 못하고 무엇인가를 끊임없이 찾는 사람이 있다. 인생에는 왜 발견이 없을까? 꼭 짚어 〈바로 이거야〉라고 말할 수 있는 무엇이? 내 우울은 줄곧 시달리는 느낌이다 ─ 계속 들여다보는데, 그게 아니야, 그게 아니다, 라는 느낌. 그것이 대체 무엇일까? 그것을 발견하기도 전에 죽게 될까? 그러다(어젯밤 러셀 스퀘어를 걷고 있었을 때처럼) 하늘에서 산들을 본다. 커다란 구름들. 그리고 페르시아 위에 뜬 달. 그러면 무엇인가가 거기 있다는, 그게 바로 〈그것〉이라는 엄청나고 놀라운 느낌이 든다. 딱히 아름다움을 말하는 것은 아니다. 그것은 그 자체로 족하다는, 만족스럽다는, 완성되었다는 것이다. 거기에는 이 땅 위를 걷는 나 자신의 낯설음에 대한 느낌, 인간의 위치라는 무한한 기이함에 대한 느낌도 포함된다. 저 높이 달이 뜨고 산 같은 구름들이 떠 있는 밤에 러셀 스퀘어를 종종걸음으로 지나는 인간 말이다. 나는 누구인가. 무엇인가, 등등. 이런 질문들이 항상 내 안에 떠돌고 있다. 하지만 그러다 또 무엇인가 구체적인 것에, 편지나 사람 같은 것에 부딪히고, 그러면 아주 신선한 느낌으로 다시 그들을 만나게 된다.[4]

그녀는 그런 근본적인 무엇을 찾기보다는, 살아 있는 낱낱의 순간에, 자기 안의 수많은 자기에 주목하기를 더 즐기는 것처럼 보인다. 「런던 거리 쏘다니기Street Haunting: A London Adventure」(1927)나 「서식스의 저녁: 자동차 안에서 한 생각들Evening over Sussex: Reflections in a Motor Car」(1929)은 천변만화하는 의식의 순간들을 기록한 글이다. 〈haunting〉이라는 말이 시사하듯 그 쏘다니는 주체는 실체 없는 유령이나 다름없고, 의식은 분화하는 내적 대화가 된다. 그렇듯 일상적이고 상식적인 자아의 너머에 있는 또 다른 자아들은 흥미로운 모험과 다양한 시각을 제공하지만,

4 1926년 2월 27일 일기.

다시 생각해 보면 그 모든 것이 의의를 갖는 것은 〈글 쓰는 나〉라는 총괄적 주체가 있는 한에서이다. 그런 통합조차 없다면, 미래나 과거와 연결되는 전체로서의 진실을 추구하지 않는다면, 있는 그대로의 현재의 순간이란 어떤 것일까. 「순간: 여름밤The Moment: Summer's Night」(1938)은 익명의 의식들을 스쳐 가는 삶의 순간들 자체를 묘사하려 한 글이다. 아무 맥락 없는, 살벌하기까지 한 순간들, 제각각인 삶의 순간들을 한데 모아 감싸는 어떤 것에 대한 동경은 불가능한 소원으로 표명되기도 하고

우리도 넓은 날개로 유유히 날 수는 없을까. 모두 하나의 날개가 되어 모든 것을 감싸고 모든 것을 모으며, 이 경계들과 이 울타리 너머 감추어진 색색의 구획들을 엿보는 것을 날갯짓 한 번으로, 한 빛깔로 쓸어버릴 수는 없을까. (……) 아, 그래, 우리가 날 수만 있다면, 날 수만……. 여기서 몸은 옥죄이고 뒤흔들리며, 목은 뻣뻣해지고, 콧구멍은 욱신거린다. 마치 사냥개에 쫓긴 생쥐처럼 재채기를 한다. 온 우주가 뒤흔들린다. 산과 눈[雪]과 초원과 달이 거꾸로 뒤집히고, 지저깨비들이 날아다니고, 머리는 위아래로 뒤틀린다.

또는 막막함과 저항으로 표출되기도 한다.

아무런 질서도 감지되지 않는다. 이 외침들, 이 움직임들에는 아무런 순서가 없다. 외치고 움직이는 형체가 없다. 사방에서 소리는 들려오지만, 아무것도 보이지 않는다. 우리 자신도 검은 윤곽선으로만 보인다. 시체 같고 조각 같다. 목소리가 이 어둠을 뚫고 나아가기는 더 어렵다. 어둠은 화살에서 깃을, 그것이 우리를 뚫고 지나갈 때 붉은 전율로 일어나는 진동을 뽑아 버렸다.

그리하여 공포가, 환희가 온다. 아무도 모르게, 홀로 질주하고 소진되는 힘이다. 휩쓸려 나가 마구 불어닥치는 바람, 펄럭이는 바람을 타는 힘이다. 짓밟고 힝힝대는 바람, 갈기를 휘날리고 요동치며 먹이를 찾는 말을 타고서 정처 없이, 무심히, 영원히 질주한다. 눈 없는 어둠의 일부가 되어, 파문을 일으키고 몰아치면서, 등뼈를 타고 오르는, 사지로 흘러내리는 영광을 맛보며, 밝게 타올라 바람의 뒤흔드는 파도를 뚫는다.

「순간: 여름밤」은 그 주제 때문에 울프 특유의 〈존재의 순간〉과 연관되어 읽히곤 한다(두 글에서 말하는 〈순간〉이 정확히 겹치지는 않지만). 울프가 〈존재의 순간〉에 대해 말하는 것은 「과거의 스케치」에서인데, 다소 느슨하게 어린 시절의 기억에 대한 언급으로 시작하는 대목을 위시하여 그녀의 문학관 내지 예술관을 말해 주는 중요한 대목들을 〈존재의 순간들〉이라는 제목으로 한데 엮어 보았다. 우선 그녀는 하루의 시간이 존재being와 비존재non-being로 이루어진다면서, 분명한 의식 속에 충만하게 살아진 시간을 〈존재〉, 그렇지 못하고 〈의식적으로 살아지지 않는〉 시간을 〈비존재〉라 부른다. 그리고 어린 시절의 삶은 대부분 비존재로 이루어졌다면서, 비존재의 〈솜〉 같은 시간을 뚫고 다가온 예외적인 순간들의 세 가지 예를 드는데, 그중 두 가지는 뭔가 받아들이기 힘든 폭력이나 죽음 같은 충격 앞에서 무력하게 느꼈던 일, 한 가지는 꽃 한 송이를 바라보며 어떤 전체적인 질서를 느꼈던 일이다. 무관해 보이는 이 세 가지 경험에 대해 울프는 이렇게 말한다.

나는 마치 한 대 얻어맞은 듯한 느낌이었다. 하지만 그것은 내가 어릴 때 생각했던 것처럼 그저 일상생활의 솜뒤에 숨어 있는 어떤 적으로부터의 타격이 아니라, 어떤질서의 현현이거나 장차 그 현현이 될 것이다. 그리고 나는 그것을 말로 표현함으로써 현실로 만든다. 오로지 그것을 말로 표현함으로써 온전하게 만들며, 이때 온전하다는 것은 곧 그것이 나를 아프게 할 힘을 잃었다는 의미이다. 나뉜 부분들을 하나로 합치는 것은 — 아마 그렇게 함으로써 고통을 없애기 때문인 듯한데 — 내게 큰 기쁨을 안겨 준다. 그것은 아마 내가 아는 가장 큰 기쁨일 것이다.

그것은 글을 쓰면서 무엇이 무엇에 속하는지 발견하고, 어떤 장면을 제대로 표현하고, 어떤 성격을 온전히 드러나도록 만들 때 느끼는 황홀경이다. 이를 통해 도달하게 되는 경지를 철학이라 불러도 될는지. 하여간 그것은 나 자신이 갖고 있는 변함없는 생각이다. 즉, 솜의 이면에는 어떤 패턴이 숨어 있고, 우리는 — 모든 인간 존재는 — 이 패턴과 연관된다는 생각, 세계 전체는 하나의 예술 작품이고, 우리도 이 예술 작품의 일부라는 생각이다.

말하자면 「순간: 여름밤」에서 황폐하게 드러나는 〈있는 그대로의 순간들〉을 통합하는 예외적인 〈존재의 순간〉을 통해 어떤 전체적인 질서에 도달하는 것, 말로 표현함으로써 그 숨어 있는 〈패턴〉을 드러내는 것 — 또는 거꾸로 말하자면, 세계에서 자신의 〈비전〉을 찾아내는 것이야말로 그녀가 글쓰기에서 누린 기쁨이었다고 할 것이다. 그녀의 자전적인 글들을 『존재의 순간들』로 엮어 펴낸 편집자도 그녀의 삶의 기록들을 그렇듯 의미 있는 순간들의 기록으로 보아 그런 제목을 붙였을 터이고, 본서 제4권의 제목 역시 같은 의미에서 붙인 것이다.

「공습 중 평화에 대한 생각들Thoughts on Peace in an Air Raid」(1940)은 개인적 에세이라기보다는 시사적인 에세이에 해당하겠지만, 그녀의 생애 말년의 한순간을 보여 준다는 점에서 제4권에 싣는다. 그녀를 신경 쇠약으로 몰고 갈 정도로 괴롭혔다는 전쟁 중의 공습에 대해 이 정도로 여유 있는 태도라니 의외롭다. 2년 전에 쓴 『3기니』에서 보듯 그녀는 전쟁을 남성성의 어리석은 발현으로 여기고, 여성으로서 〈무기 없이〉 평화를 위해 싸울 방안을 강구한다. 즉, 〈자기 안의 전투 본능을, 잠재적 히틀러주의를 정복하고자 하는 청년들〉에게 〈창조적 능력의 다른 돌파구들을〉 마련해 주어야 한다는 제언이다. 『3기니』에서 남성 전유의 기성 교육이 어떻게 기득권과 가부장제를 강화하고 파시즘에 기여했던가를 지적하며 전쟁을 방지하기 위해 〈문화와 지적 자유를 함양〉하자는 주장의 타당성을 깐깐하게 검토했던 것에 비하면, 이런 제언은 너무 단순하고 나이브하게 보이기도 한다.

우리가 청년에게 영광과 총을 잃어버린 데 대해 보상해 주고자 한다면, 우리는 그가 창조적인 감정으로 나아가게 해주어야 한다. 우리는 행복을 만들어야 한다. 우리는 그를 기계로부터 해방해야 한다. 우리는 그를 감방에서 끌어내, 드넓은 바깥으로 데리고 나와야 한다.

하지만 어떻게? 게다가 〈독일 청년, 이탈리아 청년이 여전히 노예라면, 영국 청년만 해방한들 무슨 소용이 있겠는가?〉 그녀는 직접적인 대답 대신 불시착한 적군 조종사를 인간으로 맞아들인 마을 사람들의 이야기를 전한다. 〈만일 그를 기계[전투기-전쟁]로부터 해방한다면 씨앗이 그저 돌짝밭에 떨어지지만은 않으리라는 것을 보여 주는 듯하다. 그 씨앗은 열매를 맺을지도 모른다〉고 희망의 가능성을 보는 것이다. 〈생각하는 것이 나의 싸움이다〉라는 명언으로 기억되는 이 글에서, 우리는 삶의 막바지까지 희망을, 이상주의를 잃지 않았던 그녀의 모습을 확인할 수 있다.

최애리

옮긴이 최애리 서울대 인문대학 및 동 대학원에서 프랑스 문학을 공부했고, 중세 문학 연구로 박사 학위를 받았다. 크레티앵 드 트루아의 『그라알 이야기』, 크리스틴 드 피장의 『여성들의 도시』 등 중세 작품들과 자크 르 고프의 『연옥의 탄생』, 쥘람미스 샤하르의 『제4신분, 중세 여성의 역사』 등 중세사 관련 서적, 기타 여러 분야의 책을 번역했다. 버지니아 울프의 작품으로는 『댈러웨이 부인』, 『등대로』, 『밤과 낮』을 번역했다. 서양 여성 인물 탐구 『길 밖에서』, 『길을 찾아』를 집필했고, 그리스도교 신앙시 100선 『합창』을 펴냈다.

버지니아 울프 산문선 4

존재의 순간들

발행일 2022년 6월 10일 초판 1쇄

지은이 버지니아 울프
옮긴이 최애리
발행인 홍예빈·홍유진
발행처 주식회사 열린책들

경기도 파주시 문발로 253 파주출판도시
전화 031-955-4000 팩스 031-955-4004
www.openbooks.co.kr

Copyright (C) 주식회사 열린책들, 2022, *Printed in Korea.*
ISBN 978-89-329-2260-7 04840
ISBN 978-89-329-2256-0 (세트)